Los príncipes nubios

D0726078

Novela

Jurado del Premio Biblioteca Breve 2003:

Adolfo García Ortega
Pere Gimferrer
Juan Manuel de Prada
Rosa Regàs
Jorge Volpi

Juan Bonilla
Los príncipes nubios

Premio Biblioteca Breve 2003

Seix Barral

© Juan Bonilla, 2003
© Editorial Seix Barral, S. A., 2004
   Avinguda Diagonal 662, 6.ª planta. 08034 Barcelona (España)

Fotografía del autor: © Guadalupe del Valle
Primera edición en Colección Booket: junio de 2004

Depósito legal: B. 24.451-2004
ISBN: 84-322-1658-5
Impresión y encuadernación: Litografía Rosés, S. A.
Printed in Spain - Impreso en España

Biografía

Juan Bonilla (Jerez, 1966) es autor de las novelas
Nadie conoce a nadie (1996) y *Cansados de estar
muertos* (1998), de la *nouvelle Yo soy, yo eres, yo
es...* (1999) y de los libros de relatos *El que apaga
la luz* (1994), *La compañía de los solitarios* (1998) y
La noche del Skylab (2000). Ha recopilado ensayos,
reportajes y artículos en *El arte del yo-yo* (1996),
La holandesa errante (1998) y *Teatro de variedades*
(2002), y sus poemas en *Partes de guerra* (1994)
y *El Belvedere* (2002). Es columnista y reportero
del diario *El Mundo*.

A Mónica Martín y Toni Munné,
por tantos nombres propios y tanta risa.

UNO

ME DEDICABA A SALVAR VIDAS. Así de fácil. Pensarán que exagero o que me las quiero dar de importante: están en su derecho, pero lo cierto es que me pagaban para salvar vidas, y cuantas más vidas salvara más rico me haría. Por entonces mi existencia era una especie de partido de tenis: uno de los jugadores no se movía de mi casa, de mi sala con un televisor gigante, del cuarto oscuro donde se me iban los días revelando fotografías, del barrio en fin en el que tenía todo lo que necesitaba para ser dichoso —el bar donde desayunaba lenta, sosegadamente, una pequeña librería en la que podía surtirme de los libros que me apetecía leer, una frutería comandada por una señorona todo dientes que me reservaba siempre los mejores racimos de uvas y los más imponentes melocotones, una barbería en la que me sentaba un par de veces a la semana, y hasta un cibercafé en el que me pasaba horas navegando. El otro jugador se movía por medio continente, que era la zona que se me había asignado. Lo mismo se desplazaba a las costas de Cádiz que llegaba hasta Sicilia. Lo normal era que yo mismo determinara dónde se encontraba ese jugador, pero a veces sólo las circunstancias decidían por mí: un ingente cargamento de albaneses que llegaba a Brindisi me obligaba a volar apresurado a Roma, alquilarme allí un coche y alcanzar la ciudad en la que el segundo jugador de mi partido de tenis me esperaba.

¿En qué consistía tu trabajo?, preguntarán, ¿qué debemos entender por salvar vidas? Bueno, no salvaba vidas como los bomberos o los socorristas: en realidad ellos no salvan más que cuerpos. Pero no he visto a ningún bombero que después de librar de las llamas a un ciudadano le proponga una vida nueva, mejor, una salvación que vaya más allá de la escalera de incendios por la que lo ha arrastrado hasta la calle y los cuidados médicos. No conozco a ningún socorrista que después de hacerle el boca a boca al bañista que casi se ahoga, le proponga: cásate conmigo. Yo me dedicaba a buscar la belleza, a introducir las manos en el fango y sacar algunas joyas a las que limpiaba, adecentaba y preparaba para que cobrasen el valor que merecían. Me desplazaba allá donde la miseria escondía algunas de esas preseas. Con paciencia indomeñable las buscaba y las rescataba. A eso llamo salvar vidas.

Ahí me ven por ejemplo, en una playa de Tarifa, mientras indeciso se hunde el sol en la línea del horizonte y los árboles ateridos doblegan sus cuerpos y ensayan una genuflexión elegante. Acaban de llegar varias docenas de africanos en unas barcazas lamentables. Se arrastran por la playa dentro de sus harapos empapados, siguiendo a unas miradas que difunden pavor. La Guardia Civil los espera y los detiene. Muchos de ellos se desmayan, otros darían todo lo que son por un vaso de agua, la mayoría es incapaz de gobernar sus temblores. Y sin embargo la Guardia Civil no los atiende aún, los apila para controlarlos y nada más. Algunos han conseguido no extraviar todas sus posesiones, que llevan en una mochila recubierta de cinta aislante. Los guardias aguardan a que lleguen los cámaras de la televisión para dedicarse a mimarlos, para sacar las botellas de agua y las toallas limpias. Suelen hacerlo: llaman siempre antes a los cámaras de televisión que a los servicios médicos. Entre una llamada y otra, si yo estoy por la zona, me llaman a mí. Bueno, a mí me llama un teniente al que unto con algunos billetes de vez en cuando. Me despierta de madrugada, susurra: dentro de media hora en tal sitio. Y allí estoy. Una vez allí el teniente se me acerca y me dice: tienes quince minutos. Así que me deja inspeccionar la mercancía, examino todo lo rápido que puedo a los recién llegados, y si hay alguna pieza que me convence se la señalo al teniente que me dice: O.K., pásate en un par de horas por la Comandancia. Allí me presento puntual, el teniente ya me ha apartado la pieza, con su chaqueta de chándal rosa y unos pantalones que alguna vez, hace mucho, fueron claros, y sus ojos de «por favor, no me hagan nada», a la que le ha ahorrado la inspección de los servicios médicos, le ha servido una buena taza de café y, si esa noche ha visto alguna película que resalte los valores humanos, puede que hasta le haya comprado un donut. Yo retiro la pieza con toda la premura de la que soy capaz y tratando de que nadie nos vea. La pieza capturada todavía no me pertenece, así que me obligo a ser encantador y a dispendiar amabilidad para ganarme su gratitud. Le llevo una rebeca y unos tenis que le he comprado en un 24 horas. Seguramente preguntará dónde la llevo, qué pasa con los suyos —siempre hay un hermano o un padre que ha de quedar atrás— y yo en ese punto tengo que contarle la verdad, tengo que empezar a confesarle por qué voy a salvarle la vida mientras que todos los que compartieron travesía con ella serán devueltos a sus lugares de origen sin que a los encargados de impartir la ley se les encoja el corazón. Si no sabe inglés, que suele pasar, siempre me ayudo con un traductor contratado para que sepa explicarle con energía y concisión de qué trata el asunto. Si sabe inglés, me basto yo solo para convencerla de que le quedan pocas opciones aparte de confiar en mí y dejarme que la salve. Incluso me acompaño de los números de teléfono de muñecas o muñecos como ella a los que ya he salvado: alguno será compatriota suyo, podrán hablar un rato para que, cuando la nueva pieza cobrada cuelgue, ya no tenga argumento alguno con que resistirse a la operación. Me tocará entonces adecentarla, resaltar su extraordinaria belleza, acentuar sus encantos. En un par de días estará lista para viajar a la sede del Club donde será examinada por la dirección. Sé bien cuándo una pieza cobrada por mí va a ser aceptada sin reparos y cuándo puede tener algún problema para aprobar el examen. En este caso no habrá objeciones de ningún tipo. No se quedarán boquiabiertos ante la criatura que les presentaré, porque no tienen entre sus costumbres la de asombrarse o mostrar públicamente que se asombran, pero estarán encantados de que Nadim —es el nombre que le di en cuanto la vi, ella me dijo su apellido pero no sé por qué se negó a darme su nombre verdadero— forme parte del elenco de modelos del Club. Enseguida se le realizará un amplio reportaje fotográfico que pasará a engrosar el magnífico menú del Club, se le asignará una ciudad a la que será enviada para ponerse a las órdenes de la dirección de la sede elegida. En este proceso ya no intervendré yo: me he limitado a ayudarla a escapar. A partir de ahora empezará a ganar dinero: el veinte por ciento de cada servicio. Lo normal es que se la requiera para un servicio cada tres o cuatro días. El precio del servicio, por supuesto, será desorbitado. Por decirlo pronto, la prueba de que su vida y su belleza valdrán mucho más de lo que valen ahora es que si yo quisiera disfrutar de su cuerpo, cosa que antes del examen no sería del todo imposible y que —he de confesarlo— en más de una ocasión me he rebajado a hacer con otras piezas cazadas, tendría que pagar casi tanto como lo que cobraré por haberla salvado. No hay rebajas para los cazadores del Club.

PREGUNTARÁN: ¿Y CÓMO TE METISTE EN ESTO? Bueno, la cosa tiene su ángel. Supongo que estaremos de acuerdo en que lo fundamental de una historia, de cualquier historia, es lo que empuja a alguien a narrarla: eso es más importante que la sustancia de la propia narración. ¿Por qué alguien, de repente, decide contar algo? Hay miles de respuestas, no sé si tantas como historias, pero yo no he conseguido aún alcanzar la mía, aunque sospecho que esa respuesta tendrá algo que ver con el propio camino que me trajo hasta aquí. Podría empezar diciendo: yo estaba por entonces en Bolivia, adonde había llegado para formar parte de un grupo de angelicales pirados enviados por una organización no gubernamental para que divirtiera con sus payasadas y sus acrobacias a los desdichados niños que vivían en el inmenso vertedero de las afueras de la capital. Tenía veintitrés años y a esa edad todavía tiene uno capacidad para embaucarse pensando que esos gestos salvan el mundo. También había acabado mi carrera —Arte Dramático—, ¿y qué mejor uso podía darle a mis conocimientos aprobados, mi arrojo insobornable y mi escaso talento, que ponerlos al servicio de una causa noble? Pero ese primer paso de mi historia precisa inmediatamente de otro que la retrase un poco más: no es que necesite coger carrerilla para explicar cómo me metí en esto, nada de viajar a la infancia y escarbar en los pozos de la memoria en pos de un brillante y diminuto espejo que reflejara tan pronto todo lo que acontecería después. Siempre me salto en las biografías que leo los capítulos destinados a narrar las infancias de los protagonistas, porque considero que son capítulos que apenas sirven para que el autor dé muestras de las arduas investigaciones que tuvo que llevar a cabo para conseguir el nombre de los escolares que una tarde de lluvia esperaron a la salida del colegio al biografiado para ajustarle las cuentas. En cuanto alguien me empieza a contar cosas de su infancia se me duermen las piernas, y por eso mismo procuro no contar nunca nada de la mía.

Recuerdo cierta noche de primavera en casa, viendo una película en la televisión con mis padres y mi hermano. La película es *Magnolia*, una colección de dramas terribles trenzados con envidiable habilidad y no poco efectismo. De repente, un personaje —que de niño había sido un prodigio en un programa de televisión y de mayor se había convertido en una criatura patética, capaz de ponerse un aparato en los dientes para enamorar al fornido camarero al que desea— rompe a llorar después de partirse la cara en una espectacular caída, y entre sollozos grita: Tengo mucho amor que dar. No sé qué me pasó entonces por la cabeza, perdí los papeles, no pude reprimir el llanto, y ante el asombro de mi madre, la cara de estupefacción de mi hermano, y la inalterable indiferencia de mi viejo, empecé a repetir la declaración del personaje de la película. Mi madre se levanta, viene hacia mí y no se le ocurre mejor cosa que echarme por encima de los hombros la manta con la que se cubría ella las piernas. Mi hermano le reprochó a mi madre:

—Eso, ridiculízalo más todavía.

Mi padre advirtió:

—Yo creo que lo mejor es cambiar de canal. Eso o llevarlo a urgencias. Con un poco de suerte se queda ingresado una temporada.

Me levanté, arropado con la manta de mi madre, con cuyos bordes me limpié las mejillas, y me dirigí al baño a preguntarme en el espejo qué diablos me había pasado. Oí a mi madre decir:

—Este niño padece mucho, debería ir a que lo viera un psicólogo. O mejor aún, deberíamos llevarlo al padre Adrián.

A mi madre los psicólogos, y por tanto los curas, la fascinaban. En realidad, su única preocupación era encontrar un nombre adecuado que imponerle a lo que los demás llamábamos «lo suyo» y ella no tenía más remedio que denominar «lo mío». Aparecía en cualquier conversación, con vecinas o familiares, con el tendero de la esquina o el ocasional compañero de viaje en un autobús. Cuando se le apagaba el ánimo y desertaba de la cocina y se quedaba ante el televisor hasta las tantas de la madrugada, consumiendo de forma voraz insondables tarrinas de helado, mi hermano y yo nos decíamos: ya está madre otra vez con lo suyo. La obsesión de mi madre consistía en encontrar un nombre apropiado para «lo suyo»: confiaba en que en el momento en que supiera exactamente lo que le pasaba, si es que lo que le pasaba merecía tener un nombre —es decir, era algo que ya le había pasado a otros antes y que le seguiría pasando a gente del futuro—, su obsesión desaparecería. Por supuesto que en mi casa todos sabíamos que lo que le pasaba a mi madre era una mezcla vulgar de aburrimiento, resentimiento contra mi padre, desprecio por sí misma, hastío de la vida vacía que llevaba y, para darle sabor particular al cóctel, irrefrenables ganas de acabar con todos los componentes de ese cóctel. No dejaba de plantear un asunto de entidad filosófica: un cóctel de sustancias coronado por una sustancia cuyo propósito esencial, además de darle sabor personal al mejunje, es destruir a todas las demás sustancias. Mi madre, en los períodos en los que el abatimiento no arreciaba con fuerza suficiente como para mantenerla postrada la mayor parte del día, trataba de hacer cosas en pos del nombre que redujera a unas cuantas sílabas su problema. Primero anduvo estudiando para completar su truncado bachillerato. Se matriculó en una academia nocturna y compartió clase con una brillante promoción de rezagados que no querían rendirse. Duró menos de un curso: es cierto, decía, que había aprendido cosas sobre los Reyes Católicos y sobre las causas generales de la Guerra Civil, que había recobrado cierto gusto por las fórmulas matemáticas —el teorema de Ruffini le parecía «encantador» y las derivadas le sugerían delirantes observaciones—, y que había comprobado que la química seguía siendo tan insoportable y maleducada como en sus tiempos de estudiante. Pero echaba de menos algo. No había conseguido entablar amistad con ninguno de los alumnos de su clase, y no fue por no haberse tomado suficientes cafés con los que le parecían más interesantes. Decidió que lo que echaba de menos era la gimnasia. ¿Por qué la gimnasia no era una de las asignaturas primordiales de la educación nocturna para adultos? Ella misma podía responderse a su pregunta imaginándose a la mayoría de sus compañeros vestidos de deportistas. La misma semana en la que decidió abandonar la academia nocturna y metió en un cajón todos sus apuntes aparcando su proyecto de conseguir el bachillerato, corrió a apuntarse a un gimnasio. Mi hermano sostenía que lo que le hacía falta a mi madre era un amante, y si es verdad que las mujeres que se aburren más de lo que conviene con su familia y su vida de programa estricto, cuando encuentran algo en lo que concentrarse para huir a un sitio mejor, experimentan un empuje hacia arriba en su ánimo y en su belleza proporcional al descuido con que castigan a los suyos, entonces en su temporada de gimnasio mi madre se las arregló para acercarse a ese sitio mejor. No sé si durante aquellos meses tuvo un amante, espero que sí, pero resultaba difícil abordar siquiera la cuestión: el empuje hacia arriba que había experimentado la había alejado lo suficiente como para que formularle una pregunta hubiera exigido que se alzara la voz demasiado, y tampoco era plan despertar las sospechas de mi viejo. Éste condenaba los movimientos de mi madre por salvarse o encontrar un nombre para «lo suyo» con gestos despectivos. El gimnasio le estaba sentando bien, pero de repente decidió que no, que no era aquél el lugar donde iba a encontrarse consigo misma: echaba de menos algo de alma en aquel salón atestado de cuerpos. Decididamente, lo que necesitaba eran palabras en vez de flexiones. Y quizá el amante que la había ayudado a quererse un poco más a sí misma acabó cansándose de sus dudas y sus severos exámenes de conciencia destinados a avivar los rescoldos de su culpa. Siguió al gimnasio una breve temporada de postración. Supongo que dada la imposibilidad de hallar un nombre para lo suyo en español, cayó en la cuenta de que quizá le sería más fácil tratar de encontrar ese nombre en otro idioma. Se matriculó en la Escuela de Idiomas. El hecho de que en vez de elegir el inglés optara por el alemán, llevó a mi hermano a pensar que eso sólo podía deberse a un homenaje secreto que madre estaba haciéndole a la nacionalidad de su amante. Así que, aunque no sabíamos nada a ciencia cierta, podíamos trazar una curiosa secuencia que explicara lo que, seguramente, no tenía ni necesitaba de explicación alguna. Fue lo peor que pudo hacer: si hubiera elegido inglés tal vez hubiera conseguido llegar a fin de curso, pero con el alemán sus posibilidades se jibarizaban. Antes de que el segundo trimestre terminara, mi madre abandonó las declinaciones y volvió a refugiarse en su mutismo, sus caras de ausencia en la cena mientras servía las patatas hervidas, sus muchas horas de televisión diaria y sus colosales compras inútiles los días en los que estaba peor de ánimo. Mi hermano, que es mucho más sincero que yo y que por eso mismo acabó trabajando en un surtidor de gasolina a pesar de su flamante máster en Periodismo (pero luego se enmendó, empezó a domesticar su sinceridad y a purificarse para resistir la tentación de decir en todo momento lo que pensaba: consiguió arreglárselas para que le dieran un puesto en la Consejería de Educación y Cultura y de ahí todo seguido hasta escribir los discursos del consejero y los del Presidente cuando inauguraba algún evento), pronunció la palabra fatídica, y lo hizo separando mucho las sílabas, como si quisiera así quitarle vigor o dramatismo a la palabra: psicoanálisis. Por supuesto que ésa era la opción en la que mi madre había pensado desde hacía mucho, antes de meterse a sacar el bachillerato, antes de matricularse en el gimnasio, antes de estudiar alemán o ir al Instituto de la Mujer para enterarse de las actividades que organizaban (llegó a aprender a hacer muñecas de trapo mientras contaba su vida a sus compañeras de cursillo, también fue a varias conferencias, pero la prueba de que ninguna le valió de mucho es que volvía de ellas: según mi hermano, una conferencia sólo se justifica cuando sales de ella y decides no volver a tu casa nunca más). Pero escoger esa opción sin quemar sus naves significaba reconocer que estaba enferma, o sea, que el nombre de lo suyo iba a ser el nombre de una enfermedad: prefería agotar sus opciones antes de que un médico acabase diciéndole que lo suyo se combatía con fármacos. Mi hermano entendía que la única posibilidad de que a mi madre la salvase un psiquiatra o un psicoanalista era que se produjese una transferencia, que es el nombre técnico para denominar el enamoramiento de un paciente hacia el doctor. Las primeras sesiones parecían dar resultado, y mi madre llegaba aliviada después de haberse pasado una hora en el mágico diván donde poco a poco iba limando el territorio oscuro de sus aprensiones para llegar al centro donde la esperaba, escrito en letras luminosas, el nombre sagrado que determinaba su mal. Pero después de dos meses de tratamiento se produjo un nuevo apagón en su estado de ánimo. No quisimos preguntarle, nos limitamos a constatar que de nuevo se pasaba horas mirando la televisión, que había que reclamarla dos o tres veces antes de que te atendiera, que se equivocaba poniéndole sal al café y echándole azúcar a las ensaladas, que en el supermercado sólo compraba grandes tarrinas de helado. Mi hermano sentenció: está claro que ha habido transferencia y se nos ha enamorado, y está claro que el doctor le ha dicho que no vuelva por allí, que cambie de consulta. A mi madre no le quedó más remedio que buscar amparo en la religión. Al menos Dios, y sus representantes en la Tierra, no serían tan desconsiderados como aquel psicoanalista que, en vez de dejarse adorar a cambio de numerosos billetes por sesión, la había herido mandándola a otro camarada al que mi madre no llegó a visitar.

Cuando me dio aquel ataque de llanto mi madre pensó que había llegado la hora de tomar cartas en el asunto y me hizo acompañarla a la iglesia, ya que lo del psicólogo siempre podía esperar a que el cura fracasase. Aunque sólo sea porque el cura es más barato que el psicólogo, la primera opción debía ser la Iglesia. Me abandonó en un confesonario donde mi voz aplastada por la incredulidad fue enumerando las razones por las que consideraba de todo punto inútil buscar consuelo en un Dios en el que no creía desde que, de niño, le rogaba que hiciera al Betis campeón de Liga sin que me hubiera hecho nunca el más mínimo caso. El invisible cura que oía mi confesión debió de pensar que no le pagaban lo suficiente como para tener que ocuparse de las majaderías de un ateo, y me impuso como penitencia única que no volviese nunca más por allí. Por entonces yo tenía la obsesión de librarme de una obsesión. En realidad aún la tengo, lo que quiere decir que seguramente ya siempre la tendré, no hay manera de despegarla de mí. Desde que de pequeño me convencieron de que debía aprenderme mi nombre completo y mi dirección, por si me perdía, para que pudiera arrimarme a cualquiera que me inspirara confianza y le pidiese que me llevase a casa, nada más despertar por la mañana, lo primero que pienso siempre es eso: mi nombre completo, Moisés Froissard Calderón, mi antigua dirección, en la que ya no vive nadie, o al menos nadie que yo conozca, La Florida 15, tercero B, y agrego mi edad, mi profesión (salvador de vidas, por supuesto) o algún rasgo que caracterice mi identidad o mis circunstancias, que son los únicos elementos variables de esa primera frase diaria. Pensaba que sólo arrancando de mí esa obsesión, esas señas de identidad, ese tatuaje lingüístico con que mi conciencia se activaba, sólo así mi vida cambiaría, yo alcanzaría a llegar a ser otro, a llegar a ser alguien, a no quebrarme por cosas tan tontas como una escena ridícula y tierna de una película que a los demás no afectaba en absoluto. Y salí de ver a aquel cura, de confesarle que no podía confesarle nada, que tal vez me fuera mejor con una monitora de gimnasio o una profesora de la Escuela de Idiomas, diciéndome a mí mismo: tienes que conseguirlo, tienes que conseguir olvidar tu nombre, tu dirección, tu edad.

DEBÍA HACER ALGO POR SALVARME. Que mi vida fuera una balsa de aceite, como la de todos mis amigos, me parecía la peor de las condenas. Como tantos otros compañeros de generación, había tratado de viajar algo gracias a las becas veraniegas y a las facilidades de pago para jóvenes universitarios que ofrecían las compañías aéreas. De vez en cuando ganaba algún dinero repartiendo publicidad, como socorrista en una piscina en la que se tostaba lo más granado del lumpen sevillano o donando semen en el hospital, nada extraordinario. Con amigos de la pandilla, buscaba la manera de ganar dinero fácil, que no nos procurase demasiados quebraderos de cabeza. Las chicas lo tenían mejor: por un óvulo les daban casi mil euros en las clínicas privadas, nuestro semen se cotizaba a treinta o cuarenta euros, dependiendo de la demanda. Nos intercambiábamos información constantemente, que si se iba a rodar una película y necesitaban extras, que en un nuevo programa de televisión pagaban algo a los que hacían de público porque se precisaba que aguantaran insolencias y gamberradas de los protagonistas del plató, cosas así. Incluso fuimos unos cuantos a una agencia de modelos a probar suerte: apenas nos dejaron salir del ascensor. También nos enteramos de que pagaban la desorbitada cifra de treinta euros por hacer de árbitro de mesa en partidos de baloncesto, así que ni cortos ni perezosos nos presentamos en la Federación para solicitar plaza: los domingos por la tarde, por una hora de apuntar faltas personales y controlar el tiempo de posesión de cada equipo, nos embolsábamos treinta euros. Inspeccionamos otras federaciones para hacernos árbitros de ping-pong, de tenis, de balonmano, de balonvolea, de lo que fuera: no tuvimos tanta suerte. Solía entrevistarme a mí mismo cada noche, antes de dormir. Unas veces el motivo de la entrevista era que había sido ganador de un Gran Slam y otras que había salvado de morir calcinadas en un incendio a catorce personas. Otras veces me entrevistaba por haber conquistado el corazón de una famosa estrella de Hollywood, o por haber sido el único que había fotografiado el momento en que una bala se alojaba en la cabeza del Papa. Cualquier psicoanalista de la Seguridad Social —incluso cualquier estudiante de psicología, y puede que cualquier vendedor de unos grandes almacenes— me hubiera dicho: muchacho, tienes delirios de grandeza, tú lo único que quieres en esta vida es ser famoso, hay algo en tu pasado, quizá la indiferencia con que te distinguieron tus padres, que te empuja a hacer algo grande, algo que te inmortalice, que consiga que te reconozcan en todas partes. Sea como fuere, de la mayoría de las entrevistas que a mí mismo me hacía, obtenía la impresión de que mi principal facultad consistía en sacar lo peor de cada persona. Creo que esa frase la pronunciaba en algún momento de todas las entrevistas, como si fuese una virtud que los demás debían alabar, como si mi misión en esta tierra, más allá de alcanzar Saturno, ganar el Tour, casarme con una millonaria, construir el más elegante aeropuerto de Asia, desenterrar los restos de Jesucristo o descubrir un remedio infalible contra la depresión, fuese servir de espejo deformador de todo el que se acercase a mí. En realidad acababa convenciendo a mis hipotéticos entrevistadores, a quienes siempre seducía, por supuesto, de que por muy impresionante que fuera aquello que yo hubiera hecho y por lo que me entrevistaban, lo que había debajo, lo que descubrían al rascar un poco, era una naturaleza sorprendente que les iba devolviendo una imagen desasosegadora de sí mismos. Esto se lo comenté una vez a mi hermano, una de esas raras veces en las que nos poníamos serios, o al menos yo me ponía serio —porque los cursos de Filosofía en el bachillerato, o los primeros fracasos sentimentales ya en la Facultad, te empujaban a que hicieras esa concesión—, y él, mirándome de reojo y quizá aguantándose la carcajada, cosa que sabía hacer de manera espléndida porque no ignoraba que la eficacia de sus impertinencias consistía en que no las subrayara con su risa ni con un «lo digo en broma» que de inmediato las debilitase, me avisó: eso lo has heredado de papá. La frase me pareció tremenda, porque al viejo nunca lo llamábamos papá después de que ingresásemos en el Instituto y empezásemos a volar cada cual por nuestra cuenta. Era como si hubiésemos estado intercambiando impresiones sobre el Papa, y en un momento dado él se hubiera referido a Su Santidad, como «cuchi-cuchi». Me pareció pornográfico.

Fue mi hermano quien contribuyó definitivamente a que hiciera algo que hasta entonces no me había atrevido a hacer: tomar una decisión. Me presentó a un amigo suyo que se ganaba la vida como gestor en Artistas sin Fronteras.

—Podrías hacer algo por él, creo que necesita que lo

sacudan un poco —dijo mi hermano, con su inextinguible aroma a petróleo.

—¿Estarías dispuesto a viajar a Bolivia? Vamos a enviar a un equipo en un mes, y nos hacen falta artistas, payasos, marionetistas, acróbatas, lo que sea.

Me explicó de qué iba el asunto y no me lo pensé. Aquella noche antes de dormirme concedí otra entrevista. Repasaba en ella mi carrera profesional, después de recibir un Oscar por una biopic de James Dean, al que me parecía, y me sentía especialmente orgulloso —y se me aplaudía por ello— de mis comienzos haciendo reír a niños desamparados y rodeados de miseria. Me fui a Bolivia como quien se va a pasar un fin de semana de cámping con unos amigos. Me enojaba al despertarme porque no conseguía que, aunque mi dirección ahora era otra, y tenía sustanciales motivos para olvidarme de mi nombre, para ser nadie, un payaso más, me seguía diciendo para recibir el día, o quizá mejor dicho, para ser recibido por el día: Moisés Froissard Calderón, La Florida 15, tercero B, veintitrés años, campeón de la imbecilidad.

Media hora después de visitar el inmenso vertedero de las afueras de la capital, donde vivían miles de criaturas, me dio otro ataque de llanto. Pero me repuse, no me quedó más remedio. Ofrecíamos un par de funciones diarias, con mucha improvisación y pocos malabarismos. Los niños que nos rodeaban celebraban las pésimas obrillas de teatro que escenificábamos con marionetas: para ellos el mero hecho de que una marioneta les dirigiese la palabra resultaba milagroso. «Llegan los payasos, los payasos», gritaban cuando nos veían escalar una montaña de basura para arrimarnos adonde estaban. Se pasaban la jornada de sol a sol buscando en aquella inmensa mole de desperdicios algo que poder vender en las calles de la ciudad. Por las noches, para evitar el hambre, se colocaban un trapo impregnado de pegamento en la cara y alucinaban. Más de uno, creyéndose un águila, se subía a un poste de teléfono, y se arrojaba al suelo o se electrocutaba al agarrarse a un cable. Casi todos tenían la mirada huidiza y el caminar encorvado. Los abuelos allí resultaban improbables: era raro el que llegaba a los cuarenta años, si bien conocí a alguno que con treinta y dos años ya tenía varios nietos. Por supuesto los misioneros desplazados a la zona para calmar las angustias insoportables del cuerpo con bálsamos dirigidos al espíritu, se oponían al reparto de preservativos que aliviara la superpoblación. Por muchos que vinieran al mundo, siempre habría más basura que buscadores. Según un censo que alguno de los compañeros aseguró haber consultado, vivían casi cincuenta mil personas en el vertedero. No sé describir el hedor que reinaba no sólo allí, sino también en diez kilómetros a la redonda. Jungla de desperdicios, la ley del más fuerte era la única que imperaba, y si una criatura de seis años localizaba algo de valor, mucho tendría que haber aprendido en poco tiempo para evitar que otros se lo incautasen. El pegamento les comía el cerebro, pero les permitía figurarse otros espacios en los que respirar, en los que ganar campeonatos del mundo de fútbol o conducir potentes carros. En todas las chabolas una imagen de alguna virgen o algún santo presidía la única estancia donde se hacinaban las familias. Cada vez que me iba del vertedero, después de los aplausos de aquellas criaturas narcotizadas, me juraba a mí mismo no volver. Por la noche me emborrachaba en garitos infectos en los que me dejaba convencer por los compañeros para que no cejara en el empeño. Cuando les preguntaba: ¿De verdad pensáis que merece la pena lo que hacemos?, ¿de verdad creéis que con unas cuantas carantoñas y unas narices de payaso y pintándonos la cara de blanco, estamos ayudando a salvar a alguien? Y ellos, en vez de recriminarme esas preguntas, cometían la ingenuidad de tratar de responderlas.

Llevaba tres semanas allí, no sólo dedicado a las actuaciones ante un público tan adorable y complaciente sino también ayudando aquí y allá, montando barracones de madera que cobijaran a algunas familias o impartiendo clases de matemáticas cuando la persona que debía encargarse de eso pedía que la sustituyesen para tomarse el día libre, cuando conocí a Roberto Gallardo, un treintañero pelirrojo, argentino y atildado al que había visto alguna vez merodeando por el vertedero, y que hasta entonces había confundido con uno de los nuestros. No, no era de los nuestros. Estaba solo en uno de los garitos que yo frecuentaba en cuanto se ponía el sol y necesitaba anegarme la conciencia para fabricarme un poco de sueño —ya me dormía sin conceder ninguna entrevista: no me daba tiempo a contestar una sola pregunta—. Roberto me preguntó si la banqueta de mi izquierda estaba ocupada y con un gesto le invité a que se sentara. Empezó con una frase típica de conversador que tiene muy preparado su discurso, algo así como: «Es dura la vida aquí, ¿verdad?» Luego vino una minuciosa indagación en mi pasado, las razones que me habían empujado a dedicarme a lo que me dedicaba, y una valoración detenida de los efectos que mis tareas tenían en el público al que se dirigían. Me dijo que el vertedero era un vergel edénico comparado con algunos barrios de México D. F., donde la policía cobraba un alto

30

precio si alguien solicitaba su presencia. Explicitó algunas estampas que había visto en aquellos barrios a los que ni siquiera llegaba el sol, tapado por una capa grasienta que convertía al astro en una moneda de ceniza. La muerte, allí, era una rutina. También una salvación para los afortunados que la encontraban sin haber padecido demasiado. Un día, el chiquillo que se había derrumbado la noche anterior con el rostro hundido en su trapo impregnado de activo, ya no se despertaba: lo metían en una caja de cartón, si el cura no tenía mejor cosa que hacer se acercaba a repetir lo que había dicho el día anterior en el entierro de otro gachupín, y se acabó la historia y nadie se preguntaba ¿para qué ha vivido? Por fin me preguntó, buscando con la sonrisa de sus ojos una complicidad que el espanto de lo narrado no logró suscitar: ¿no crees que podríamos hacer más por ellos? Luego matizó: no por todos ellos, claro, sino por algunos, por los mejores. Pronto me di cuenta de que mejores significaba los más bellos. Y ahí se interrumpió cediéndome el papel de entrevistador a mí. Cierto que había conseguido interesarme, por momentos me parecía una especie de líder político que en la ancha manga guarda una baraja entera para sacar la jugada que le conviene en cada momento. Ni que decir tiene que la pregunta que me obsesionaba mucho después, cuando ya me había inclinado a aceptar el mundo nuevo que Roberto me ofrecía, era: ¿por qué a mí?, ¿tan transparente era yo que un desconocido, de entre todos los que formaban el elenco de artistas que se desplazaba a diario al vertedero, pudo determinar sin temor a equivocarse que el único que estaba fuera de lugar allí era yo? Cuando supe a lo que se dedicaba aquel hombre pensé que era un criminal, o sea, que lo que hacía merecía la cárcel, el patíbulo. Eso después de considerar la posibilidad de que se estuviera inventando una profesión para hacerse el interesante. Todos hemos sido héroes y villanos en las conversaciones nocturnas de barra de bar, todos hemos contado cuentos inverosímiles, hemos escalado montañas colosales o cazado leones aprovechando la información obtenida en algún número de *National Geographic* consultado en la sala de espera del dentista. Yo llegué a ser incluso cabecilla de un grupo neonazi una noche que traté de encantar a una valquiria que llevaba una esvástica de plata como pendiente. Cuando Roberto me dijo que él se dedicaba a salvar vidas, a meter sus manos en el fango para rescatar una pieza de oro, resoplé. Y entonces me soltó el enérgico discurso de las aprensiones ultracatólicas que nos ensucian la sensatez y nos impiden valorar con sentido común la grandeza de un proyecto como el de la Organización para la que trabajaba.

—Que unos niños se quiebren la columna vertebral recogiendo té o se queden ciegos confeccionando zapatillas de deporte, os parece normal, indigno como mucho, pero preferible a que se prostituyan. Y que se prostituyan con una seguridad inquebrantable de que no va a haber abusos, de que se les pagará lo que valen y no una miseria, de que tendrán médicos cuando los necesiten, y podrán ahorrar en poco tiempo dinero suficiente como para dejar ese empleo si no están satisfechos, eso os espanta: todo lo que tenga que ver con el sexo os parece que está maldito. En la televisión pueden programar doscientos anuncios que venden velocidad suicida de coches, nadie protestará. Pero si aparece la imagen colosal de un hombre desnudo para vender frigoríficos, o la de una bellísima dama que se acaricia la entrepierna para vender alfombras, entonces el asunto llega al Parlamento. Uno puede dejarse el alma en un trabajo doce horas al día por un sueldo de mierda: será alguien honrado. Ahora bien, si en media hora gana lo que tú en un mes, dejando que lo disfrute un baboso que se correrá en cuanto lo toquen, entonces es imposible la honra. Coge a cualquiera de esos bellos, y bellas, muchachitos que escarban en la basura y en la mierda de sol a sol, acentúale la belleza con ropa adecuada, enséñales un par de trucos para enloquecer a los clientes: en media hora habrán noqueado a cualquiera de los babosos y llevarán en la cartera un montón de billetes. Pregúntales a ellos qué es más indigno.

El sermón me parecía endeble, pero preferí no ponerlo en crisis con otro sermón. Me limité a decir:

—Cada cual es dueño de ganarse la vida como puede.

Y luego:

—¿Por qué me cuentas todo esto? ¿Qué quieres de mí?

Me dijo que a él le resultaba muy difícil moverse por el vertedero. Que llevaba días tratando de hacerlo pero no conseguía nada de lo que se proponía. Me dijo que había visto a una preciosa muñeca escarbando en la basura pero no había logrado acercarse a ella. Cuando lo intentó ya se había marchado. La había visto con sus prismáticos, en una loma de desperdicios, acompañada de otros cinco o seis muchachos. Era la única pieza que merecía la pena de todas las que había visto. Me propuso que la encontrara y que si, en mis visitas al vertedero, descubría alguna otra pieza bella, muy bella —me dijo, tiene que ser excepcionalmente bella—, la captara. Me ofreció mil dólares por cabeza que él aprobara.

—La belleza es una cosa tan subjetiva —dije, y la

frase, tonta como ella sola, sonó como excusa para no aceptar su proposición.

—Para los hombres es fácil definir la belleza, amigo —me dijo.

—A ver.

—Belleza es todo aquello cuya contemplación te la pone muy dura.

Y me reí. Y pregunté lo obvio:

—¿Por qué yo?

Me dijo que yo era diferente a los otros, que se veía de lejos que estaba fuera de lugar, que no pertenecía a la ralea de nuevos misioneros laicos que se reparten por el mundo a mejorar el reino de Dios, corregirle sus imperfecciones en la medida de sus fuerzas.

Aquella misma noche, compartiendo catre con Virginia —cosa que hacía de vez en vez, siempre que a ella le apetecía dormir abrazada, nunca cuando se me antojaba a mí—, le conté la propuesta que me había hecho Gallardo. Se deslizó fuera de la cama y me dijo:

—Deberías afeitarte. —La barba había empezado a devorarme el rostro. Y luego—: Tenemos que denunciar a ese fulano.

—¿Estás loca? —le espeté—. ¿A quién lo vas a denunciar? ¿A la eficaz policía boliviana, que no soporta que molesten o utilicen a sus niños buscadores de basura?

—Hay que darle una lección —dijo—. Y deberías afeitarte. Porque...

Quedó callada unos segundos. No supe si iba a seguir con la cantinela de mi barba o estaba tratando de imaginar de qué manera podríamos darle una lección a Gallardo, cómo podíamos ajustarle las cuentas. Por fin dijo, casi desconsolada:

—¿No estarás pensando en aceptar su propuesta?

Le ofrecí una sonrisa como respuesta y ella abandonó el suelo, donde quedó la marca de humedad de su culo, y, antes de marcharse a su catre, me agredió con una mano blanda, que no pudo hacerme daño, a pesar de que sonó como si me hubiera pegado un peso pesado negro. Después se arrepintió, la misma mano que había dejado una huella de calor en mi mejilla se la llevó a la frente, como para comprobar si le había subido la temperatura, si tenía fiebre y podía achacarle a ella que la hubiera sacado de quicio, y sin mirarme me dijo:

—Tienes la habilidad de sacar lo peor de mí misma.

La frase me condenó al insomnio.

AL DÍA SIGUIENTE ME DI CUENTA de hasta qué punto había hecho mella en mi interior la conversación con Roberto Gallardo. Actuábamos en la zona norte del vertedero. Nuestro público lo componían tres docenas de criaturas; las más pequeñas rondaban los seis años, los mayores no pasaban de quince. Mientras me dedicaba a hacer malabarismos con tres pelotitas de colores pensaba: bueno, ahora, cuando me aparte y deje paso a Virginia, echaré un vistazo, a lo mejor descubro a la criatura que va buscando ese hombre, o a alguna otra a la que pueda salvarle la vida. Juro que lo pensé en esos términos. La noche anterior me fui borracho al catre y sin embargo me costó conciliar el sueño. Pensaba en la suerte de todas estas criaturas y en la mía propia. Al fin y al cabo, me decía, estás ocupando un sitio que no es el tuyo, eres un impostor, en verdad no has venido a hacerle la vida más grata a nadie, sino a buscarte una salida a ti mismo. Ya había ocupado mis noches con esos pensamientos muchas veces, y nunca me recriminaba mi impostura, pues terminaba aceptando que lo importante son siempre los gestos y no las motivaciones que los suscitan. De acuerdo, Virginia o Pablo o Raúl o Mercedes, estaban allí de una forma mucho más pura que yo: a ellos los había llevado al vertedero una convicción íntima que a mí no me alcanzó a fortalecer en ningún momento. A ellos, por ejemplo, el hedor que imperaba en el aire les resultaba un elemento que fortalecía la misión que les había sido encomendada: para mí constituía el insoportable testimonio de que yo no estaba hecho para aquello. Era el único que necesitaba protegerse la cara con pañuelos aromados de colonia. Ellos padecían el hedor como la prueba que fijaría la estatura de su heroicidad. Para mí no pasaba de ser el elemento más despreciable y enloquecedor de aquel infierno en el que me había metido sin saber por qué. De hecho yo era el único que sometía nuestra tarea a continuas críticas, llevado más de la sensación de estar perdiendo el tiempo que de la impotencia de comprobar día tras día que, por muchas simpatías que despertáramos en las criaturas, por muchas sonrisas que arrancásemos de sus terribles jornadas de esclavos, en el fondo no pasábamos de ser colaboradores de toda la mierda contra la que se suponía que debíamos rebelarnos. En cuanto me aparté del círculo donde jugaba con mis pelotitas y dejé que Virginia ocupara mi lugar con su actuación, me cercioré de que había empezado a trabajar para la Organización a la que pertenecía Roberto Gallardo. Examiné pausadamente los rostros de los muchachos que componían el público, ansiando encontrar alguno que me hiciera recobrar la definición de belleza que me había dado Gallardo. No hubo suerte, pero el mero hecho de realizar ese examen paciente y minucioso —incluso iba poniéndole nota a cada uno de los cuerpos de aquellas criaturas: la nota más alta fue un seis, a todas luces insuficiente para salvarle la vida a su dueño— me colocó en una situación de extrañeza que, si bien al principio me pareció divertida, luego me desasosegó hasta el punto de que me conminé a dejar de jugar con fuego. A lo largo de toda aquella jornada seguí, no obstante, jugando con fuego: me resultaba emocionante. Juro que no pensaba en la posibilidad de ganar dinero si descubría a la criatura que estaba buscando Gallardo o a cualquier otra que pudiera ofrecerle para que él la evaluara. Me limitaba a interpretar un papel. Por entonces solía entretenerme con esa sandez. Dependiendo de una situación cualquiera yo optaba por interpretar un papel determinado: si el autobús en el que iba se averiaba y teníamos que permanecer durante horas en un barranco, en vez del viajero que no sabe cómo contener su rabia y une su protesta enérgica al coro de las protestas de los otros viajeros, yo me transformaba en una especie de yogui que sabía que las circunstancias peores pueden ser fácilmente domeñadas con ejercicios de conciencia que amaestren tu voluntad para que aceptes el destino sin imponerle exigencias. Reconozco que de yogui fracasaba a menudo, y como en la zona del mundo por la que me movía era habitual que los autobuses te dejaran tirado en medio de la carretera, tenía oportunidad de fracasar una y otra vez: como mucho aguantaba veinte minutos repitiéndome «om namah shivaya», hasta que daba un golpe contra el respaldo del desocupado asiento de delante, me cagaba en la puta madre de la empresa y bajaba al arcén a unir mi rabia a la de los demás viajeros.

No encontré ninguna criatura de belleza excepcional aquel día. Lomas y lomas de basura se sucedían deparando un paisaje apocalíptico. Al pie de cada loma, varias familias se habían establecido y tenían que defender el territorio del que se adueñaron de los que pretendían disputárselo. No eran raras las grescas, ni era excepcional que brillara un cuchillo en las sombras y que brotara la sangre y los gritos se expandieran por el aire sucio del vertedero. A la hora en la que llegaban los camiones cargados con la basura del día, una muchedumbre se congregaba allí donde se detuviesen los carros y comenzaba una pugna feroz en pos de trofeos rotos, ropas desteñidas, chatarra diversa, cualquier cosa que pudiera venderse al día siguiente en el mercado. Era vano aguardar alimentos: los cajones que los restaurantes y supermercados depositaban en los contenedores de basura desaparecían enseguida disputados por quienes controlaban los horarios de esos comercios. Aun así siempre surgían los restos de algún banquete, un gajo de uvas pasadas, un lote de yogures caducados. De todo eso yo hacía fotos. En realidad tenía claro que el único provecho que podría sacar de aquella experiencia, en la que me había enrolado sin preguntarme qué iba buscando ni qué esperaba encontrar en semejante infierno, era una colección de fotos que muy bien podría colocar en alguna revista cuando volviese a España. Sin embargo, a partir de aquel día, más que fotografiar la pugna de aquellos miserables, el trabajo de sol a sol de los niños que cavaban en las montañas de desperdicios, me dediqué a buscar cuerpos que merecieran la instantánea. Hacía primeros planos después de pedir a algunos muchachos y muchachas que posaran, pero en cuanto apretaba el botón de disparo, sabía que no, que el modelo que, ansioso, esperaba que saliera enseguida su imagen y quedaba defraudado al saber que tendría que esperar a que yo revelase la película, no iba a interesar a Gallardo ni a su organización.

Poco a poco me fui haciendo, si no amigo, sí compañero de farra de Gallardo. Era un tipo muy castigado por sus propias ambiciones. Se sentía un fracasado, pues llevaba cinco años ejerciendo de cazador para la Organización y aún no había logrado postular su nombre para algún cargo de despacho propio, director de alguna sede, responsable de algún área. Cada vez que yo trataba de asaltar su pasado, Gallardo me vedaba la entrada: no quería confiarme cómo había empezado en todo esto, y la información que me ofrecía acerca del propio Club era siempre insuficiente, datos que más o menos podía suponer —que la central estaba en París y la sede española estaba en Barcelona, que los chicos y chicas del Club viajaban a cualquier parte para satisfacer a un cliente, que, por supuesto, el Club también funcionaba como Agencia y prestaba a sus efectivos para que actuaran en películas pornográficas, en despedidas de solteros millonarios o como animales de compañía, que las mejores zonas a las que se enviaba a los cazadores con la intención de premiarlos eran Tailandia o el Caribe, que los más jóvenes y aventureros preferían destinos más complicados, países que acababan de padecer una guerra o una bancarrota: los cazadores del Club eran los primeros que llegaban después de que los corresponsales de guerra abandonaran el territorio—. Ni siquiera quiso confesar a cuántos había salvado, si se había enamorado de alguna de las piezas que había cazado, a quién se le había ocurrido acudir al vertedero de La Paz —si había sido idea suya o de la Organización—. Tampoco hablaba de dinero: se limitaba a decir que se movía mucho. Por supuesto velaba la identidad de los clientes: era gente importante, pero él no sabía ni quería saber quiénes eran, y si alguna vez se enteraba por algún cuchicheo, procuraba olvidarlo enseguida. Sólo me dijo: cuando entras a formar parte del Club, lo mejor es no hablar mucho, no oír nada, limitarse a buscar, cazar, entregar y cobrar. Sí me dijo que su éxito más sonado no tenía que ver con ninguna pieza encontrada en algún lugar nauseabundo. Había sido, precisamente, un cazador, una treintagenaria a la que encontró en parecidas circunstancias a las que me encontró a mí y que al cabo de un par de temporadas se había destacado como la cazadora número uno. Ahora esa mujer era la Comandante de la sede de Barcelona, la mujer con la que tendría que entrevistarme para ser aceptado como ojeador del Club Olimpo.

DOS MESES AGUANTÉ EN EL VERTEDERO. Me había comprometido a permanecer seis antes de volver y de que se me designara otro destino. Uno se mete en esto para viajar. Luego está lo de ayudar a los demás y hacer cosas útiles, gestos para salvar el mundo, pero viajar y aprender minuciosamente geografía es lo primero, porque si no, se quedaría uno en casa y acudiría a diario a los arrabales de su ciudad, a las extensiones de chabolas donde los niños disputan a las ratas un terreno para jugar un partidillo de fútbol con los harapos de un balón encontrado en un contenedor. El proyecto en el que me había metido especificaba que nuestra misión era entretener a los críos, sacarlos durante un rato diario de la pesadilla en la que naufragaban, y también tratar de enseñarles cosas, a leer o a escribir. Llevábamos un cargamento de láminas de cuadros famosos, imitando a las Misiones Pedagógicas de la República Española: se suponía que teníamos que ayudar a los niños a que apreciaran la belleza de las pinceladas de El Bosco o de Van Gogh. Que yo considerase hilarante ese propósito y lo ridiculizara, no lo tomaron demasiado bien mis compañeros. Cada vez les caía peor. En alguna ocasión se atrevieron a preguntarme: ¿pero tú qué cojones buscas? Y yo me encogí de hombros, porque dar una respuesta me hubiera forzado a una gimnasia retórica en la que tampoco valía la pena gastar energías. Así que dos meses después de llegar pedí la baja, dije: no puedo más, pagué a Virginia los cincuenta dólares que me aposté con ella a que sería capaz de aguantar hasta el final, y me metí en un avión de vuelta a casa, con algunos kilos menos y el olfato definitivamente atrofiado por la podredumbre de aquel vertedero. Gallardo hacía una semana que se había ido. Encontró a la pequeña diosa que estaba buscando. Una noche cenamos los tres. La criatura tenía uno de esos rostros que causan vértigo: ojos verdes grandes, una boca que pedía a gritos mordiscos, un cuerpo menudo que no tardaría en desarrollarse.

—Hoy te la podrías tirar por unas monedas, muchacho, pero dentro de una semana una hora con esta criatura valdrá dos mil dólares más gastos. A eso es a lo que yo llamo salvar la vida de alguien.

Así que los cazadores del Club Olimpo eran socorristas. Me lo digo a menudo, ahí, mientras hablo con Nadim, que viene de Mauritania, ha llegado a la playa de Tarifa y no sabe muy bien qué va a ser de ella, no sabe si confiar en mí, no sabe si ha hecho bien en abandonar a los suyos en la Comandancia de la Guardia Civil. Trata de calentarse las manos rodeando la taza de café que le acaban de servir. Sabe hablar inglés, así que no me hace falta traductor. Le ofrezco una sonrisa y su rostro no se conmueve, hasta que dice: ¿y ahora? Le pregunto si conoce a alguien en España, cuáles eran sus planes, ya saben, preguntas prologales para allanar el camino. Es lo que peor se me daba. Captar a una pieza me gustaba, me subía la adrenalina, me disparaba los latidos del corazón. Pero una vez que la pieza estaba ante mí y debía pasar al segundo episodio de cada caza, empezaba a perder interés, unas veces porque lo que de verdad quería era quedarme con la pieza para mí y otras porque me parecía que no iba a poder demostrarle que lo que estaba haciendo era salvarle la vida. Por supuesto que a veces recurría a la ficción y conducía a la pieza cazada hasta la sede del Club sin que ella sospechara aún de qué iba el negocio en el que la estaba metiendo. A la joven y desastrada madre de un precioso y espigado chiquito rumano que encontré en un poblado de chabolas a las afueras de Madrid, la tuve que convencer de que yo era representante del Barcelona y quería llevarme a su hijo para probarlo en el equipo filial. Por supuesto vencí todas sus reticencias con un buen fajo de euros —pero si no sabe jugar al fútbol, siempre lo colocan de portero cuando hay partido, me dijo como invitándome a que me inventara otro cuento para convencerla, porque no pensaba poner reparos a la venta de su hijo, pero se veía en la obligación de exigir un mínimo de verosimilitud que la ayudara a engañarse con cierta solvencia.

Tomé una de las manos de Nadim apartándola de la taza de café. Ella no la retiró. La miré a los ojos. Dije: estoy aquí para ayudarte, puedo hacerlo, tengo algo que proponerte, tú decides si aceptas o no, si aceptas te vienes conmigo y te arreglaré los papeles que necesitas para quedarte, si no, tendré que llevarte de nuevo con los demás, la Guardia Civil te repatriará y tendrás que cruzar otra vez el mar y tener más suerte que hoy.

Como para reprocharme que la abordase de ese modo, sonó mi teléfono. En la pantallita iluminada apareció la palabra Ella. Es el nombre que en mi agenda ostenta Carmen Thevenet, también llamada La Doctora, también llamada La Mandamás, también llamada La Mil Ojos Que Nunca Se Cierran.

—A las nueve de la mañana tienes que reunirte conmigo en el Hotel Reina Mercedes de Madrid —me soltó.

—Buenas noches —le respondí.

—Así que deja lo que estés haciendo donde sea, y ponte en marcha, es código rojo, un asunto de mucha, mucha, mucha distinción.

—Pero es que acabo de hacer una captura.

—Pues la dejas donde la hayas encontrado. Qué es, ¿otra náufraga? Empiezas a aburrir. Te relajas demasiado. Así no se llega a ningún sitio. De uno a diez, esa nueva caza, cuánto puntúa. Todo lo que no sea un nueve o un diez es suspenso.

Miré a Nadim. Tenía la mirada perdida en la superficie inmóvil del café que reflejaba un fragmento de su rostro. No, no era un diez, ni siquiera un nueve. Examinada con tan alta exigencia, podía inferir incluso que la había escogido porque era la más bella de su grupo de náufragos, pero que sacada del contexto donde la encontré, si bien no tendría problemas en venderla al Club, tampoco iba a imponérsele uno de esos precios desorbitados que sólo cobraban por servicio sus grandes estrellas. Y sin embargo, hacía un rato, llegué a pensar que Nadim iba a ser una de mis cazas mejores y más celebradas. Ahora se me desinflaba esa convicción. Trataba de imaginármela con un vestido sensual, y sólo lograba verla como una caricatura indigna, más parecida a cualquiera de las putas que se apelotonan en el norte de la Castellana de Madrid o en la Alameda de Hércules de Sevilla, que a las sabrosas estrellas más rutilantes del firmamento del Club. Casi podía oír la voz de La Doctora recriminándome que le llevara semejante pieza, riñéndome por haber bajado tantísimo el listón de exigencia, soltándome alguno de sus aforismos tipo «los grandes cazadores no son los que traen muchas piezas vulgares, sino aquellos que sólo sacan del fango diamantes», o bien «prefiero un diamante a mil pepitas de oro que no podré fundir en una sola pieza». Por otra parte, tampoco se me escapaba que los especialistas del Club eran capaces de convertir una aparente pieza vulgar en una imitación más que digna de un diamante, y Nadim no era vulgar: era alta, tenía el rostro un poco anguloso, unos ojos grandes y una mirada intensa —que, por otra parte, suscitaba más ternura que deseo, y que suscite ternura es lo peor que se puede decir de la mirada de alguien que aspire a ingresar en el Club—, estaba quizá demasiado delgada, debía operarse las tetas: en definitiva, se le podía sacar mucho partido. Me arriesgué al fin. Dije:

—Un ocho y medio, pero es natural, acaba de llegar a una playa, acaba de ser separada de sus compañeros de naufragio, seguro que entre ellos había un novio o un hermano, está como descolocada. Será un nueve en unos días y será un diez en cuanto tú te encargues de ella.

—Exageras —me dijo La Doctora—, estoy segura de que exageras. Ah, corazón frágil, nunca llegarás a nada. ¿Estás seguro de que no está embarazada?

—No. Si lo está no se le nota, o sea...

—Ya, encima pagar un aborto, además de todos los arreglos que haya que hacerle. ¿Le has mirado la dentadura?

—Carmen, acabo de sentarme a tomar un café con ella.

—Bueno, a las nueve en el Reina Mercedes. Si quieres te la traes y si no, la dejas donde la has encontrado.

Pero métete en el coche ahora mismo y empieza a conducir.

Sabía que si me la llevaba a Madrid y al primer golpe de vista La Doctora la desaprobaba, aún podía hacerle el favor a Nadim de llevarla a algún club de alterne al que solía desviar a las piezas cazadas que no habían superado el examen del severo tribunal del Club. Desde que La Doctora se hizo con las riendas de la sede española, los requisitos para el aprobado habían aumentado de forma considerable. Carmen Thevenet era una mujer que se cepillaba todas las noches los dientes hasta que le sangraban las encías. A veces podía permanecer media hora hasta arrancar un hilo de sangre. Si un detalle puede dibujar la geografía de un alma, ese detalle había conseguido en mi interior representar por entero la imagen del alma de La Doctora. También coleccionaba libros intonsos. Me pareció inverosímil cuando lo descubrí. Pensé que compraba libros que llevaban las páginas pegadas para darse el gusto de utilizar un cuchillo con el que rasgar los bordes: hay gente que se serena con cosas más raras. Pero no sólo coleccionaba libros intonsos —la única colección de libros de ese tipo del mundo entero, según se ufanaba en asegurar— sino que también los leía sin cortar las páginas. Una vez, estando de buenas, me explicó cómo lo hacía. Cada libro se compone de cuadernillos de dieciséis páginas. En los libros intonsos sólo son legibles, si no se cortan las páginas, la primera, las dos centrales y la última página de cada cuadernillo. Cuatro de dieciséis. Ésas eran las páginas que ella leía. O sea, de un libro de trescientas veinte, La Doctora leía ochenta. Los intervalos, el texto negado por la unión de los bordes de las páginas, se los tenía que inventar. Pero no era como saltarse páginas para avanzar en la lectura, explicaba. Si en una página leída un hombre engañaba a su mujer con una vecina y luego, después del salto inevitable de las páginas pegadas, la vecina desaparecía, Carmen podía inventarse el intervalo, podía decidir que la mujer había matado a la vecina o que ésta se había ido a la India a dedicarse a cuidar leprosos. Lo curioso, lo excelente, es que en otros aspectos de la vida, Carmen también actuaba como lectora de libros intonsos: sólo quería leer una parte de cada historia, prefería inventarse el resto, colaborar con cada historia haciendo que su imaginación tejiera los enlaces entre los hechos que se le daban. Detestaba saberlo todo, necesitaba ser coautora. Nunca hablaba mucho acerca de sí misma, quiero decir, de sus sentimientos; en realidad era una locomotora que no paraba de hablar, pero casi nunca de sus años como cazadora, de la urgencia que se dio en trepar en el escalafón hasta conseguir sentarse en el despacho de dirección de la sede española. Y desde luego sus ambiciones no se detenían ahí. Estaba pujando por ser trasladada a Nueva York: Europa se le había quedado pequeña. Tenía ilusiones descabelladas y como tomadas en préstamo de un libro de ciencia-ficción. Por ejemplo, soñaba con un tiempo en el que los provocadores de deseo pudieran vivir de los derechos de autor, es decir que si te masturbabas pensando en alguien, una bailarina, una transeúnte a la que has visto en cualquier calle, una camarera de local nocturno o tu vecina adolescente, ese alguien debería cobrar dinero por prestar su imagen a tus deseos, por utilizarla. Cómo conseguir cobrar eso no le planteaba muchos problemas: argumentaba que los derechos de autor de compositores no se cobraban específicamente, sino según un criterio generalizador. Yo no entendía

48

muy bien eso, pero era quizá porque me daba igual y me parecía tan disparatado que no me merecía la pena entrar a discutirlo. De cualquier forma, aquella ilusión suya para que los provocadores de deseo cobrasen derechos de autor —imagínate, decía, incluso podrías llevarte una agradable sorpresa a finales de año, tú que pensabas que no habías ocasionado ningún deseo, de repente recibes una factura en la que se detalla cuántas pajas se han hecho pensando en ti, por lo que te corresponde tanto dinero, ¿no sería magnífico?— la plasmó en el aumento de los precios de los modelos del Club. Decía que un setenta por ciento del precio con que los tasaba, correspondía a los servicios que iban a prestar, y el treinta por ciento al deseo posterior que esos servicios suscitarían, pues si alguien contrataba a una de las estrellas del Club, no sólo iba a pasar una hora magnífica e inolvidable, sino que además recurriría después a las escenas de esa sesión para, ya a solas, procurarse placer con los ojos cerrados, tratando de restituir al presente mental la sucesión de movimientos ardientes que lo enloqueciera en la sesión: esos ecos de la sesión por la que había pagado tanto, eran cobrados con el treinta por ciento del precio que se le había impuesto a la pieza contratada. Derechos de imagen, los llamaba. A veces sorprendía con una frase que no sabías si la había tomado de alguno de aquellos libros intonsos o pretendía de veras expresar, con suficiente desparpajo, una amargura antigua de la que se había deshecho gracias al humor. «Yo llegué virgen no sólo al matrimonio, sino también al adulterio», me dijo en una ocasión. Y también: «El sexo en el matrimonio termina siendo una forma legal de incesto, ¿no? Te das cuenta de que acostarte con tu marido es como acostarte con tu hermano.» Y también: «Para la mayoría de los hombres la cópula no es más que una sofisticación del onanismo.» Yo no discutía nunca ninguna de sus frases, me limitaba a sonreírlas complaciente. De todas maneras la frase lapidaria de entre las suyas que más me gustaba, hasta el punto de que me la apunté en una libreta que llevaba por entonces y donde iba recogiendo impresiones —empecé recogiendo impresiones y terminé dedicando la libreta a apuntar números de teléfono o direcciones de correo electrónico—, era: «Envejecer consiste en dejar de fantasear con el futuro para conformarse con fantasear con el pasado.» Me la dijo confiándome en que así se sentía ella, me la dijo para avisarme de que estuviera atento al momento en que comenzaría mi declive.

Cuando regresé de Bolivia, sin estar muy seguro aún de qué iba a hacer, pero sin dejar de tener presente que en algún momento utilizaría el nombre de Gallardo para visitar a La Doctora y saber más del Club Olimpo —aún no sabía si podía dedicarme a hacer un reportaje fotográfico que pudiera vender luego a alguna revista—, me empeñé en colocar mi experiencia como voluntario en Bolivia. Entre las muchas fotos que traje había una docena bastante decentes y publicables que envié a distintas redacciones, acompañadas de un texto mísero acerca de la vida, por llamarla de algún modo, en el vertedero de La Paz. No tenía confianza alguna en que aceptasen el reportaje en ningún sitio, así que brinqué de alegría cuando me telefonearon de un semanario para decirme que pensaban publicarlo si mis pretensiones económicas no eran desorbitadas. Durante unos días, antes de dormirme, concedí entrevistas como gran reportero, y a la hora del desayuno, cuando mi madre inquiría qué pensaba hacer ahora, confesaba estar planeando un nuevo viaje en pos de una nueva historia ilustrada. Me pasaba horas mirando mis fotos impresas en las páginas del semanario, releía una y otra vez el texto insuficiente que apenas habían retocado en la redacción; recobraba escenas vividas en el vertedero de La Paz, me proponía nuevos retos, trataba de estar atento a lo que acontecía en el mundo para descubrir algún punto de la geografía donde desplazar la cámara. Fueron días extraños en los que me consideraba a mí mismo capacitado para realizar cualquier proeza con tal de ocupar todo mi tiempo en los próximos meses. Se me habían borrado por completo las malas horas de mi experiencia boliviana: ahora sólo eran fragmentos de un relato, aspectos necesarios para dotar de heroísmo a la narración. Las había triturado para hacer de ellas jugo de ficción y por tanto las daba por buenas y necesarias, no me hacían daño sino todo lo contrario, fomentaban mi vanidad.

Pero pasaban las semanas y me quedaba sin recursos. No podía seguir columpiándome en la nada con la excusa de que estaba aún paladeando la miel de un triunfo pequeño y olvidable: el reportaje sobre el vertedero boliviano no había merecido eco en ningún sitio, y si en alguna duermevela consentí en convencerme de que no pararía de sonar mi teléfono con solicitudes de reportajes exóticos, la lenta realidad, el oneroso presente, se empeñaba en desmentir mis ampulosos deseos con la mudez intransigente de mi teléfono. No había nadie al otro lado esperando algo de mí. Mi hermano sacaba petróleo de mi situación: el reportero incansable, me llamaba cuando me veía cansado, tumbado en el sofá, jugando con el mando a distancia del televisor. Mi madre no me apremiaba con exigencias, seguía asediando «lo suyo», combinando ahora gimnasio e iglesia. Según mi hermano, estaba coqueteando con alguien, no sabía si con el monitor de gimnasia o con el cura. Esperaba que fuera con el cura, porque lo del monitor de gimnasia le parecía demasiado vulgar, de película porno emitida en codificado. Lo del cura le parecía grandioso, de Eça de Queiroz, algo suficiente como para que nos sintiéramos orgullosos de ella. Mi padre seguía exclusivamente preocupado en la marcha de su equipo en el campeonato de Liga y en que la crisis económica no marchitara los beneficios de la empresa de la que era gerente. Solía esquivar, según una norma antigua a la que no siempre permanecía fiel, cualquier discusión con mi madre, pero a veces, cuando ésta le insistía en que hiciera algo por sus hijos y les ayudase a encontrar trabajo, aunque fuera de mozo de cargas en la empresa que comandaba, entonces explotaba y nos venía con el bonito cuento de hadas protagonizado por un muchacho al que nadie ayudó, que tuvo que hacerse a sí mismo —esa expresión nos encantaba a mi hermano y a mí: hacerse a uno mismo, «voy a hacerme un poco a mí mismo», anunciaba mi hermano cada vez que iba al cuarto de baño—, que no tenía nada que agradecer a nadie. Y en ésas estaba cuando encontré a Luzmila.

CONDUCIR DE NOCHE, con música tranquila sonando en el interior del auto y una bella mujer tendida en el asiento trasero, tratando de dormir, agolpadas en su memoria imágenes que son soldados heridos que se saben muertos y necesitan sacrificarse y matar. Rodeados de negrura adherida a los cristales del coche como si fuesen pegatinas, siguiendo la lengua escasa de luz de los faros que van inventando el camino, Nadim y yo íbamos hacia Madrid. Ella entró en mi coche como quien ingresa en una celda de la que sabe que no podrá salir sino después de muchas pesadillas, tras marcar muchas veces la pared húmeda con una raya que indique la muerte de un nuevo día. Ya conocía la tristeza angustiada de esa mirada: la buscaba en los rostros que posaban para mí, me encantaba fotografiarlas, cuando la veía brillar en las sombras de mi cuarto oscuro se me agitaba el corazón, la sacaba de la bandeja y la colgaba de una pinza para secarla y me quedaba hipnotizado por esa hermosa tristeza emocionante: fulgía en ella un territorio unánime en el que se hermanaban razas y edades. Conducía sin pensar en para qué demonios me requería con tanta urgencia La Doctora, disfrutaba de la calma música y si me cansaba de los compases melancólicos, le daba una oportunidad a la radio, atestada de confesiones de solitarios, de jubilados a quienes no visitaba ningún familiar, de adolescentes que susurraban para no despertar a sus padres, de gente con problemas que habían aguardado todo el día para realizar esa llamada, para que les abriesen los micrófonos y contaran un dolor que les estaba pudriendo el alma o una aventura que no podían seguir manteniendo oculta en el sótano donde todos guardamos historias insoportables. Ni siquiera me preocupaba en aquellos momentos la suerte de Nadim: para mí ya estaba salvada, yo la había salvado. Incluso si no quedara más remedio que abandonarla a su suerte en las calles de Madrid, la dejaría en mejores condiciones de las que la encontré y por tanto yo le habría servido de puente hacia el lugar mejor al que todos aspiramos. Trataba a ratos, mientras los faros del coche seguían engullendo kilómetros, de imaginarme la historia de Nadim. Todas las piezas que cacé, y las que dejé escapar, cargan con historias monumentales; a veces el aire en ellas es nauseabundo, otras hay movimientos épicos difíciles de narrar sin descender a la grandilocuencia o la inverosimilitud, siempre hay tristeza en las gradas de esas historias, contaminándolo todo, siempre desesperación en el terreno de juego que muchas veces era un campo de minas, o un vertedero lleno de ratas, o una inmensa playa en la que el rumor del mar sonaba como la carcajada de un torturador.

En la radio alguien contaba una historia fascinante, apoteósica, algo sobre un hombre y una mujer que fueron amantes cuando tenían veinte años, dejaron de verse y mucho, mucho tiempo después, se mataron ambos en el mismo accidente de coche, chocando frontalmente el uno contra el otro. Yo pensé en esa historia, traté de ponerle rostro a sus personajes, contarme lo que se contaron los amantes antes de pegársela. Y me acordé que, desde que mi hermano oyó no sé dónde, a mi madre quizá —que cada vez que adquiría un conocimiento trataba de trasplantarlo a su vida cotidiana para que se le grabara a fuego en la memoria—, la expresión «narrador omnisciente», a la pregunta ¿qué quieres ser de mayor?, respondía siempre «narrador omnisciente». Eso quisiera yo, ser un narrador omnisciente, introducirme en la narración que a sí misma se estaba haciendo en aquellos momentos Nadim y copiarla aquí. Resultaba una aspiración superflua, por supuesto, y aun así legítima: quizá sólo pretendiera con ella exculparme, o darme aliento para seguir probándome que en lo que hacía brillaba algo más que un eslogan conciso; nada menos que un mandamiento irrompible: me dedico a salvar vidas. Lo decidí ocho o nueve meses después de regresar de Bolivia. Nada que ver con una salvación personal o un reto íntimo para probarme ante mí mismo la frialdad calculadora y la sangre congelada, la ausencia de sentimientos y de escrúpulos que mi hermano celebraba en mí, que mi madre repudiaba en mí, que mi padre observaba en mí como prueba fehaciente de que difícilmente yo pudiera ser hijo suyo. Después de colocar el reportaje sobre el vertedero de La Paz, traté de hacer otros: lo bueno del periodismo es que deja ejercerlo a gente lo suficientemente adelantada como para disfrazar sus insuficiencias. En eso le pasa como al arte: que no sepas pintar no significa que no puedas ganarte la vida como pintor. Pero mis insuficiencias eran demasiado imaginativas. Pensé, paseando por la ciudad —que era a lo que esencialmente me dedicaba—, que podía hacer un bonito reportaje sobre la guerra sin salir de ella, o sea, que podría disfrazarme de corresponsal de guerra, tomar fotos de lugares que aparentemente habían padecido un bombardeo, de gente sobre la que unos aviones defecaron toda su mierda arrojándola a la miseria. Vagabundos con mirada ida, fachadas que ocultaban grandes extensiones de escombros en los que disimulaban estar vivos yonquis, viejas abandonadas que llevaban adheridas a las palmas de sus manos una hoguera, gente venida de la guerra de verdad a canjear sus títulos universitarios por un cartón que se colgaban al cuello y en el que solicitaban en español tartamudo una ayuda. Me gasté mis últimos cuartos en revelar cien diapositivas de lugares macabros localizados en pleno centro de la ciudad. La imagen global era estremecedora: había una guerra, la mirada de aquella gente lo sentenciaba, sus condiciones de vida lo demostraban, bastaba falsear el pie de foto, escribir Grozni donde la verdad se empeñaba en que escribiera Sevilla. Una de las muchachas a las que fotografié me llamó la atención: se dirigía con gesto enojado a los clientes de una terraza, como exigiéndoles que le pagasen un bocadillo. Me bastó acercarme para comprobar que su rostro era de una belleza incalculable. Por el habla parecía italiana, pero Italia no es de esos países que vomita indigentes para esparcirlos por la faz de la Tierra, así que supuse que debía ser rumana. Me equivoqué. Era albanesa. La llamé Luzmila. Juro que entonces, cuando le ofrecí veinte euros porque me dejara fotografiarla entre los harapos de otro de los edificios céntricos que se iba al garete, no pensé ni por un momento en Gallardo ni en su Club Olimpo. Me interesaba demasiado ser fiel por una vez a un proyecto como para marearme entusiasmándome con otras posibilidades. Quiero decir: en mí casa había dejado claro lo que quería ser, a lo que me iba a dedicar, en lo que gastaría todas mis energías. Tenía veinticuatro años y había llegado la hora de tomar una decisión. Tomé varias. Porque opté por irme a vivir con Paola, una muchacha que me había estado cortejando desde antes de que me fuera al vertedero y que se ganaba la vida dando clases de inglés en una Academia. No sabía si aquello iba a funcionar o no, pero tenía claro que me iría mejor con Paola que con mis padres. Cuando estuvo listo el reportaje sobre la falsa ciudad en guerra, lo presenté a varios redactores-jefes: por una vez los redactores-jefes alcanzaron una espléndida unanimidad. Rechazaron el reportaje acusándolo de fraude. Unos reconocieron a tal o cual mendigo, otro vivía justo al lado de uno de los edificios fotografiados, otro quiso hacerme creer que le impresionaba mi valor pero se excusó diciendo que habían publicado una cosa sobre Grozni hacía poco: ni siquiera se había enterado de qué iba el juego. Bueno, me dije, no hay que desanimarse. Y Paola me decía, bueno, no tienes que desanimarte: están buscando a alguien en el barrio para que entrene al equipo alevín de fútbol-siete, pagan poco, pero el trabajo también es mínimo. Mi padre iba a quedarse encantado cuando supiera con qué tarea pensaba ganarme la vida. Seguro que primero no haría ningún comentario, se limitaría a ensayar un casi imperceptible estiramiento de sus labios: lo más cerca de una sonrisa que estaría nunca. Y luego, algún tiempo después, sin venir a cuento, en cualquier instante, mientras mondaba una naranja o se rascaba la cabeza o llenaba de tabaco la pipa, soltaría: todos los entrenadores de equipos alevines e infantiles son unos pederastas y acaban metidos en líos por abusar de algún muchacho. Lo cierto es que me empecé a conformar con mi suerte y a consolarme por no tener archivado en mi catálogo de heroicidades más experiencia narrable que aquellos meses pasados en el vertedero como un angelical artista sin fronteras que se proponía arrancarle una sonrisa a algún niño. Si a alguien se le ocurría preguntarme para qué diablos había perdido el tiempo estudiando Arte Dramático respondía que mi propósito inicial era convertirme en político, alcalde, gestor cultural, algo así, para lo cual había que tener nociones de dramaturgia más que de Ciencias Políticas. Jamás me presenté a un *casting* ni nada de eso. Seguía haciendo fotos, pero eran todas de partidos de alevines —juro que en los vestuarios no disparé nunca mi cámara—. En fin, de repente, una tarde, todo se vino abajo.

Pero ahora me ha entrado sueño, falta aún mucho para Madrid y decido parar a dormir en algún sitio. Tengo suerte. Me desvío de la autopista en cuanto veo el nombre de la primera población por la que paso. No tardo en encontrar una pensión. Dejo a Nadim acostada en el interior del coche para ofrecerle una oportunidad: si se despierta y decide escapar, adelante, lo tiene muy fácil, abrir la puerta, salir del coche, perderse por las callejas de este pueblo, emprender una solitaria aventura que la lleve, por un laberinto de escenas poco gloriosas, a alguna comisaría o a las redes de alguna mafia que la deposite en la Casa de Campo, con un tanga por toda vestimenta y como complemento un bolsito barato donde ocultar la navaja con la que podrá defenderse de un hipotético asaltante. El cuarto huele a desinfectante y la cama me recibe con una queja antigua. Sé que apenas voy a poder dormir. Hace tiempo que pa-

dezco una avería de la psique que ha elegido un formato cómico para darse a conocer: picores. En cuanto me
acuesto empiezan a picarme los testículos. Ríanse, están
en su derecho. Es una tragedia que no ha solucionado
ningún dermatólogo. Me recetan anestesiantes, ansiolíticos, cremas: nada que hacer. Los picores se presentan
igual. Ya he empezado a llamarlo «lo mío», porque ca-
rezco de nombre que darle. He aceptado que es un castigo que se me ha impuesto, y que el lugar que ha elegido mi culpa para manifestarse sea precisamente ése no
puede ser más significativo.

SIEMPRE QUE NO TENGO IDEA DE ADÓNDE DIRIGIRME, o cuando llego tarde a algún sitio, recurro a una estrategia que me ha dado excelentes resultados y que supongo que es la misma a la que recurre casi todo el mundo, si bien nunca he oído a nadie confesarlo, quizá porque no deja de ser algo infantil y hasta ridículo. El caso es que me estimulo eligiendo a un transeúnte que se encuentre a una distancia de unos cien metros por delante de mí y lo convierto en un corredor que me aventaja todo ese espacio en una final de los Juegos Olímpicos. Me propongo adelantar a mi contrincante antes de llegar a un punto en el que, en el momento de iniciarse la competición, fijo la meta. Si se da el caso de que el transeúnte abandona la calle que lleva a la meta, no me proclamo ganador de la carrera: elijo a otro contrincante y fijo otra meta.

La tarde en que cambió mi aseada vida de consorte de Paola necesitaba apaciguarme el ánimo, así que nada mejor que una final olímpica para amortiguar la quemadura de la angustia en mi pecho. Elegí un punto azul al que le otorgué nacionalidad alemana, no sé muy bien por qué. Apreté los dientes y después de fijar la meta al final de la Avenida Menéndez Pelayo, a unos ochocientos metros en línea recta de donde me encontraba, aceleré el paso. Para agregar ingenuidad a todo este asunto he de confesar que, para que la mente no se deje depositar dañinos pensamientos mientras dura la competición, cuando persigo a un transeúnte con intención de arrebatarle la medalla de oro de los 1.500 metros, retándome a mí mismo, me recreo por el camino concediéndome una identidad heroica: me convierto en la última baza que tiene mi país para obtener la única medalla que salve el honor de nuestro deporte. Una voz interior retransmite la carrera para darle ímpetu al corredor que yo soy. Por supuesto también forman parte de todo el espectáculo íntimo los vítores enardecidos de los espectadores que me apoyan ondeando multitud de banderas de mi patria.

La muchacha a la que necesitaba adelantar llevaba el pelo corto, zapatillas de deporte y unos vaqueros gastados. Ya la tenía a unos sesenta y cinco metros pero aún no me había apercibido de que se trataba de Luzmila. Faltaban más de quinientos metros para llegar al semáforo donde concluye Menéndez Pelayo, una de las avenidas principales de Sevilla, festoneada por dos hileras de árboles que terminan en el golpe verde de los Jardines de Murillo. Ahí me tenéis pues, adelantando a transeúntes que caminaban con una lentitud enojosa, como si no estuvieran compitiendo, olvidado ya de todos mis males, sin extraviarme con capciosas ilusiones, fijo el pensamiento en la carrera, oyendo al locutor que describía enfáticamente la carrera a los espectadores que me apoyaban. Cada uno de mis adelantamientos era festejado con exaltación por la voz que retransmitía la prueba en exclusiva para mis adentros, explotaba la afición que seguía infundiéndome ánimos con sus palmas aceleradas y coreando mi nombre.

La diferencia que me separaba de la alemana fue menguando. Ya la tenía a unos treinta metros. Fue entonces cuando me di cuenta de a quién estaba persiguiendo. Y ocurrió algo que me puso las cosas mucho más difíciles de lo que ya las tenía. La chica giró la cabeza, me descubrió entre la gente, y de repente pareció darse cuenta de que llegaba tarde allá adonde se dirigiera y aceleró, hecho que el locutor que retransmitía la prueba tomó como indicio de que nuestra contrincante veía peligrar su triunfo ante mi vertiginoso avance. Aquel cambio de marcha, y el hecho de que hubiese reconocido a la albanesa, me obligó a acelerar aún más. Por supuesto me pregunté: ¿si me ha reconocido, por qué huye? Tal vez pensó que las fotografías no habían salido como yo quería y la estaba persiguiendo para proponerle una nueva sesión o para pedirle que me devolviera el dinero que le había pagado. A pesar de su cambio de velocidad conseguí colocarme a su espalda, podría alargar el brazo y tocarla y decirle: ¿eh, no te acuerdas de mí? Faltaban doscientos metros para el semáforo.

Y he aquí que cuando me disponía a adelantarla, con el público enfervorizado clamando mi nombre y la sonriente luz de la medalla guiñándome allá al fondo, en el podio, junto a la meta, cuando iba a colocarme a su altura por el lado izquierdo para esprintar y obtener una victoria cómoda, ella me sorprendió acelerando aún más e impidiéndome dejarla atrás. No le dije nada, ni siquiera la miraba ya. Ella tampoco me miraba a mí. Parecía dispuesta a vender cara su derrota, parecía querer ponérmelo difícil, como si fuera consciente de que, en efecto, estábamos pugnando por una medalla de oro, por el lugar más alto del podio, por el honor de escuchar el himno nacional con la palma de la mano sobre el pecho mientras ascendían las banderas en la ceremonia de entrega de trofeos.

La voz interior que radiaba el duelo se sofocaba animándome, exhortándome a que no cediera ahora, a que no me dejase arrebatar la única medalla al alcance de nuestro equipo nacional, a que venciese a la albanesa —¿pero no era alemana?, preguntó al locutor alguien, y él explicó: no, fue una confusión, es albanesa, albanesa—, y a la vez el público seguía encendido en vítores y clamor, puesto en pie el estadio entero, aunque ahora yo no estaba seguro de si lo que celebraba era que yo me hubiese colocado a la altura de Luzmila o quizá que Luzmila hubiese reaccionado y fuese a ponérmelo difícil, a no dejarse vencer. A fin de cuentas, Albania tampoco había ingresado todavía en el medallero olímpico.

Caminamos al compás durante un buen trecho como dos soldados paralelos de instrucción impecable en un desfile de gala. La albanesa me vigilaba y yo la vigilaba a ella, midiendo nuestras fuerzas, controlándonos de reojo sin perder de vista el semáforo en el que estaba instalada la meta. Estuve a un paso de detenerla, contárselo todo y reírnos juntos de mis pamplinas olímpicas, pero cómo iba a reaccionar aquella criatura ante mi desmadejada historia, y en cualquier caso qué sería capaz yo de contarle. ¿Me atrevería acaso a decirle que me acababa de buscar la ruina? ¿Que había descubierto hacía sólo un rato que mi compañera tenía un bonito amante y además habían retirado de la programación televisiva *Fraiser*, mi serie favorita? ¿Que, en fin, para olvidar esa cadena de desgracias me había inventado una carrera en la que la había nombrado mi contrincante y ni siquiera había podido desistir en el intento de vencerla después de descubrir que la conocía y que sus fotos salieron espléndidas y que me gustaría enseñárselas y regalarle alguna?

De las tres circunstancias en que se basaba mi desasosiego, no crean que ninguna guarda relación con las otras. Aparcando a *Fraiser*, que nada tiene que ver con el resto y hace las veces de gota que colma el vaso, la verdad es que si me había buscado la ruina fue porque Paola se estaba liando con el anterior entrenador del equipo alevín de fútbol-siete. Ni idea de cuánto tiempo llevaban encontrándose. Tal vez desde antes de que yo me fuera a vivir con ella. Yo había tomado cañas muchas noches con su amante en el bar donde esperaba que Paola llegara de sus clases. Era un tipo de cuarentitantos años que se dedicaba a vender coches, aunque actuaba como si estuviese a punto de comprar la Volkswagen con unos ahorros. Con su gomina en el pelo, su sonrisa de anuncio de dentadura postiza irrompible, sus varias horas de gimnasio en los abdominales, y su encantador cosmopolitismo que le permitía divagar acerca de las poleas de las casas de Amsterdam que sirven para bajar ataúdes, de las bocinas de los coches de Palermo que suenan constantemente porque ésa es una ciudad en la que el rojo del semáforo no es una orden sino una mera sugerencia, de cómo hacen el centrifugado (un exótico y exquisito ejercicio sexual que exige unas caderas vertiginosas) las cubanas, de las cien mil palmeras de Tozeur y de tantas otras cosas aprendidas de primera mano, no en horas de lectura de revistas de viaje, me caía bien. A ese amo del universo venido a menos le desencajé la mandíbula de un uppercut. No era tan irrompible la dentadura. Paola se estremeció primero y luego debió sentir que el techo se hacía añicos sobre su cabeza, porque se tapó la cara y agachó el cuerpo como si el edificio se viniera abajo. No es lo que crees, susurró él, antes de que yo lo noqueara. Yo no creía nada, obviamente. Cálmate, no seas idiota, me recomendó ella antes de que el golpe a su amante la estremeciera. La expulsión de casa estaba garantizada, a lo que habría que sumar la cuenta del hospital y la multa que se me impusiera en un juicio que difícilmente esquivaría. La voz del locutor y la animación de los espectadores que vibraban en las gradas abarrotadas de mi interior, con sus banderas y sus palmas, me dieron una fuerza superior que me empujaba a no defraudarlos, a insistir. Me había convencido de que la albanesa era mi única enemiga, la única criatura del globo que me separaba de la felicidad del triunfo. Era mi enfermedad. Y tenía que combatirla y vencerla. Perder era entregarse a la muerte. No podía consentirme una derrota: ya había perdido demasiadas cosas a esas alturas: Paola, un lugar donde residir, mi serie de televisión favorita. Ya sólo faltaban cien metros para el semáforo.

De muchacho me entregaba a ese tipo de supersticiones baladíes: ante un examen de Inglés, por ejemplo, miraba una de las estanterías del salón y me retaba: si aciertas cuántos libros hay en esa estantería, eso significa que aprobarás el examen. Y arriesgaba un número, y si acertaba, pensaba que ya no sería necesario pasar la madrugada estudiando porque no podía haber acertado el número de libros por pura casualidad: ese acierto era una señal divina de que perdería el tiempo gastándome los codos en la mesa de estudio, el examen estaba aprobado ya, antes de hacerlo, lo aseguraban los libros de la estantería cuyo número yo había acertado. No sé por qué me acordé de esas supersticiones tempranas mientras seguía empeñado en adelantar a la albanesa que se esforzaba en que no la adelantara. Y por supuesto reparé en que era muy estúpido dejarse ganar por la idea de que si al fin obtenía la medalla de oro en aquella competición eso querría decir que no tardaría en encontrar un trabajo mejor remunerado que el de entrenador de un equipo de fútbol-siete, que Paola abandonaría a su amante y me daría explicaciones que me acabarían satisfaciendo, que repondrían *Fraiser*.

Me obcecaba la absurda certeza de que lo que en el fondo la albanesa deseaba, como si estuviese al tanto de todo lo que acontecía en mi interior, era no dejarme adelantar, no dejarme vencer, no permitirme el placer de vengarme de que las cosas me fueran tan mal. Ella sabía que yo había sido engañado, que iba a tener que arrostrar un juicio, tal vez hasta conocía al amante de mi mujer, seguro que se alegraba, en cualquier caso, de que hubieran dejado de emitir *Fraiser*. Ella sabía que yo me había dicho a mí mismo, como ante aquel examen de Inglés, vamos, si puedes ganar esta carrera, también puedes derretir el desasosiego que te hiela el pecho, encontrarás otro trabajo en el que te pagarán mucho mejor, Paola es sustituible, de hecho nunca la has querido, no tiene por qué dolerte que te engañase, te pedirá perdón y tú la mandarás a la mierda porque vas a conocer a alguien que no te engañe, *Fraiser* volverá a la pantalla. ¿Cómo era posible eso? No lo sé. En momentos así se te ocurren demasiadas cosas, tu cabeza es un arsenal de ideas absurdas, ideas que son espejos que reflejan otros espejos, la algarabía de pensamientos es la que impide que luego puedas rescatar con nitidez alguno; todos están envueltos en un plástico pegajoso que los convierte en una masa viscosa. Yo pensaba en el cuerpo de Paola gozando bajo su amante, quizá en la que había sido mi cama durante unos meses o en improvisados nidos que agregaran aventura a su pasión, servicios de cafeterías, cabinas telefónicas de hoteles, garajes mal iluminados. Y pensaba también en mi currículo metido en un sobre acolchado —por supuesto no se mencionaba en él que le había roto la mandíbula a un tipo— y enviado a los Jefes de Personal de muchas empresas. Y pensaba en lo maravilloso que era llegar a las diez de la noche y, después de cenar frugalmente en la cocina, trasladarme con Paola a la sala del televisor porque iba a empezar el capítulo de *Fraiser*. Y pensaba en lo absurdo de la situación, y en las razones de la muchacha albanesa para no dejarme que la adelantara, y en las razones que me empujaban a mí a vencer en aquella carrera. Y pensaba en el público invisible que llenaba el estadio de mis entrañas, y en el locutor que no cejaba de darme ánimos y de retransmitir la carrera. Y pensaba en que hay peatones que son supersticiosos y que si advierten que uno va a adelantarlos aprietan el paso para no dejarse adelantar porque para ellos que alguien los adelante por la calle es como si se les cruzara un gato negro o se les derramara un tarro de sal en la mesa. Hay peatones dispuestos a iniciar una carrera y dar lo mejor de sí antes de dejarse adelantar por un desconocido. Tal vez la albanesa pertenecía a esa estirpe de peatones y su afán no estribaba en llegar antes que yo a parte alguna ni alcanzar siquiera a ningún otro transeúnte al que hubiera declarado su rival, ni siquiera vencerme para que me quedara claro que no iba a encontrar otro trabajo mejor que aquel del que yo me había expulsado, que Paola me abandonaría definitivamente y que podía despedirme para siempre de *Fraiser*. Quizá lo único que ella pretendía era no sentirse superada.

Y de repente, al adelantar yo por la izquierda y la albanesa por la derecha a un anciano que, por lo demás, no era precisamente cojo, ella redujo la marcha y consintió al fin que yo la adelantase, a sólo veinte metros de la meta. Tardé en darme cuenta de mi privilegiada posición porque había decidido recorrer el último tramo de la carrera con la cabeza gacha, para aislarme de todo lo que no fuese la animación interior con que el público me exigía la victoria. Cuando me percaté de que había rebasado a la muchacha, la perplejidad me inundó. Sentí ganas de detenerme, esperarla, preguntarle por qué demonios me había hecho sudar resistiéndose a que la adelantara durante un buen tramo de la carrera para dejarse adelantar a sólo unos metros de la meta. No estaba alegre a pesar de la inmediatez de mi triunfo coreado ya en las gradas, celebrado por el locutor. La muchedumbre repetía mi nombre y agitaba sus banderas y yo volvía la vista atrás y lo comprendía todo.

La chica delante del anciano mostraba en su rostro la señal inconfundible que ratificaba que había conseguido su cometido: adelantar al anciano veloz que se le resistía. Él era su competidor, y la meta señalada por la albanesa (que quizá no representaba a Albania en su carrera contra el anciano, tal vez representaba también a España, su manera de sentirse de aquí, acogida, con papeles, deportista de elite, y era animada por miles de gargantas espectrales en sus entrañas y por un locutor complaciente y enérgico) quizá estaba en el toldo rayado de la confitería por la que acabábamos de pasar, justo donde ella redujo la velocidad, cambió el ritmo, acortó sus zancadas, dejó que yo la adelantase.

Avancé lo que quedaba hasta el semáforo, ya sin énfasis competidor. Miré de nuevo atrás. Ya llegaba la muchacha, sin mirarme. Pero entre ella y el anciano se había abierto un espacio de unos cuantos metros en el que se había colado de repente, como surgido de la nada, un barbudo corpulento con camisa de leñador que iniciaba la maniobra de adelantamiento para dejar atrás a la muchacha. Sin que pudiese controlarlo, espontáneamente, un grito surgió de mi garganta:

—Cuidado, corre, corre.

Ella me miró espantada y luego se giró y al ver al barbudo leñador, las mandíbulas apretadas, el rostro contraído, los ojos casi cerrados, muy cerca de ella, empezó a correr. El barbudo no entendía nada. La muchacha cruzó el semáforo arriesgándose a que algún coche la atropellase, tuvo que esquivar dos motos que frenaron estrepitosamente para no llevársela por delante. Hubo un concierto de cláxones protestando. Pero la muchacha arribó a la otra orilla sana y salva, y desde allá se volvió a mirarnos, al barbudo y a mí, juntos ya esperando que el semáforo nos permitiera el paso. Luego reemprendió su carrera. El barbudo me preguntó qué coño estaba pasando, yo le contesté, le dije que nada, que me habían despedido por atizarle a un compañero y romperle la mandíbula, que ese compañero se follaba a Paola y que encima habían retirado *Fraiser* de la programación televisiva. El barbudo no dijo nada, pensó, otro pirado. El anciano estaba a punto de llegar también al semáforo. Cuando éste se puso en verde, el barbudo, que me seguía mirando extrañado de reojo, no sé si compadeciéndome o sólo vigilándome, prosiguió su marcha de ritmo ascendente. La calle estaba muy concurrida y seguro que no le costaría encontrar en la lejanía algún contrincante para disputar alguna final olímpica. Yo no crucé. Seguí hasta Carlos Quinto y me metí en el Café Oriza para colgarme ante un par de gin-tonics mi medalla de oro, una medalla de oro que no significaba nada, que no podía querer decir que encontraría otro puesto de trabajo, ni que Paola fuera a decidir no dejarme tirado cuando más falta que nunca me hacía, ni, desde luego, que aquella noche iban a dar un capítulo nuevo de *Fraiser*. No, no quería decir nada de eso, del mismo modo que acertar cuántos libros se alineaban en una estantería del salón de mi casa nunca quiso decir que no hacía falta estudiar para aprobar un examen: siempre que me dejé llevar por una de esas estúpidas certidumbres —sólo para hacer la prueba y confirmar o rechazar que podía haber una relación invisible, secreta entre el acierto al pronunciar el número de libros y el resultado del examen que no había preparado— me suspendieron.

PERO LA TARDE NEGRA me tenía reservado un respirade-
ro, un alivio, una lumbre pequeña y suficiente. Luzmila.
Yo me había sentado junto a la cristalera: me sentía un
juguete viejo en el escaparate de un anticuario, observa-
do por los transeúntes, algunos se detenían y revisaban
la etiqueta con el precio que colgaba sobre mi cuello,
hacían un gesto indicando que les parecía exagerado, y
seguían de largo. Nadie iba a comprarme. Y de repente,
una sombra me cubrió el rostro. La albanesa estaba ante
mí, como si fuera la camarera impaciente que aguarda a
que le haga de una vez el pedido y deje de mirar una
carta de la que al final no escogeré nada. Me dijo:

—Me invitas Coca-Cola.

Y yo le sonreí. Una deflagración infinitesimal debió
expresar en mis pupilas la sorpresa de tener delante a
Luzmila, con sus ojos verdes, y su sonrisa, como recién
estrenada, y sus manos con dedos largos y uñas sucias,
y el pequeño tatuaje que le ilustraba el hombro, una
barca suspendida sobre una ola que no era más que un
garabato de tinta verde. No teníamos nada que decirnos
pero estuvimos conversando hasta muy entrada la madrugada. Primero allí, luego en una plaza en la que unas
viejas daban de cenar a unas palomas y un gato aguardaba detrás de un árbol a que alguna paloma se despis-

tase para procurarse él también algo de cenar, después esperando en la puerta trasera de un hotel a que sacaran los contenedores con la comida que les había sobrado del día —que era lo que Luzmila hacía cada noche para comer algo: se reunía allí con una turbamulta de sin papeles, viejos de pensión exigua y vagabundos a los que disputaba unos cuantos *croissants*, o algo de fiambre, unas manzanas llagadas, unos melocotones a punto de caducar—. Después de que Luzmila me invitara a cenar —conseguimos unas rodajas de salchichón y unos panecillos— nos trasladamos a otra plaza con una fuente ruidosa que se apagó a las doce en punto. Con su español minado de defectos y expresiones italianas, Luzmila fue contándome episodios pequeños de una historia oscura, con padre violento, pobreza en los rincones, hermanos violentos, madre ahorcada, vecinos violentos y paisaje de montañas inexpugnables. Seguro que ya se ha hecho alguna película con todo aquello, me dijo para condensar su tragedia, unirla a la de miles de compatriotas que se echaron a andar un día por ver de llegar a un puerto donde poder refugiarse en un barco que los llevara a cualquier parte, lejos de allí. En efecto, la película se había hecho, y yo la vi días después, instalado ya de nuevo en la casa de mis padres —sólo hay algo peor que un entrenador de fútbol infantil, me dijo el viejo, y es un entrenador de fútbol infantil que viva con sus padres—. En el momento en que descubren a un muerto en el atestado camión que lleva como ganado a los albaneses a un puerto donde hay promesa de barcos que van a Italia, se me quebró de nuevo el ánimo y comenzó la llantina, pero esta vez ni siquiera mi madre se ocupó de mí, ni siquiera me arropó para que se me pasara el frío. Mi hermano sentenció:

—Este chico va a acabar mal, os lo aviso para que vayáis comprándoos alguna cosa elegante para su funeral.

Aquella noche, en aquel parque apagado donde se oía la pesada respiración de la ciudad como si fuera un monstruo dormido después de un día duro, Luzmila me dijo:

—Por cien euros te dejo que me folles. Por cincuenta te la chupo. Sodomía no.

La frase, por supuesto, me dejó colgado, aunque sólo fuera por el hecho de que alguien que no buscaba eufemismos para decir lo que quería, de repente utilizaba una palabra decente en vez de utilizar la expresión que convenía al tono del resto de la frase. Pero no dijo «dar por culo», sino sodomía. Luzmila me demostraría luego su capacidad envidiable para dominar un idioma y hablarlo como si fuera su lengua natural: en muy poco tiempo pasó del atropellado español lleno de incorrecciones y préstamos italianos, a un español cristalino, demasiado tajante y claro, que se permitía incluso hacer insospechados juegos de palabras. Yo sonreí, y pregunté si se vendía así a menudo o era un regalo que me hacía por las horas compartidas. Y fue soltar aquella frase, a todas luces estúpida, cuando me acordé de Gallardo, me acordé del Club Olimpo, y me ilusioné con la ocurrencia de que si les llevaba a Luzmila dos vidas mejorarían de golpe: la suya y la mía. La suya, porque si, a fin de cuentas, ejercía de puta de vez en cuando, en ningún lugar iban a sacarle más partido a su belleza que en el Club. Era un desperdicio que se vendiera tan barata en la Alameda de Hércules, que estuviera al alcance de tanto miserable sin inversiones en Bolsa. La mía, porque me estaría ofreciendo una oportunidad espléndida para congeniar dos impulsos vitales: el de ayudar a los demás y el de salvarme a mí mismo, o bien, el de salvar a los demás y el de ayudarme a mí mismo. Que esto último no sea más que una peregrina y poco convincente manera de sosegar las muy arañadas entrañas de uno, lo acepto y lo admito, pero embaucarse para dar un paso adelante ha sido siempre una estrategia que los héroes de todo tiempo han ensayado sin reparar en que la mentira que dan por mandamiento tan sólo oculta el tamaño de su impotencia o el de su vacío o el de su insatisfacción. Lo importante es pasar el cuerpo por encima del listón de esa impotencia, ese vacío o esa insatisfacción: la pértiga que se utiliza es lo de menos.

Aquella madrugada me quedé a dormir en el portal de la casa de mis padres. Podría haber entrado en la casa —conservar la llave de la casa de tus padres es un diáfano símbolo de que no quieres despegarte del todo, por lo que pueda pasar, y desde niño hasta hoy mismo, todavía hoy, lo primero que digo al despertar es mi nombre, mi edad, y la dirección de mis padres, una casa en la que ya no vive nadie a quien yo conozca— pero preferí quedarme al pie de las escaleras. Si algún vecino madrugador me descubría, ya le diría yo que se me habían olvidado las llaves y no quería despertar a nadie. Lo malo es que el primer vecino madrugador fue mi padre, que sólo dijo: la vuelta del hijo necio, si hubieras ido al servicio militar te habría ido mejor en la vida. No se me ocurrió preguntarle qué coño quería decir, me limité a subir las escaleras y desplomarme sobre el sofá del salón.

Luego, al mediodía, después de desayunar con mi madre ahí enfrente observándome sin decir nada, apartando los ojos cuando yo buscaba con la mirada los suyos, suspirando de vez en cuando, telefoneé a Paola para grabar en su contestador que por la tarde pasaría a recoger mis cosas. Mis cosas eran unos cuantos libros, unos cuantos compactos, mi cámara y unas cuantas fotografías enmarcadas. Le pedí prestado el coche a mi madre.

—¿Y tu coche? —me preguntó.

—No era mi coche, era el coche de Paola.

Mi madre por entonces se había matriculado en un curso de encuadernación en el Instituto de la Mujer. Iba tres veces a la semana a charlar con otras mujeres que tenían menos interés en la encuadernación que en encontrarse con mujeres que las escucharan a cambio de ser escuchadas. A mi madre se le ocurrió utilizar las prendas que ya no se ponía para forrar los libros que ya no iba a leer. Una blusa vieja que no quería tirar porque le traía el aroma de no sé qué tarde o el paseo nocturno y solitario por no sé qué ciudad, mientras mi padre dormía en una habitación de hotel a todas luces excesiva para ellos dos, la convertía en la camisa con que abrigar la historia de Madame Bovary. Los cuadros de una falda que se había quedado anticuada y que de todas maneras ya no podría ponerse si no pasaba antes por el quirófano para rebajarse las caderas, sirvieron para encuadernar *Jane Eyre*. Entre los libros vestidos con prendas queridas de mi madre y la colección de biografías de viudas de hombres legendarios de mi padre —tenía esa obsesión: interesarse en las vidas de las mujeres con las que se casaron los grandes de la Historia—, la biblioteca de mi casa se convirtió en un lugar excéntrico digno de pugnar por aparecer en esa antología del disparate humano —o Libro Sagrado de nuestro tiempo— que es el *Guinness de los Récords*.

—Yo que tú me lo quedaba, dejaba allí todos los libros, todos los compactos y desde luego todas las fotografías y esas ropas que te pones y que no debieras ponerte y el perro ese asesino que tienes, y me quedaba con el coche, eso hacía yo: con ese coche sí se puede empezar de cero en cualquier parte, pero con ese perro y esas fotos que haces, hijo, así no hay manera de remontar, es que no la hay.

El perro tampoco era mío, un Rottweiler al que Paola llamaba *Paolo* y yo *Narrador Omnisciente*. Me figuraba nuestra historia narrada por aquel animal que en pocos meses había pasado de ser una criatura dulce y pequeña a convertirse en un monstruo cuya mirada te ponía contra las cuerdas. Por supuesto Paola debió escuchar mi mensaje y debió darle órdenes estrictas a *Narrador Omnisciente* de que no dejara que me llevara nada de lo que había en la casa. No le había dado tiempo de cambiar la cerradura, pero con aquella bestia pululando de guardián por la casa tampoco le iba a hacer falta. Incrusté la llave y ya me avisó el gruñido del perro de que bienvenido no iba a ser allí dentro. Dije alguna palabra cálida como para saludarlo, pero su mirada dictó sentencia y seguida de ella todo su cuerpo se abalanzó sobre mí, las fauces estiradas en posición de ataque. Me dio tiempo de esconderme en el dormitorio que quedaba a la derecha del pasillo y donde a fin de cuentas estaba casi todo lo mío que iba a rescatar, la cámara y unas cuantas fotos. Los libros, en el salón, y los compactos, en la sala de estar, podía quedárselos Paola. El problema era cómo salir del dormitorio y cómo dejar atrás a *Narrador Omnisciente*. Saltar por la ventana era un poco arriesgado, no sólo porque era un séptimo piso, sino además porque abajo había un parquecillo donde los hijos más pequeños del barrio se columpiaban, se peleaban o simplemente se ensuciaban para darle un sentido a la existencia de sus madres. Al otro lado de la puerta *Narrador Omnisciente* era sólo el rumor de una respiración a la expectativa: casi podía sentir su mirada perforando la madera para buscar la mía. Y entonces me acordé de que debajo de la cama estaban la barra y las pesas que Paola utilizaba cada mañana para hacer gimnasia. Levantaba cien veces treinta quilos tumbada en el suelo, luego hacía cincuenta abdominales, otras cincuenta flexiones, y a la ducha. Me agaché en pos de la barra, creí que me iba a resultar más que suficiente para mantener alejado al perro en mi camino a la puerta de salida. Dudé luego si equiparme también con alguna de las pesas, una de diez kilos, por ejemplo, para arrojársela a la cabeza si resultaba no darse por avisado cuando le impusiera la barra como distancia de seguridad entre él y yo. Pero resultaba difícil cargar con todo aquello, mi cámara, las fotografías, la barra y la pesa. Decidí hacer una prueba. Salir sólo con la barra a ver qué pasaba. Si conseguía arredrar al perro y hacerlo retroceder hasta encerrarlo en el cuarto de baño, o en la cocina, o donde pudiese, luego podría volver tranquilamente a por mis cosas. Pero fue abrir la puerta y meter *Narrador Omnisciente* el hocico y gruñir: una prueba tajante de que la cosa se iba a poner violenta por mucho que intentase agotar la vía del diálogo. Le hablaba a través de la puerta, y a mi voz sólo respondía su silencio. Ni siquiera me gruñía, el muy imbécil tal vez trataba de que me hiciese a la idea de que había abandonado su puesto de guardián. Estaba más claro que el agua que aquella barra de acero inoxidable *Narrador Omnisciente* la podría masticar como aperitivo antes de devorarme una pierna: si estaba rápido de reflejos a lo más que podría llegar era a agarrarme al picaporte de la puerta y empezar a dar alaridos allí para que quedara constancia de mi muerte entre los vecinos y pudieran decir algo del siniestro hecho cuando se acercaran las televisiones a por su provisión de amarillismo para la cola del informativo nocturno. Bueno, me arriesgaría con la pesa. No la de diez kilos, que con eso podía aspirar como mucho a hacerle un chichón a la cabeza monstruosa del perro, sino con la de veinte. Con un poco de suerte, si acertaba a darle en algún punto tonto donde su cerebro quedara planchado durante un instante, incapaz de emitir órdenes, alcanzaría la puerta de la salvación con mi cámara —ya había perdido el interés por recobrar las fotos enmarcadas—. Me armé de la pieza circular de veinte kilos. Abrí un poco la puerta, colocando el pie en la base para que contuviese el empellón del perro, que no tardó en llegar. Asomó el hocico bien abierto, el morro mostrando las cuchillas de la dentadura. Me dije, no, es pronto, es pronto. Separé unos milímetros el pie de la puerta, y allí sí que apareció al fin la cabeza enorme de *Narrador Omnisciente*. Creo que por un instante supe que me iba a matar y me comuniqué por un altavoz interior que incendió todas mis células: eres un imbécil. Justo al pronunciar esa sentencia, descargué la pieza de veinte kilos sobre la cabeza del animal. Lo noqueé de inmediato. Me sentí un poco decepcionado, la verdad. No le hice la cuenta de diez, sino que, al ver que su barriga se hinchaba levemente y luego se deshinchaba de nuevo, volví a coger la pieza de veinte kilos y rematé la faena, no sin soltarle a *Narrador Omnisciente* un par de insultos. Así sí que se podía empezar una nueva vida, con un perro muerto a las espaldas. Ya en el coche, después de haber recogido todo lo mío, cámara, fotografías, álbumes de negativos, libros, compactos y videocasetes, además de alguna ropa, pensé: El día que decidiste empezar una nueva vida, fuiste atacado brutalmente por tu propio perro.

POR SUPUESTO NO PUDE PEGAR OJO ni pude resistirme a la tentación de rascarme. Intenté entrevistarme para escapar de aquella habitación cuyas paredes, en la oscuridad, parecían moverse tratando de darse un beso que triturara mis huesos. Vamos, me dije, eres el primer hombre que ha demostrado de manera fehaciente la existencia de vida más allá de la Tierra, la entrevistadora es una rubia estupenda y sonriente que quiere saber cosas acerca de tu infancia, de tu adolescencia, de cómo conseguiste entablar amistad con unos seres de la Zona Oscura, una rubia estupenda que acabará de entrevistarte y te mirará extrañada, porque en realidad ya no serás el primer hombre que ha demostrado de forma fehaciente que hay vida inteligente en otros planetas, sino un espejo que deforma sus rasgos y que le devuelve su peor imagen, la que no quisiera volver a ver, la que tiene en los días peores, cuando el mundo es una caravana de insensateces donde nada está en su sitio y nadie merece la pena. Pero nada. Lo malo de las entrevistas de antes de dormirte es que con la edad se te van menguando las coartadas y el principio de verosimilitud al que, quieras que no, hay que rendir un mínimo de pleitesía por mucha fantasía que fabriques luego. Si tienes catorce años, y te dices que eres un astronauta, cuela, quién te dice que no serás el primer hombre en pisar Saturno. Si a los veinticinco concedes una entrevista antes de dormirte, figurándote que eres el máximo goleador de la Liga, ya la cosa chirría un poco: tienes que hacer malabarismos para cambiar la configuración de tu pasado y permitirte soñar con que, en efecto, llegaste a Primera División. Cuanto más te arrimas a los treinta ya las posibilidades de conceder una entrevista sin corregir tu pasado, proyectando sobre el futuro tus mejores expectativas, son escasas, sobre todo en mi caso, que ni siquiera podía fantasear con que llegaba a Presidente del Gobierno —cómo vas a ser Presidente del Gobierno habiéndote dedicado a meter en la prostitución a tanta criatura—. Pero la desesperación fomenta la complacencia de la fantasía, y a fin de cuentas, que se te presenten unos extraterrestres y te elijan como la única criatura humana a la que van a permitir comprobar que no sólo son verdad sino que además follan como actores pornográficos, puede pasarle a uno a los quince, a los veinte y a los cincuenta. Pero ya digo, nada. Allí estaba, concentrado en la parte izquierda de mi pubis, el picor, siempre puntual, medio minuto después de que me tendiera en un lecho nocturno —curiosamente cuando me tendía a dormir la siesta no tenía problemas—, presencia infalible para recordarme que en mi psique algo andaba mal, y que no iba a solucionar la avería con un atarax ni con dos. Me levanté y maldije mi suerte, porque ni siquiera podía mantener la esperanza de aguardar al amanecer para quedarme frito: al amanecer ya tendría que llevar una hora conduciendo rumbo a Madrid. Al menos de pie el picor era más soportable y las paredes de la habitación dejaban de moverse. Me asomé a la ventana. El foco de la entrada de la pensión arrancaba un destello blanco del chasis de mi coche. Estaba tan cansado que creí que podría dormirme con la frente apoyada en el cristal sucio de la ventana. El picor se había atenuado pero sabía que si me volvía a tender reaparecería la virulencia de nuevo. No había solución. A veces me rascaba con tanta rabia que me acababa haciendo heridas en la piel, y entonces las cosas empeoraban, el escozor me hacía maldecir mi rabia y mi poco dominio sobre mí mismo, y no sólo me jodía la vida, como el picor, cuando de noche me tendía en la cama, sino a todas horas: caminaba como si me hubiera sodomizado Mazinger Z. Cuando comenzó el calvario de los picores nocturnos, yo conseguía procurarme alivio masturbándome. Era un alivio perecedero, desde luego, me permitía una hora de duermevela grata, huido a algún punto nebuloso del que me arrancaba el escape de la moto de un desalmado, un ruido cualquiera en el piso de arriba o una palabra pronunciada en el mismo sueño leve en el que me había sumergido. Pero el picor es como las ratas: en poco tiempo consiguen que su cuerpo formule un antídoto contra cualquier veneno, de tal manera que los laboratorios donde se compone raticida tienen el futuro asegurado pues cuentan desde el principio con que será imposible dar con el polvillo que consiga aniquilar del todo a los roedores. Lo cierto es que, algún tiempo después de ponerme a trabajar en serio para el Club Olimpo —y con trabajar en serio quiero decir que dejé de ocuparme del resto de cosas en las que gastaba el tiempo y me concentré en aquello por lo que me ofrecían un dinero que jamás había soñado conseguir si no era a cambio de vender mi alma para comprar una pistola y atracar un banco—, tuve una primera crisis sexual. Por decirlo poéticamente, nada ni nadie conseguía que me empalmase. Por supuesto eso no mermó mi capacidad para reconocer la belleza y distinción de una joya en el fango: nunca di crédito a la definición de belleza que me propinó Gallardo. Sí que me obligó a ser más exigente, a suponer que si algo no marchase mal en los circuitos de mi alma, la pieza cazada me abriría el apetito de manera inmediata. Mi estadística en el Club no sufrió el seísmo que yo estaba padeciendo, así que no vi necesario consultarlo con nadie allí dentro. Había que tomárselo por el lado bueno, ya que mi inapetencia garantizaba que iba a respetar los trofeos de caza desde el momento en que los descubría hasta el instante de dejarlos en manos de La Doctora.

De repente se abrió la puerta de mi coche y Nadim se apeó. Ni por un momento pensé que estaba escapándose. Preferí sospechar que, sencillamente, iría a mear. Pero pasaron los minutos y no regresó. ¿Qué demonios esperaba hacer en aquel pueblo de mala muerte? La verdad es que me sentí herido. A fin de cuentas uno se juega mucho cada vez que caza a alguien para salvarle la vida, y no cree que se merezca que se le devuelva el favor con esos gestos a todas luces inamistosos. Pero en fin, ella sabría. Acabaría de puta de carretera, la navajearían una noche cualquiera, y nadie se entretendría en averiguar la identidad de su cadáver, que poco a poco pasaría a ser sólo una gota más que incrementaba el ya caudaloso océano de la delincuencia contra inmigrantes —que a fin de cuentas es una máquina que le viene muy bien al Estado para compensar las avalanchas de «sin papeles»—. Regresé al lecho con la mano metida en los Calvin Klein, pellizcando allá donde localizaba un foco del picor, tratando de no rascar para no levantar la piel, y de repente, antes de posar la cabeza en la almohada, me acordé de mi Leica R8, tres mil doscientos euros, en qué estado de somnolencia estúpida estaría al abandonarla en la guantera sin dedicarle un solo pensamiento. Me puse los pantalones a toda prisa, me calcé, olvidé el tabaco en la mesita de noche y abandoné en el catre el mal rollo de los picores: un susto así es más efectivo mil veces que todos los ansiolíticos dermatológicos que produzcan los laboratorios de aquí a un millón de años. Un susto así aparta inmediatamente tu mano de la zona atacada. Por supuesto la Leica R8 ya no estaba en la guantera. La mato, dije, la mato. Pero antes había que encontrarla. Bueno, hombre, me dije poniendo en marcha el coche, a lo mejor no era su intención robártela, a lo mejor quiere hacerse un autorretrato ahí cerca, debajo de una farola que dé más luz que las de esta calle. La muy imbécil, seguro que la vende por unas monedas, me decía también. El imbécil eres tú, mira que dejar la Leica en el coche, es que no tienes perdón de Dios. Cuando me pongo a conversar conmigo mismo pierdo mucho encanto, lo reconozco. En fin, me bastó con dar dos o tres vueltas por las calles dormidas de aquel pueblo para comprobar que a Nadim se la había tragado la tierra, o una casapuerta cómplice donde a aquella hora estaría acurrucada rodeando mi Leica. Paré en una cantina que se anunciaba con una luz mortecina sobre sus puertas desconchadas. Estaban abriendo: era el típico lugar donde los obreros de la zona desayunan su anís antes de ir al tajo. Me figuré: lo mismo a esta loca le ha dado por pedir asilo político ahí y cambiar mi Leica por un café con bollos. Atendía una muchacha que llevaba el sueño pegado a cada una de las líneas de su hermoso rostro. Una de esas piezas que nunca me atreveré a cobrar, me dije, una de esas piezas imposibles para el Club Olimpo. Seguramente si la muchacha tuviera una capacidad de raciocinio que aventajara en muchos, muchos cuerpos a sus escrúpulos y a la presión familiar, alcanzaría a vislumbrar que el futuro que yo le ofrecía era cien veces más refulgente que el que se sabía de memoria; pero tampoco podría yo decir que le había salvado la vida, pues su vida no corría riesgo alguno y, desde luego, comparada con la mayor parte de la población en la que vivía, acaso merecía de veras el nombre de vida. En fin, me tomé un café, traté de indagar, recibí un no por respuesta, maldije en voz alta a los negros, y la muchacha espantó un bostezo con la mano. Entraron los primeros clientes, voces robustecidas por el silencio espectral de fuera. No dejaba de pensar en mi Leica, y como si el pensamiento hubiera encontrado el mágico modo de influir en la realidad, la vi brillar en la mano rotunda de uno de los que habían entrado. Sin contemplaciones le dije:

—Esa cámara es mía, me la ha robado una negra a la que he recogido en la carretera y la ando buscando.

—¿A la negra o a la cámara?

—A la cámara ya la he encontrado. ¿Cuánto le ha dado a cambio? —le pregunté.

—Diez euros, lo que la muchacha necesitaba.

Me enteré de que Nadim había conseguido llegar a la estación de tren, donde aguardaría un Express con destino a Sevilla. Le dije al hombre que podíamos resolver aquello sin mediación de la policía o con ella, a mí me daba igual, tenía tiempo de sobra y ya mi interés por la suerte de la negra se había disuelto.

—Oiga, ¿le está llamando ladrón a mi amigo? —preguntó uno que iba con él, de la categoría de los enanos que se envalentonan cuando se sabe protegido por las circunstancias y por dos o tres torres humanas hechas de músculo y aburrimiento.

—Ni de lejos —le dije, sin perder la calma y hasta ofreciendo una sonrisa para que viera que yo también sabía ser encantador cuando me lo proponía—, lo que pasa es que yo puedo demostrar que esa cámara me pertenece, puedo demostrar que me la han robado, puedo demostrar en fin cosas que ustedes no pueden demostrar, y les estoy diciendo que podemos resolver esto con la policía o sin ella, es decir, entre nosotros, con lo cual usted recuperaría sus diez euros, o con unos uniformes, con lo cual usted me tendría que entregar la cámara sin recuperar su dinero.

—Un listo, esta mañana nos ha tocado un listo de desayuno —dijo el enano. Los otros rieron. Me fijé en que uno de ellos tenía dos dientes de oro, lo que ayudó a que lamentara el modo en que había encarado a aquellos tipos. Siguieron entrando clientes en la cantina. La muchacha de la barra no decía nada, se limitaba a servir lo que le pedían —o ni siquiera le pedían, ya se sabía de memoria lo que tenía que servir a cada cual— y a mirarme de vez en cuando, compadeciéndose tal vez.

—¿Diez euros? —dijo el que sostenía la cámara—. ¿Quién ha dicho que me ha costado diez euros?

—Usted —respondí iluso.

—Has escuchado mal, hombre, he dicho cien euros. Y desde luego la he comprado pensando en vendérsela al Tito por doscientos lo menos. La cámara es buena, hombre.

No lo pensé dos veces. Dije:

—Vale, cien euros, aquí los tiene, usted gana noventa euros en menos de un minuto y yo recupero mi cámara.

—Mira, tengo prisa, y ganas de desayunar, así que saca otro de cien o déjame en paz, vete al cuartelillo si quieres, pregunta por Matías, es mi hermano y está de guardia, a ver qué dice él del asunto, si él me dice que tienes tú la razón, pues vale, te cojo los cien euros y te doy la cámara.

No había caso. Doscientos euros, el pago de los desayunos de la peña y la Leica volvió a la guantera de mi coche. Cuando iba a salirme de aquel maldito pueblo, dije: esto no se queda así. Y di marcha atrás. Pregunté a uno que se dirigía a la cantina a desayunar dónde quedaba la estación de tren y me lo indicó. Allí estaba Nadim, tumbada sobre un banco de madera pintado de verde, con incisiones donde Carlos le decía a Raquel que la quería, Pedro afirmaba que nadie tenía unas tetas más bonitas que las de Marta y alguien que prefería no firmar se cagaba en el Rey de España, en el Real Madrid y en una presentadora de Tele 5. Nadim me miró y una sonrisa que no puedo adjetivar se plantó allí en medio de su rostro, hermoseándolo. Cogí mi Leica y apresé esa sonrisa que, supongo que por favorecerme la tarea, la muchacha mantuvo cuando me vio apuntarla con la cámara. Luego se incorporó, se sentó, recogiendo las piernas y rodeándose las rodillas con los antebrazos. Estaba preciosa, más bonita que cuando la recogí en las dependencias de la Guardia Civil. Seguí disparando hasta agotar la película. Luego busqué en mi cartera: me quedaban tres billetes de diez. Se los di y le deseé suerte. Susurré, ya alejándome de allí: supongo que te veré alguna vez en la Casa de Campo o en la Alameda de Hércules, pero ya será tarde, demasiado tarde. Aquí tengo una de aquellas imágenes, esos ojos grandes mirándome desde un amanecer remoto, con una inocencia antigua brillando allá al fondo, y esa sonrisa que no consigo empequeñecer con ningún adjetivo.

La Doctora no me recriminó que llegara con tan pésimo aspecto y media hora de retraso. Me preguntó por la pieza que había cazado en el último naufragio y como no me quedaban ganas de contárselo todo le dije que no merecía la pena, que estaba embarazada y le faltaban dos piezas importantes en la dentadura. Por supuesto no me creyó, pero lo dejó correr. Me conocía bien aquella mujer, quizá demasiado bien para lo que me convenía. Recuerdo la primera vez que me senté ante ella: me pareció que si no acababa besando cada una de las huellas de sus pasos, sería porque ella me liberaría de semejante muestra de gratitud. Me trató como si fuera su hijo, pero un hijo con el que no le importaba cometer incesto. Habló un buen rato de Gallardo, que fue el nombre mágico que yo pronuncié para poder reunirme con ella, lo llamó mentecato, pamplinas, pobre hombre y algunas lindezas más, como argentino, utilizado en este caso como adjetivo despectivo. Nadie hubiera dicho que hubo un día en que Gallardo la metió en el negocio de su vida. Era de esas mujeres que emplean su ancha biografía para hinchar cualquier conversación. Si te relajabas hablando de tu experiencia en el vertedero de La Paz, ella te cortaba enseguida para que te relajaras oyendo un episodio de su pasado. Al rato te preguntabas:

qué tiene que ver lo que me está contando con el vertedero. Pero ya era demasiado tarde. ¿Que has estudiado Arte Dramático? Ella salió una vez con uno que se ganaba las lentejas haciendo de modelo en las clases de pintura —como si el Arte Dramático tuviera algo que ver con las Bellas Artes—, lo cual le hacía recordar que ese muchacho acabó marchándose a Amsterdam, donde ella, por supuesto, vivió una temporada con el hermano ciego de una amiga vidente, o al revés, con el hermano vidente de una amiga ciega. Daba lo mismo, lo cierto es que Amsterdam... y aquí seguían dos o tres párrafos sobre la ciudad, con reproches y sentencias de amor, con insinuaciones de que es la ciudad en la que se instalaría definitivamente y enumeración de calles y sitios por los que cualquier turista que visitara la ciudad tendría que pasar si quería saber a qué sabe, a qué huele de veras Amsterdam. Una vez traté de cronometrar cuánto tiempo podía estarse callada La Doctora mientras hablaba conmigo: treinta y cuatro segundos, y eso que yo le estaba hablando fatal de otro cazador al que ella no soportaba y al que quería quitarse de encima cuanto antes. La verdad es que le caí en gracia. No hacía mucho que se había hecho cargo de la sede del Club y estaba especialmente enojada porque Nueva York había requerido los servicios de dos de sus mejores piezas. Necesitaba encontrar nuevos elementos con que afianzar la fuerza de la sede, no se conformaba con seguir quinta dentro de la clasificación de beneficios del Club (París, Tokio, Nueva York, Londres, Barcelona). Y entonces llegué yo con Luzmila, a la que aceptó a primer golpe de vista. Luzmila, ángel mío, dijo:

—Sepa usted, señora, que por menos de cien euros no trabajo.

—Chiquilla —la consoló ella—, en esta empresa por menos de trescientos euros no descolgamos el teléfono.

A mí me preguntó:

—¿En serio quieres probar?

Yo contesté:

—Puede ser divertido.

Esa respuesta fue la llave que me abrió la puerta del Club, más que el hallazgo de Luzmila o el hecho de que, en cuanto me vio entrar por la puerta de su despacho, La Doctora coqueteó conmigo y no paró hasta llevarme a su dormitorio, en un ático en el que abundaban, enmarcadas, las ilustraciones de machos imponentes de Tom of Finland.

—Eso es, divertirse, eso es lo más importante. Me gusta. Me gustas. Te voy a ofrecer algo, algo bueno, que te va a entusiasmar. Aparte de lo de la chica albanesa, claro. Por ella te podemos dar mil quinientos. Habrá que domesticarla, agarrarla un poco, pero eso corre de nuestra cuenta. Supongo que Gallardo te habrá advertido de algunas reglas. Ya sabes que está prohibido andarse con chiquilladas, enamorarse y esas tonterías. Lo digo porque parece que sientes algo por la albanesa. Si es así, lo dejamos ya mismo. Para trabajar de cazador es imprescindible no tener miedo a los aviones, tener buenas, muy buenas relaciones con la pasma, pero de eso ya me encargaré yo, y no enamorarse. Por lo menos no enamorarse de alguien a quien tengas que entregar. Lo mejor es no enamorarse de nadie. Eso dice mucho a favor del cazador. Por supuesto has de ser de gustos abiertos. Tener buen saque, ya sabes. Aquí necesitamos lo mismo a hombres que a mujeres y en todas las gamas posibles del abanico erótico, tú me entiendes. O sea, que lo mismo nos hacen falta efebos, que estamos cortos

ahora mismo porque el material que traen de Marruecos deja que desear, que virgencitas. Lo mismo chulos
que vistan de cuero que negrazos impresionantes, y ex-
traordinarias, sensuales caribeñas o delicadas flores tai-
landesas. Y lo primero que te voy a encargar te va a encantar, es para que te curtas, trabajas solo, estarás lejos,
y eso es bueno, de verdad, me lo vas a agradecer toda la
vida. ¿Sabes lo que pasa en la Argentina? Crisis de cojones, una bancarrota que nos viene de perlas, ya sabes,
hay mucha gente bonita por allí, me encanta lo que ha
pasado, esa bancarrota, te lo han puesto fácil los bancos
argentinos y todos esos cabrones que se han llevado
toda la plata del país, te lo han puesto pero que muy fácil. A veces suceden cosas así, como lo de Yugoslavia:
nos vino de perlas, son tan guapos, y claro no es fácil
conseguir gente blanca así como así, tenemos ocho yu-
goslavos y cuatro checos en la plantilla. Cada uno te
cuenta una película, y cada película te parece más aluci-
nante que la anterior, pero eso es sólo si cometes el
error de preguntarles quiénes son, de dónde vienen y
todo eso. En fin, en los tres o cuatro años que ejercerán
con nosotros ganarán lo suficiente para montarse un
negocio o volver a sus países, o instalarse aquí a tratar
de vivir de las rentas. Pero muchos no necesitan de eso,
ya te habrá contado Gallardo. La mayoría, encima de
hacerse de oro, en cuanto se liberan de nosotros, en
cuanto deciden no prorrogar el contrato con la excusa
de que ya han conseguido la nacionalidad, se enganchan
a alguien a quien hayan enamorado, algún cliente demasiado caprichoso: al mismo al que le sacábamos cientos de euros, vaya. Argentina, te decía, Argentina es una
golosina. Una crisis del copón, un momento especialmente dulce para nosotros, colas de varios días ante la

Embajada española, y llegas tú con esa cara de chico comprensivo y delicado que tienes, y les hablas de una agencia de modelos que hay en Barcelona, de que podrías —y podrás— arreglarle los papeles en menos de una hora, con una llamada telefónica. Y te los traes pegados al culo, babeando. Necesito al menos tres chicas y tres chicos. Ya sabes, ya te habrá contado Gallardo, que no tienes prohibido probarlos antes de traerlos. Tú mismo. Después te será difícil catarlos. No es que no me fíe de ti, pero estaremos en contacto, mándame fotos de las piezas que decidas que pueden servirnos. No quiero arreglar papeles de alguien a quien luego no vaya a contratar. Tú me mandas cuantas fotos puedas. Lúcete. ¿Qué, te apetece o no? Es divertido, ¿eh?

Qué iba a decirle. No podía dejar de sonreír, no paraba de pensar en mi hermano, cuánto iba a envidiarme cuando supiera cómo iba a ingresar cinco veces lo que ganaba él. Ni siquiera me preocupó en aquel momento que el encargo exigiera la caza de varones. Siempre que hasta entonces me preguntaba a mí mismo por esas cosas, por cómo a veces me levantaba el deseo la contemplación del cuerpo de algún macho hermoso, en la playa, en una galería de arte —seguía a los fotógrafos de la onda gay con cierto interés, Bruce Weber, Mapplethorpe, Herbert Ritts, Platt Lynes— o en la televisión —una vez vi íntegro el concurso de Míster España y me apesadumbró que Mr. Canarias no fuera proclamado ganador—, me respondía: eres etereosexual. Supongo que eso significaba, o aspiraba a significar, que no me atrevería a llevar el apetito por algunos machos más allá de la mera fantasía, no iba a dar ningún paso para probarlo, como otras veces y con otras tantas cosas, dejaría que las circunstancias decidieran por mí y si alguna vez se presentaban propicias, adelante, y si no, me conformaría con silenciar el deseo ante los otros y fijar su verdadera estatura cuando cerrara los ojos para dormirme. Durante cierta época, justo cuando dejaba atrás definitivamente la adolescencia, organizaba yo antes de dormirme un concurso diario de belleza. En esa época no concedía entrevistas, claro. Me cansé de concederlas, me cansé de buscar personajes gloriosos. Elegía entre todas las criaturas que había visto durante la jornada a la más bella. En cuatro o cinco ocasiones ganaron hombres el concurso, y eso no me causaba el menor problema. El premio, por supuesto, era dedicarle la paja que me ayudaría a ingresar en el sueño. De esos ganadores recuerdo sobre todo a un muchacho mulato que veía a menudo en la cafetería de la Facultad. Se veía que el chico se gustaba a sí mismo, vestía prendas muy ceñidas, antes de que la primavera avisara su llegada ya estaba poniéndose sus camisetas pegadas al cuerpo y sin mangas. Es curioso que, viéndolo a menudo, sólo condescendiera a darle el premio una vez. En otra ocasión ganó un actor porno que hacía un papel pequeño, sólo una intervención, en una película de madrugada que vi con un ojo en la pantalla y el otro en el pasillo para vigilar que no me descubriese nadie. Recuerdo que busqué el nombre del actor en los títulos de crédito para aprendérmelo de memoria. No lo pude localizar, porque tampoco había atendido mucho al nombre del personaje al que interpretaba, un vigilante jurado que es requerido por una dama rubia que tiene graves problemas con su liguero. En cuanto vi al fulano, supe que mi concurso de belleza diaria tenía ganador aquel día en el que, por lo demás, no había salido de casa y la única aspirante seria al galardón era una vecina que había venido a solicitar una grapadora. Eso le dije a La Doctora cuando me preguntó si pensaba que el hecho de tener que cazar varones iba a suponerme algún problema importante.

—Soy etereosexual.

—Fantástico —dijo ella—. Por una sola letra no pertenecemos al mismo grupo, porque yo, ya lo comprobarás, soy estereosexual: lo único que busco en alguien es que me haga gritar.

ME EMBARQUÉ RUMBO A BUENOS AIRES como quien va a pasar un fin de semana en la sierra, sin conciencia de dónde me estaba metiendo ni preguntas exaltadas acerca de la licitud moral del encargo que se me había hecho. A mi familia le dije que el viaje era el segundo episodio como artista no gubernamental en apoyo de las causas perdidas. Mi padre estuvo a punto de descojonarse y sólo me dijo: no se te ocurra traerte a una porteña de novia si quieres seguir teniendo una cama aquí. Mi madre destrozó un vestido de rayas negras y azules para encuadernar los dos tomos de *Guerra y Paz* y sólo me pidió que no me olvidase mis oraciones antes de dormir (pasaba por una de esas etapas en las que confiaba más en el cura que en el monitor de gimnasia y el psicólogo). La primavera empezaba a transformar a los adolescentes europeos en máquinas deseables: me dirigía a un otoño deprimido por el paro, la caída de la clase media al pozo de la pobreza y el abaratamiento del dinero que convertía al turista en multimillonario. No había cerrado el billete de vuelta y el único lunar que me martirizaba la conciencia era una confesión que me había hecho La Doctora:

En realidad, el viaje a Buenos Aires se lo había prometido a Gallardo para levantar un poco su carrera, porque la verdad es que el hombre tiene problemas, sólo le van los niñitos, y claro, ese género no es el único al que hemos de atender, me entiendes, ¿no?, entonces pensé y le dije: «Buenos Aires va a levantar tu estadística, Gallardo», porque él es además de allí, si le preguntas por su vida te dirá que tuvo que huir de los milicos cuando la dictadura, pero no se lo cree ni él, pero yo le debía una, supongo. Así que le dije: «Gallardo, irás tú a Buenos Aires, tu nombre no perderá peso y ninguna voz en el Comité de Dirección hablará de la conveniencia de prescindir de tu servicio», pero mira, no, la vida es dura, y allá él con sus problemas, ¿sabías que durante un tiempo estuvo pensando en meterse a monje?, llegó a pasar una temporada en un monasterio, qué tipo, más oportunidades que le he dado, mandándolo a Bolivia a por niños como a él le gustan, no puedo darle, y lo de Buenos Aires necesita de sangre nueva, de savia fresca, alguien que quiera ganarse de verdad el puesto, y ése eres tú, espero que no cometas el mismo error que Gallardo, espero que no te dé por perseguir sólo las piezas que más plazcan a tu gusto, sino que pienses en el gusto de los otros, que pienses en la empresa y en los recursos que necesitas, no porque te vayan las rubias o los rubios me vas a inundar la casa de rubias y rubios, piensa siempre que quien va a pagar quinientos euros por gozar un rato de una pieza que tú hayas encontrado en un vertedero, no vas a ser tú, piensa en viejos ricos babosos, en cuarentones cansados de lo mismo que sólo buscan algo fuerte, piensa en locas que se ocultan y necesitan un macho brioso que les dé una tunda, piensa en lo que quieras, pero no me hagas la faena que me ha hecho Gallardo, es un enfermo, en realidad casi todos los pelirrojos lo son.

Si en algún momento, antes de embarcar, me había debilitado concediendo al policía de paisano que inevitablemente lleva uno dentro, verbo suficiente para que tratara de convencerme de lo nauseabundo de mi empresa, tuve suerte con mi compañero de asiento en el viaje para ayudarme a cancelar los discursitos en pos de mi redención. Era un anticuario que iba a la Argentina a comprar muebles, cuadros, joyas, lo que fuera, cuyos precios habían sufrido una insolente devaluación y se habían puesto al alcance de quienes antes tenían que conformarse con mirarlos en lujosos catálogos. El hombre estaba muy ilusionado, y en cuanto vio en un telediario que la economía argentina se iba al garete, empezó a hacer los preparativos del viaje. No soy el único —se excusó—, allá delante van sentados dos colegas y he visto también en la cola a un par de libreros, y es que una oportunidad así no se puede dejar escapar. Todos sabíamos eso, todos sospechábamos lo que íbamos a hacer en Buenos Aires, porque el mero hecho de viajar allí nos hacía ingresar en una atmósfera de mezquindad, nos hacía sentir levemente sucios, como si una capa de grasa nos cubriera la piel por mucho que tratáramos de defendernos diciendo «allí delante viajan dos que van también a lo mismo», sin querer detenernos a pensar que esos dos estarían pensando igualmente «allá detrás viajan dos que van también a lo mismo».

Mi hermano me había procurado para burlar las muchas horas de vuelo dos novelas de Roberto Arlt. Me anunció: si quieres saber por qué la Argentina está pasando por lo que está pasando, léete esto. Eran novelas de los años veinte, y según mi hermano allí ya estaba explicitada la tragedia argentina. Si es así o no, no lo sé:

me conformé con divertirme mucho con las andanzas de los estrafalarios personajes de Arlt, que me ayudaron no sólo para acortar el vuelo a Buenos Aires, sino también para imponer un muro educado entre mi viaje y el monólogo, cansino e inagotable, del anticuario de al lado. Depredadores, me dije: un avión lleno de depredadores que acuden solícitos y urgentes al derrumbe de una sociedad entera. Me gustó la palabra, soñé con imprimirla en una tarjeta de visita bajo mi nombre. Sí, iba camino de convertirme en un devorador, pero mi misión no consistía precisamente en roerle los huesos a los cadáveres que me encontrara, sino en sacar del pozo de mierda en el que estaban a los ejemplares más hermosos, los que merecían otro destino que el que les tenía deparado la mala suerte. Uno no ha hecho nada para que se le conceda el don principal con el que nace, que en nuestro caso no es otro que el de haber nacido en un país rico, donde hay Seguridad Social, cierta estabilidad política, y dinero del Estado para comprar cuadros modernos: ¿habría de ser pecaminoso que tratara de ofrendar ese don a seres que seguramente lo merecían más que uno? Porque en definitiva lo que yo iba ofreciendo no era otra cosa que pasaportes españoles. A cambio del préstamo de su belleza —su don— las piezas que yo cazara tendrían derecho a ser compatriotas. Una vez saldada la deuda con la empresa, podrían volar donde se les antojase. Oh, qué blandita es toda esa argumentación, nos vas a hacer llorar, dirán ustedes, qué tierno, qué sensible. ¿Está bien, está mal? Eran preguntas que carecían de sentido, se les había evaporado la sustancia antes de que el avión aterrizase en Ezeiza. La única pregunta moral correcta de los tiempos que nos tocaron es: ¿es rentable lo que vas a hacer?, ¿obtendrá beneficios?

Me dirán: menudo lavado de cerebro le hicieron al cabeza de chorlito este que fue capaz de creerse ese cuento chino para adularse a sí mismo y no colgarse una etiqueta nefasta antes de tiempo. Vale, es posible, pero trato de recobrar al jovenzuelo aquel con el libro de Roberto Arlt apoyado en la bandeja, los latigazos mentales con que incrementaba sus dudas acerca de la conveniencia para su propia salud moral de lo que iba a hacer, el cerco a su conciencia de una serie de interrogantes que pretendían tambalearlo. No se tambaleó. Para vencer ese cerco a su conciencia optó por la solución más ventajosa en aquellas circunstancias: triturar su conciencia hasta hacerla desaparecer. Voilá. Desembarqué en Buenos Aires con muchas, muchas ganas de empezar a buscar criaturas adorables a las que salvarles la vida. Y tuve suerte, claro, cómo no iba a tenerla. Se me ocurrió algo que al principio consideré una genialidad, luego una tontería y por fin un recurso urgente del que podría servirme si las cosas no acababan saliendo tan bien como esperaba. Me argumenté: si aquí, dadas las circunstancias de quiebra económica, explosión de la rabia social y descenso de la clase media al infierno de la pobreza, cualquier criatura hermosa que ayer se dedicara digamos a despachar alimentos en un supermercado, prestaría atención a la propuesta de un español indecente que le hablaba de una agencia de modelos en la que podría refugiarse cruzando el océano, sin omitir por supuesto la palabra prostitución, y decidiría en consecuencia si le convenía o no quedarse en la caótica Argentina o huir lejos; entonces las prostitutas y los chaperos, para los que igualmente habían llegado tiempos de calamidad, estarían encantados de marcharse a ejercer la que era su profesión a un lugar donde les tratarían mucho mejor, les garantizarían sueldos inauditos y la oportunidad misma de dejar de ejercer la profesión a la que se dedicaban en cuanto supieran ahorrar dinero suficiente o cazaran a un cliente que los sacara de la perdición. Y no me cabía duda de que entre las prostitutas y los chaperos tendría que haber alguna criatura excepcionalmente bella que merecía ser salvada. Qué ingenua pretensión la mía o qué pretensiosa ingenuidad. Hacía meses que la realidad había rebasado mis deseos obligando a quienes jamás habían pensado ni por un solo instante en que tendrían que prostituirse para poder comer caliente o pagar el alquiler, a echarse a la calle, a parques donde se amontonaba la oferta de carne jugosa y sin experiencia en el negocio de la prostitución, y donde el turista avisado encontraba todo un surtido de secretarias, estudiantes, repartidores de butano, camareras, camareros, criadas despedidas, dispuestos a satisfacer los deseos del cliente por unos dólares que les ayudaran a llegar al día siguiente. Bastaba inspeccionar esos parques para cumplir con el encargo, era así de fácil. La suerte había decidido desempeñar funciones de subalterno en mi favor: las cosas habían empeorado, había clima de acontecimiento bélico en las calles, por la noche se saqueaban supermercados y tiendas de ultramarinos; por la mañana las colas ante las Embajadas daban vueltas a las manzanas interminablemente, a pesar de que ninguna Embajada despachaba solicitudes de ingreso y que los propios empleados nativos de esas embajadas acudían de madrugada a los parques a tratar de ganarse un sobresueldo que les aliviara el padecimiento. Pero si le confesaba a La Doctora que su encargo había sido un paseo para mí, corría el riesgo de que no valorara mis incipientes virtudes como cazador, si bien parecía obvio que no tardaría algún sagaz reportero en escribir una apesadumbrada crónica de cómo los jóvenes argentinos, siguiendo el ejemplo cubano, no tenían más remedio que vender lo único que les quedaba —la juventud, bella comúnmente— para salir adelante.

Como me había impuesto a mí mismo demostrar la insignificancia de mis escrúpulos, decidí que la primera pieza que cazaría tendría que ser varón, y la suerte de nuevo acudió a solventar mis necesidades presentándome en una bandeja el culo rotundo de Emilio, despedido de una empresa de mensajería, guapo a la manera de las estrellas de cine con las que las adolescentes ilustran sus carpetas: hoyito en la barbilla, ojos grises, rasgos finos, musculación señalada, dientes perfectos, pelo largo y lacio, fácilmente moldeable para que lo mismo sirva a los intereses de un papel en el que el actor tendrá que hacer de ejecutivo que a los de otro en el que el actor interprete a un rebelde sin pausa. Era de verbo fácil y expresiones que prodigaban el encanto musical del acento porteño. Cuando subió al asiento de copiloto de mi coche de alquiler hizo una referencia a la temperatura otoñal que ya empezaba a exigir prendas de abrigo. Él, sin embargo, llevaba una camiseta ceñida y sin mangas y aquellos pantalones de cuero marrón que ayudaban a marcar las líneas perfectas de su culo. Me costó explicarle por qué le había hecho una señal con los faros para que viniera. El coche ya rodaba por una avenida en la que los faroles emitían una luz cansada y en la que había charcos en los que se repetían edificios coronados por luminosos de empresas que estaban a punto de quebrar o habían quebrado ya. Pensé en que lo más adecuado sería llevarlo a un bar; no sé por qué, supongo que por si las cosas no salían como yo quería, me aconsejé no conducirlo al hotel en el que me hospedaba. Al fin opté por una solución intermedia: paramos en el bar de mi hotel. Yo estaba nervioso, sin saber cómo reaccionar a sus adulaciones —«cliente guapo y joven, ésta es mi noche de suerte»—, y sin atreverme a ofrecerle abiertamente que entrara a formar parte del selecto elenco de hermosuras del Club Olimpo. Le dije que era fotógrafo y que no quería sexo.

—Mientras lleves plata —me dijo decepcionado.

—Por eso no te tienes que preocupar. De eso es precisamente de lo que quiero que hablemos antes de la sesión de fotos, de plata.

Y entonces solté un discurso precipitado acerca de la situación humillante que tenían que vivir criaturas tan hermosas como él, que me había trasladado a la Argentina precisamente para rescatar de esa situación a algunos condenados a los que les ofrecería una oportunidad para reconstituir la dignidad perdida.

—Perdimos la plata, no la dignidad —me dijo. Tuve que corregirme. Y continué con mi discurso tartamudo. Yo creo que pensó: me quiere tomar el pelo, este imbécil me quiere tomar el pelo, me está haciendo perder el tiempo, me está contando un cuento de hadas como si yo fuera un boludo. Emilio se impacientó. Apenas había tocado el refresco de naranja que había pedido. Pronto estuvimos arriba, en la habitación, él, después de atesorar los dólares que le entregué en un bolsillo de su pantalón de cuero, desnudo apoyado en la pared, yo ajustando los focos del techo y examinando las lámparas para iluminarlo mejor: no es que quisiera hacer una sesión artística, pero me gusta que las cosas salgan lo mejor posible. Supongo que el muchacho no daba crédito a lo que le estaba sucediendo y se decía: cuando cuente esto me van a decir que otra vez me he vuelto a pasar con la grifa. Empecé a dispararle, por entonces aún no me había comprado la Leica, tenía una Minolta 404 automática que sabía corregir mis defectos. De espaldas, Emilio era una escultura clásica impecable: de frente quizá lo afeaba la descompensación entre la hermosura clásica de sus bíceps y el escaso desarrollo abdominal de su vientre, donde no había señal de músculo, sino una lisura bronceada sólo interrumpida por la línea de vello que conectaba el pubis con el ombligo. Saqué algunos primeros planos de su rostro, de frente, mirando a cámara, de perfil, con la mirada perdida en el suelo o en el techo. En una de ésas, Emilio sonrió burlón y afirmó: te pusiste cachondo. Me impresionó porque lo que yo vi eran unos labios que pronunciaban esa frase, como si esos labios no pertenecieran a Emilio, sino fueran una criatura independiente que vivía en el visor de mi cámara, como si fuera la voz de mi conciencia trasplantada a un escenario real y capacitada para formular en voz alta cosas que sólo podía oír yo en el silencio abismal donde vamos contándonoslo todo, donde se va produciendo incesante la narración de nuestra vida. En efecto, yo me había empalmado y él se había dado cuenta. Dejé la cámara, me acerqué a él. Sus nalgas pétreas y suaves fueron lo primero en lo que se ocuparon mis manos, cansadas de ceremonias que demoraban el momento de la verdad, como imantadas por un deseo poderoso al que resultaba imposible oponerle resistencia. Él empezó a mordisquearme en el cuello. Enseguida estuvimos tumbados sin gastar palabra después de que él me avisase —el dinero de antes no te llega para lo que voy a hacerte, tendrás que darme más— y yo asintiese antes de empujar su cabeza abajo, hacia mi vientre. Mi primera experiencia homosexual y estereosexual me dejó el cuerpo fatigado y el alma complacida. Dormí de un tirón hasta muy entrada la mañana del día siguiente. Antes de que se fuera, le dije a Emilio que lo que le había dicho de esa empresa española que necesitaba modelos era cierto, que nos podíamos ver al día siguiente en el bar del hotel y continuar las negociaciones. Así me daría tiempo a revelar las fotos, escanearlas y enviarlas a La Doctora para que me diese su opinión. La opinión de La Doctora no se hizo esperar: empiezas fuerte, muchacho, ya sabía yo que podíamos confiar en ti. Agregaba un número de la Embajada española al que tenía que telefonear para arreglar los papeles de Emilio, y otro número de la agencia de viajes donde la nueva pieza del Club Olimpo habría de pasarse a recoger sus billetes hacia la salvación que yo le había proporcionado.

Cuando me reencontré con Emilio con esa batería de buenas nuevas, se le plantó en el rostro una luz que me hubiera gustado apresar: era la luz de la alegría, una alegría tal vez aún incrédula, como si no pudiera dar crédito a la posibilidad de que la pesadilla en la que se había hundido con todo el país hubiera terminado para él. Cuando le dije que a la mañana siguiente podía pasarse por la agencia de viajes a recoger sus billetes mientras yo me pasaba por la Embajada para solucionar su cédula, quedó como noqueado, mirándose a uno de los espejos de la barra del bar, como si pidiera auxilio o necesitase que le pellizcasen. Luego dijo:

—Subamos a tu habitación, hoy invito yo.

Luego de manchar las sábanas y de que yo le dijera que en un par de semanas mis ahorros no serían suficientes para pagar lo que acababa de hacerme, Emilio me pareció melancólico, como nuevamente huido a algún punto de su fantasía del que sería incapaz de regresar con una narración verosímil de lo que había imaginado. Le pregunté, ¿dónde andas?, y me preguntó si necesitaba a más gente para esa empresa mía. Yo le dije que sí, esperanzado de que me allanase más el camino en pos del éxito en aquel primer viaje cazador. Me habló de una prima que también se había visto obligada a ejercer de puta después de que la emisora de radio en la que trabajaba como técnico de sonido echase a más de la mitad de la plantilla y acortase violentamente su programación. Aseguré que podíamos acercarnos a verla en ese mismo momento, y eso hicimos. Me esperaba una decepción. La muchacha era bonita, pero si buscábamos hermosura excepcional, ella no iba a poder clasificarse para disputar a los otros candidatos que esperaba encontrar uno de los regocijados puestos de salvación que yo llevaba en la cartera. Hice todo el paripé para conformar a Emilio y para que viera que sopesaba la candidatura de su prima, que luego resultó no ser familiar de la nueva pieza del Club, sino una amiga o una vecina o un amor. Le hice fotos desnuda en la habitación de mi hotel, cuando Emilio le pidió que me la chupara yo le dije que no hacía falta porque ya estaba colmado y tampoco iba a poder cumplir con los favores que me prodigara la muchacha, sí que paseé las yemas de mis dedos por lo más atractivo de su anatomía —unas tetas portentosas, perfectas, nada de cirugía, dijo ella, naturaleza en estado puro—, pero a sabiendas de que no había nada que hacer. Le fui sincero a Emilio después de que su amiga, o su vecina o su amor, se metiera en un taxi y nos dejase a solas en el bar de los espejos. No es lo que voy buscando. Me pidió como un favor que tratara de hacer valer mi influencia para que la muchacha pudiera acompañarle a España y entonces decidí mostrarme severo:

—Eso no te beneficiaría, Emilio, hazme caso, te estoy ofreciendo una oportunidad de oro y eres el primero a quien se la ofrezco, pero esa oportunidad te exige sacrificios, se trata de una salvación personal, no lo dudo, pero luego verás que es mejor, después podrás decidir por ti mismo, porque tendrás recursos para hacerlo, si quieres llevarte a España a alguien, podrás hacerlo sin problemas, serás dueño de tus decisiones, pero de momento eso no te va a beneficiar en absoluto y en cualquier caso yo no puedo hacer nada ni por facilitarle un pasaje a ella ni, por supuesto, por resolverle su situación en la Embajada.

Él insistió, hasta el punto de llegar a pronunciar un fatídico «pues vamos los dos en el lote, si ella no va, yo me quedo», que me obligó a ponerme tajante. La desconfianza se instaló entre nosotros por unos momentos y ya me veía cancelando mi cita en la Embajada española y telefoneando a La Doctora para decirle que lo había echado a perder —porque a quién podría culpar del fracaso—. Afortunadamente supe ver a tiempo que aquello no pasaba de ser un órdago desesperado que Emilio lanzaba para obligarme a ceder: la cesión era imposible, no había negocio, él sabría lo que hacía, ya era mayorcito para ver cuándo puede uno sacrificarse por los demás y cuándo ha de anteponer los privilegios que se le ofrecen a la sentimentalidad que nos debilita. Nos despedimos alta ya la madrugada después de subir de nuevo a la habitación y de que volviéramos a enredarnos en la cama. Quiso follarme pero no se lo permití. Empujó mi cabeza hacia su bajo vientre y me tocó la hora de ensayar el francés: no se me dio mal, aunque Emilio se puso un poco violento para hacerme pagar la tozudez con la que castigaba a su hembra. Cuando acabamos, mirándonos ambos en la luna del espejo del cuarto de baño, mientras yo me cepillaba los dientes para ahuyentar el sabor un poco amargo de su lefa, y él se mojaba el pelo y se peinaba con los dedos, me dijo:

—Me debes cincuenta dólares. Este servicio sí me lo pagas.

Lo hice. Me pareció justo. Le pagué el servicio. Aún era barato, aún podía permitírmelo. Dos días después se embarcaba rumbo a Barcelona y a su nueva vida de quinientos euros por sesión. Para entonces yo había cosechado dos nuevas piezas, hembras ambas (necesitaba no poner en peligro mi gusto por las mujeres después de los buenos ratos que me había deparado Emilio). Después fui encontrando lo que buscaba aquí y allá, en parques nocturnos o agencias de modelos, en gimnasios y también sin salir del hotel en el que me hospedaba, donde quiso la suerte que me cruzara con una hermosísima muchacha dedicada a arreglar las habitaciones, con la que coqueteé primero, para después de que se quitara el uniforme y me acompañase a cenar, proponerle que entrara a formar parte del Club Olimpo. Lamentablemente herí sus sentimientos, según me confesó. Olvidémoslo, dije. Pero ella ya había metido su cajetilla de tabaco y su mechero en el bolso y había pedido que trajeran la cuenta: pensaba pagar la mitad, por nada del mundo iba a aceptar que yo me hiciese cargo de su ensalada, su bistec y su copa de vino blanco. Acaté sus deseos y ni siquiera la acompañé afuera: preferí quedarme a tomar postre. Al día siguiente, sin embargo, dejó una nota en mi habitación. Iría a España, probaría suerte en esa Agencia de Modelos de la que le había hablado. Fue la única de las piezas cazadas en aquella excursión que no caté antes de enviársela a La Doctora.

Veintidós días llevaba en Buenos Aires cuando di por terminada la búsqueda. Seis chicas y tres chicos. La Doctora estaba encantada de mi efectividad. Me habían pasado cosas curiosas y había conocido a gente entrañable (no pude salvarlos a todos, porque algunos eran entrañables pero no excepcionalmente bellos: los tuve que dejar en las colas de gente que va a disputarse la comida que sobraba en los hoteles). Entre las cosas curiosas recuerdo que una noche, después de pasarme la tarde comprándome ropa y permitirme el capricho de adquirir un tanga negro, me asomé al espejo y al encontrarme tan deseable me empalmé: me dije, es lo que te faltaba, ponerte cachondo mirándote al espejo. Volé de regreso a España con un maletín lleno de fotos, la temblorosa alegría de haber descubierto cómo pasarlo bien en la cama con un hombre y una certeza fulgiendo al fondo de mi conciencia: muchacho, enhorabuena, tú has nacido para esto, por fin has encontrado un trabajo a la altura de tus talentos.

LA DOCTORA ESTABA RADIANTE y yo hecho un trapo. Se había dado en la cabellera unas mechas caoba y quería saber qué tal le sentaban según mi opinión. También se había corregido el rostro quitándose unas cuantas arrugas, y que había adelgazado lo anunciaba orgulloso a los cuatro vientos un traje muy ceñido color azul marino que pronunciaba vertiginoso sus curvas. En la mesa, junto a su café y el cenicero bauhaus en el que yacían los cadáveres de dos cigarrillos, lucía su más reciente adquisición para la colección de libros intonsos: un ejemplar de una novela romántica de los años veinte. Una mala noticia puso banda sonora a mi apresurado y sonriente hojeo de aquel libro: se había enterado de que en La Habana había un anciano que también coleccionaba libros intonsos y había acaparado casi cinco mil volúmenes, una cifra a todas luces inalcanzable para ella. Por un momento pensé que me iba a encargar que fuera a La Habana a convencer a aquel anciano de que le cediera su colección, pero enseguida pasamos a conversar del asunto urgente que me había obligado a conducir buena parte de la noche. Lo primero que hizo La Doctora fue sacar de una carpeta unas páginas arrancadas de una revista norteamericana. Se trataba de un reportaje realizado en España acerca de los inmigrantes que atestaban algunas ciudades andaluzas. Ya que los Estados Unidos es uno de los pocos países en los que la economía permite sufragar reportajes de investigación serios que tengan ocupado durante meses a un periodista para publicar un texto en el que cada renglón ha sido examinado con lupa por todo un departamento de correctores, el texto era muy largo. Las fotos sin embargo eran pocas y de no muy buena calidad. En una de ellas aparecían tres negros sentados en un parque de abundante vegetación. El pie de la foto avisaba que eran sudaneses en Málaga. La uña lacada de morado de La Doctora señaló a uno de los tres protagonistas de la instantánea.

—Tienes que encontrar a éste.

Era un joven singularmente guapo, y aunque no podían apreciarse en la fotografía las proporciones de su cuerpo, se insinuaba su vigor bajo la camiseta clara con la que aparecía fotografiado. Tenía una boca de una sensualidad excesiva, se diría que todo en aquel rostro sugería sexo salvaje: unos ojos grandes, que ponían dos manchas blancas en la oscuridad severa de su rostro, hacían el resto, confiriéndole un misterio excitante.

—Es imprescindible que lo encuentres. Es un nubio. ¿Sabes quiénes eran o son los nuba?

Ni remota idea.

La Doctora me explicó. Tribu africana martirizada por la presión islamista en el sur del Sudán. Reconocida por la hermosura y el narcisismo de sus hombres y mujeres. Dedicados a la ganadería, la agricultura y un tipo de lucha parecido a la lucha libre pero con permiso para utilizar piedras afiladas y muñequeras fabricadas para infligir el mayor daño posible. En poco más de veinte años, el gobierno sudanés redujo a las tribus nuba a unos cientos de individuos que supieron huir o esconderse. Muchos de ellos terminaron aceptando las condiciones del Gobierno, entrando a formar parte de la misma policía encargada de aniquilar a su tribu. Otros terminaron buscándose la vida lejos. Algunos consiguieron llegar a España. Todavía quedan en las laderas del Sudán algunos poblados nubios que, gracias a la ayuda internacional, han conseguido resistir o ser respetados. Quedarán como un enclave de singular valor turístico en cuanto se alivie de conflictos la zona y puedan organizarse safaris fotográficos en pos de algún guerrero o alguna danzarina nubia. Pero no habría que esperar tanto. En un parque de Málaga, había nubios. Y ahora La Doctora quería localizar a uno de ellos, una especie de dios vestido de paisano que escrutaba alrededor sin parar de preguntarse: ¿qué estoy haciendo aquí?

La Doctora me dijo:

—El otro día, con voz apresurada, el director general me llama. Tengo un encargo muy importante para ti. ¿Te sigue apeteciendo Nueva York? Es tu oportunidad, me dijo. Soluciónamе esto y Nueva York es tuyo. Tal que así me lo dijo. Yo pensé: puedes pedirme la bandera americana que está pinchada en la zona oscura de la Luna, que te la consigo; puedes pedirme las dos piedras que se chocaron para originar el primer fuego que hizo el hombre, que te las consigo; puedes pedirme los calzoncillos que llevaba Kennedy cuando le abrieron la cabeza, que te los consigo. Así que cuando me planteó el tema, pensé inmediatamente en ti. Yo a Nueva York y tú a Barcelona, retirado de las calles, de los vertederos, de las playas a las que llegan los náufragos; un despacho con teléfonos, una lista de cazadores a los que darles órdenes y organizar la sede, fijar precios, todo eso, sé que es lo que te apetece, que es lo que ambicionas. Lo mejor de todo es que no nos piden la bandera americana, ni las dos primeras piedras, ni los calzoncillos de Kennedy. Nos piden a este nubio. Un cliente muy, muy, muy importante de la empresa, lo vio: él o su mujer, nos da lo mismo y no nos vamos a parar en cotilleos a estas alturas. Sintió de repente un apetito al que no supo ponerle freno y se dijo: hay alguien que puede conseguir para ti a este magnífico animal que desde el momento en que se ha presentado en tu vida eligiendo el vulgar camino de una página de revista, ya es tuyo, porque te ha inducido a que desees que te pertenezca. Le echo una pizca de literatura al asunto, como ves. Me lo perdonarás seguro. El caso es ése: un cliente importante, muy importante, solicita que encontremos a este ejemplar que él ha visto en una revista, el ejemplar de macho africano está en Málaga, el director general avisa al director de Barcelona, éste llama a su mejor cazador, éste se pone inmediatamente en movimiento, localiza al nubio, lo caza, se lo lleva al director de la sede de Barcelona que lo envía al director general que organiza una gran fiesta para hacer entrega de la pieza cazada a su muy, muy, muy importante cliente. Y después de eso, en agradecimiento a la eficacia, el director de Barcelona, o sea moi, se hace cargo de la sede de Nueva York, y el cazador eficiente deja las calles, los vertederos y las playas de náufragos, y se hace cargo de la sede de Barcelona. Perfecto. Sencillo. Alcanzable. ¿Preguntas?

Muchas, desde luego. La tentación primordial era interesarme por el cliente. ¿A quién se le había podido ocurrir incitar a una investigación como ésa sólo viendo a una criatura en una foto, y ni siquiera excesivamente buena, de una revista? Pero formular esa pregunta estaba prohibido de antemano. Los clientes del Club, aunque no conocía a ninguno de ellos, me fascinaban. Solía preguntarme mirando a alguien, en los ratos de sobria contemplación, sentado en un parque o esperando que me sirvieran el primer plato en una casa de comidas, ¿podría ser un cliente del Club?, ¿qué tipo de servicios contratará? También dirigía esas preguntas a las personas de mi entorno, por supuesto. Mi hermano ya se había colocado en la Consejería de Educación y Cultura, se había abastecido de trajes y de corbatas, había subido diez peldaños en la consideración de mi padre, pero seguía viviendo en el piso de La Florida y aún no se le conocía compañera sentimental: ¿qué tipo de servicios contrataría si se convirtiera en cliente del Club? Alguna vez hablábamos por teléfono y cuando me preguntaba dónde demonios estaba y cómo había llegado hasta allí, deslizaba alguna de sus sarcásticas coletillas para picarme o para que yo bajara la guardia, pero hasta entonces había resistido bastante bien la tentación de contarle nada acerca de mis actividades. Supongo que sospechaba algo, aunque no puedo determinar qué. En cuanto a mi padre, era demasiado tacaño como para dispendiar una gota de sus caudales —monetario y energético— en contratar a una guapísima caribeña de labios turgentes o una delicada flor asiática. También hablaba con él una vez a la semana, pero no porque quisiéramos alguno de los dos, sino porque irremediablemente era él el que contestaba al teléfono en ausencia de mi hermano. Yo llamaba para saber de mi madre, cómo le iba, en qué etapa estaba, pero antes tenía que saludar a mi padre, contarle alguna cosa mientras mi madre dejaba lo que estuviera haciendo para acercarse al teléfono. Él no contaba nada, por supuesto, y en cuanto a lo que yo le dijera, se reservaba sus comentarios para el momento en que se cortara la comunicación. Podía imaginarme la escena sin esfuerzo: mi madre vuelve del pasillo después de pedirme que me cuidase, se sienta a encuadernar un libro, mi padre aparta un momento la vista de la televisión o del periódico o de alguna biografía de esposa de gran hombre, y pregunta «¿qué dice el colosal artista sin fronteras?», mi madre le hace un resumen de lo que yo le haya contado, y entonces mi padre asegura, antes de volver a sumergirse en la vida de la esposa del gran hombre, en el programa concurso de la televisión o en las páginas de economía del periódico: siempre he dicho que el que se mueve mucho está cantando a los cuatro vientos que es un infeliz y un inmaduro. Y a otra cosa.

Acerca de los clientes del Club Olimpo, de todas maneras, circulaban algunas leyendas entre los cazadores y los componentes del elenco de modelos y los directivos. Una de las más perturbadoras era la del hombre que se enamoró perdidamente de un chico cubano cuyo precio era desorbitado para sus posibilidades. Acudió a la sede del Club, miró los álbumes que se le ofrecían, editados con elegancia y calidad irreprochables, señaló al chico cuyos servicios quería contratar, se le informó del precio, y alargó un suspiro de impotencia por toda respuesta. A pesar de que era demasiado —no sé si dos mil euros— adquirió una sesión de una hora con el bombón. Fue un gravísimo error, porque después de esa hora su vida se convertiría en un calvario. Resulta que era un mero empleado de banca —funcionario según otras versiones— que decidió ahorrar sólo para poderse pagar una vez cada dos o tres meses una sesión de una hora con el chico cubano. Pero enseguida vio que por mucho que se privara de ir al cine o de acortar sus desayunos prescindiendo del zumo de naranja, para conseguir dos mil euros necesitaría varios meses, lo que suponía espaciar excesivamente las sesiones con su amor. Entonces decidió solicitar un crédito para asegurarse suficiente continuidad en sus encuentros con el chico cubano, un crédito de veinte mil euros, diez encuentros durante un mes, un día sí y dos días no. Después de ese mes, no volvería a reclamarlo más. Hemos de suponer que se lo contó al propio chico cubano que fue el encargado de difundirlo. Tal vez se lo contó para ablandarle el corazón. Lo que consiguió fue, desde luego, algo muy distinto: el chico cubano dijo a la dirección del Club que no se le obligase a hacer ningún servicio con el empleado de banca que se había enamorado de él: se había vuelto loco. Los modelos del Club tienen derecho a veto. Si huelen peligro en algún cliente, pueden señalarlo y prohibir que puedan contratar un servicio con ellos. El cliente telefoneó al Club extrañado de que, a pesar de que en su último encuentro le pareció que había quedado meridianamente claro que dos días después volvería a reunirse con el chico cubano, éste no se hubiera presentado. En el Club le dijeron que ésa no era la manera de contratar los servicios de un modelo, que los tratos privados entre modelo y cliente estaban prohibidos y que por mucho que hubieran acordado una cosa, sin la intermediación del Club, el modelo no podía hacer negocios por su cuenta. El cliente insistió en que le enviasen inmediatamente al chico cubano y en el Club le dijeron que no podía ser, no estaba libre, aunque podían enviarle a otro modelo cuyo precio era similar al del chico al que el empleado de banca requería. Éste dijo que no quería a nadie más, preguntó cuándo podría disfrutar de los servicios del chico cubano, y cuando le contestaron que había sido trasladado a otra sede del Club, el cliente colgó después de susurrar, aterrorizado: no puede haberme hecho eso. La historia acababa mal. El cliente volvía a llamar al Club pidiendo datos acerca del destino del chico cubano, pero los datos se le negaban. Se presentó en la sede asegurando que no quería montar ningún escándalo, pero necesitaba encontrar a esa criatura y pensaba hacer lo que estuviese en su mano para conseguirlo. Fue reducido y expulsado, se le amenazó con una denuncia, pero volvió a presentarse y solicitó que al menos le regalasen una de las fotos del chico cubano. Un detalle enternecedor, ¿no? Hasta que ya no pudo más y se dejó abatir por la desesperación. Un día ya no se supo nada de él, y todo el que conocía la historia deducía que se habría ahorcado o se habría arrojado por la ventana.

Una vez le pregunté a La Doctora, ¿qué es un cliente del Club Olimpo? Ella me respondió:

—El encargado de transformar a uno de los inmigrantes que tú encuentras en las calles peores o en la cola de la puerta trasera de un hotel, en una máquina.

Para ella los modelos del Club debían alcanzar la perfección de una máquina: era así de sencillo.

—Ninguna pregunta —dije por fin sin dejar de mirar la fotografía de la revista en la que un inmigrante africano se empezaba a transformar en una máquina perfecta.

—Pues haces mal. No te dijeron de niño que preguntar es de sabios. Seguro que por lo menos te intriga quién es el cliente. Por supuesto no te voy a decir nada acerca de él, pero te voy a dar una mala noticia, no tiene que ver con el cliente, sino con la imperiosa necesidad que tienes de acatar órdenes.

A veces La Doctora se ponía así de críptica, daba vuelcos extraños en sus monólogos para auspiciar el interés de un oyente al que, irremediablemente, habían empezado a dormírsele las piernas. Supongo que puse cara de «qué me estás contando ahora», y ella estiró sus labios en una sonrisa comprensiva.

—No te va a gustar nada, lo sé, lo sé muy bien que no te va a gustar, pero ya te digo que esto es importante y ella al fin y al cabo no va a interceder en mi plan de que si sale bien la cosa tú pases a ocupar mi puesto, yo ya tengo los libros en cajas para irme a Nueva York, de verdad, y ella a fin de cuentas, aunque fuera ella la que se acabara llevando el gato al agua, aunque no trabajéis en equipo y vaya cada uno por su cuenta, y fuera ella la que acabara llevándose el gato, pues eso no cambiaría mis planes.

¿De qué me estaba hablando? Ahora mi cara debía reflejar una insolente angustia pequeña, tal vez un parche blanco se había impreso en una de mis mejillas o un cambio de postura violento, echando el cuerpo hacia delante, evidenció que no entendía nada de lo que me estaba diciendo y empezaba a impacientarme con sus rodeos.

—Está bien, ya voy. Luzmila. Será tu compañera de viaje en esta ocasión. En realidad he pensado en ella como asistente, pero ya sé que tú no necesitas de asistentes, y ya sé que a ella le gusta trabajar por libre y que tampoco es cazadora que acepte órdenes de nadie. Te diré la verdad, dadas las condiciones del caso, es probable que ella acabe llevándose el gato al agua, a fin de cuentas es un hombre al que hay que atraer, y Luzmila, en el poco tiempo que lleva trabajando de cazadora para el Club, es la que más hombres ha conseguido, bien es verdad que sus estadísticas no son buenas porque no sabe conseguir mujeres ni niñas, pero he pensado que este caso precisaba de una asistente como ella, estará a tus órdenes, pero no te voy a engañar, es difícil engañarte a ti y tú sabes que te mentiría si te dijese que está obligada a obedecerte, seguramente irá por libre, en cuanto lleguéis a Málaga cada cual se las arreglará como sea, pero para mí eso es lo mismo, lo que necesito es que cacéis la pieza, y quien la cace es lo de menos, para mí el éxito de la operación, aunque tú no llegues a intervenir, es un éxito tuyo, y serás ascendido.

Así que era eso. Luzmila. Doce meses de ejercicio como máquina sexual que se activa con quinientos euros por sesión, le habían bastado para comprender que prefería dedicarse a otra cosa. Así que una mañana pidió cita con La Doctora, entró en su despacho con aquella mirada pétrea con la que exigía a la gente a la que le pedía para un bocadillo, que le diese unas monedas porque se las merecía, le dijo que ya estaba harta de acudir a citas con babosos, que estaba harta de mancillarse tendiéndose bajo cuerpos grasientos que le asqueaban, que había empezado a sentir repugnancia por los clientes que solicitaban sus servicios, y que necesitaba liberarse del yugo del contrato que la ataba al Club por tres años —un contrato que estipulaba que, en caso de que la abajo firmante no cumpliese escrupulosamente las condiciones y decidiese desvincularse de la empresa, tendría que abonar a ésta la suma de sesenta mil euros para compensar gastos y pérdidas—. Se le había ocurrido que podía ejercitarse como cazadora, como el fotógrafo que me trajo hasta ustedes, dijo, y agregó que podían llegar a un acuerdo, probar unas semanas —los modelos tenían derecho a algunos períodos de excedencia y vacaciones—, las suficientes para que La Doctora se diera cuenta de que como miembro del equipo de cazadores Luzmila sería mucho más efectiva para el Club que como pieza del equipo de modelos. Sopesó La Doctora pros y contras, hizo balance de cuentas, Luzmila no era de las modelos más solicitadas y una cosa era verdad: cliente que la solicitaba, cliente que luego no volvía a requerir sus servicios, o sea, no conseguía complacer a ninguno de los que la habían contratado. No había sabido transformarse en máquina, aunque aún era demasiado pronto, todo modelo necesita de un rodaje que le permita la metamorfosis de inmigrante tirado en las calles a perfecta máquina sexual. Al fin, La Doctora anunció a Luzmila que adelante. Luzmila pasó el examen con sobresaliente, ingresó en el equipo de modelos a varios monumentos que la sede de Barcelona supo distribuir entre las otras sedes del Club, siempre faltas de carne de macho caro. Y ahora La Doctora había pensado en unir al fotógrafo y a la albanesa en una misión especial, de esas que se presentan una sola vez durante un mandato de director, un jugoso caramelo que había que conseguir para satisfacer a los mandamases y hacerles ver que la eficacia demostrada merece recompensa.

—¿Quieres que subamos un rato a mi habitación? —me preguntó La Doctora—. Me ha ido bien en Madrid, he conseguido diez o doce intonsos en un paseo que di ayer por la Cuesta de Moyano.

—¿Dónde está? —pregunté.

—Está aquí en Madrid. Hemos quedado a comer con ella. Cogeréis juntos un avión a las cuatro y media. Tenéis habitación en el Hotel Málaga-Palacio. Yo he calculado que lo ideal sería que consiguierais noticias de la pieza que tenéis que cobrar en un par de días. Eso me permitiría pasar un primer informe a Nueva York para que supieran que ya estamos a punto de dar caza al nubio. Por supuesto no sé si es un nubio o no, pero ya sabes que me gusta ponerles nombres flamantes y un poco rimbombantes a las piezas: el príncipe nubio. Es estupendo. Aunque no sea nubio lo venderemos así, me gusta, ¿no te gusta?, tiene una carga sexual imponente, ya me están dando ganas sólo de pensarlo, es de los que deberían cobrar más por derechos de imagen que por sesión, ¿no?, son los mejores, porque son cuerpos que no necesitan hacer nada para excitarnos, como esculturas, llegan, te excitas sin que se muevan, se van, y ya los tienes tú metidos en la cabeza para siempre, o durante semanas, así que te vas al baño o te acuestas pensando en cosas que no te han hecho pero que podrían haberte hecho, y eso merecería ser cobrado, verdad, lo tengo claro, si lo tuviera a mi cargo, le pondría mil euros de precio, trescientos por sesión, y setecientos por derechos de imagen, ya casi empiezo a tenerlo en mente y sólo he visto su foto, porque los derechos de imagen, claro, son así, cuántas mujeres, debajo de un hombre aburrido, no piensan que están siendo poseídas por un supervarón, por el chico de la tienda de la esquina o el actor al que adoran, y si los hombres que están encima de ellas supieran por dónde navegan las imaginaciones de sus hembras, ya me dirás, pero sé que a ti no te importa, tú estás hecho de otro metal, seguro que hasta te excita un poco que yo te asegure que si estuviera debajo de ti hoy no podría sacarme al nubio de la cabeza, ¿quieres que subamos un rato a mi habitación?

DOS

HABRÁ ALGUNO QUE DIRÁ: ya está, clarísimo, eso es lo que quería contar el hombre y acaba de destrozar la intriga, le encargan que vaya a cazar una pieza, excepcionalmente sensual, se nos enamora de ella, no quiere que el inmigrante bello se convierta en máquina que se pone a funcionar con billetes, y ahí tenemos ya el conflicto. Contado así parece un argumento de novela sentimental exornada con carga social. Me temo que defraudaré las expectativas de quienes se hayan hecho ilusiones con un argumento así. Admito que es una posibilidad y por momentos me sacude la tentación de cambiar lo que ocurrió por un sendero ficticio en el que internarme para transformar las escenas que llevo en la memoria por otras con las que la fantasía consiga enmendar a la realidad.

Subí a la habitación de La Doctora, follamos, a pesar de mi morigerado deseo que me puso en dificultades para cumplir con las exigencias de mi partenaire —que como de todos modos había ingresado en un pliegue de la realidad en el que quien estaba cubriéndola era el nubio, quedó muy encantada, la potencia de la imaginación es terapéutica, nos bastamos a nosotros mismos para corregir la mediocridad de la realidad, mientras yo quedaba apaciblemente anestesiado. La oí levantarse, ducharse y arrimarse a la cama. Depositó un beso en la palma de mi mano izquierda, que volaba sobre el suelo sobresaliendo de los límites del colchón, y susurró: me voy de compras. No sé cuánto rato pasó entre ese momento y el momento en que el timbrazo del teléfono me devolvió al mundo desde la grata inconsciencia en la que había conseguido hundirme. Siempre que pasaba una noche con La Doctora en su apartamento de Barcelona, aguardaba a que ella se durmiese —y daba sobradas pruebas de su abandono de la vigilia con una sarta de ronquidos— para levantarme y cumplir una venganza sutil con la que no sé bien si perseguía joder de otra manera a La Doctora o simplemente divertirme con una chiquillada que me demostrara a mí mismo que no sentía el más mínimo aprecio por aquella mujer. Consistía esa venganza en cobrarle de alguna manera el servicio que acababa de proporcionarle, pues me sentía utilizado como máquina cada vez que acababa entre sus sábanas. Y el pago que exigía era el sacrificio de algunos libros intonsos. Así que me dirigía a las baldas donde se alineaba la estúpida colección de La Doctora, y elegía cinco libros, delgados casi siempre. Iba armado con un cuchillo que previamente había cogido de la cocina. Sentado en el sofá de la sala de estar, cortaba las páginas pegadas de los libros y ocasionaba así lamentables pérdidas en la colección estúpida. Si alguna vez se dio cuenta de lo que hacía, no me hizo nunca el menor comentario. Si visité aquel apartamento media docena de veces, eso significa que rebajé el número de la colección de intonsos en treinta ejemplares, una proporción satisfactoria. Alguna de aquella media docena de veces que inflig ese castigo a La Doctora, recuerdo haberme dado ánimos a mí mismo cuando ella me invitaba a que cenáramos juntos y terminásemos la velada en su apartamento, diciéndome: sí, ve, y te cargas otros cinco libros. Mi sueño era, desde luego, reducir toda su colección a cero, pues de cinco en cinco tardaría demasiado tiempo —y serían necesarias demasiadas veladas con La Doctora— en encumbrar mi proyecto. Así que tenía planeado pasarme una noche entera cortando las páginas de los libros de su colección cuando hubiera decidido desvincularme definitivamente del Club. En la habitación del hotel, mientras aguardaba a que me subiesen un café y unos *croissants,* corté las páginas de dos de los libros que La Doctora había adquirido en la Cuesta de Moyano. Como resultaría demasiado arriesgado cortar todas las páginas pegadas, decidí despegar sólo las páginas de algunos cuadernillos. Si se daba cuenta antes de que yo estuviese camino de Málaga con Luzmila, podría decirle que le habían dado gato por liebre: muchas veces pasaba eso, un libro que parecía intonso luego no lo era por completo pues su anterior propietario había cortado las páginas de algún cuadernillo, y bastaba que un solo cuadernillo del volumen tuviera las páginas cortadas para que ese volumen no entrase ya en la categoría de libros intonsos. En ésas estaba cuando volvió a sonar el teléfono, y cometí la imprudencia de contestar. Era Luzmila. No vendría a almorzar con nosotros, nos veríamos directamente en el aeropuerto. La conversación fue antipática, ni un «cómo estás». Desde que ingresó en el equipo de cazadores, yo sólo había visto una vez a Luzmila, en una agradable reunión convocada por La Doctora a comienzos de año para explicitar dónde pensaba poner el listón del rendimiento de cada cual y exigir a los rezagados que se pusieran las pilas si querían continuar perteneciendo al equipo. La

Doctora tenía a sus órdenes a cinco cazadores, varios menos que las grandes sedes de la Empresa. En aquella reunión, Luzmila y yo apenas intercambiamos un frío saludo. Se había disfrazado de ejecutiva agresiva, con un traje gris y unos zapatos de tacón alto y el pelo, abundante, recogido en una trenza. Hizo alguna pregunta cuando concluyó el discurso de La Doctora, y fue de las primeras en abandonar la sala donde se celebró la reunión. A uno que se acercó a ella para decirle que unos cuantos íbamos a ir a tomar unas cañas a algún sitio, le respondió un cortante «no creo que os apetezca que os acompañe». No me miró ni una sola vez durante la reunión a pesar de que tomé precauciones y me coloqué justo enfrente de ella. No conseguía ponerme de mal humor tenerla como acompañante, y me esperanzaba con la posibilidad de que al menos hubiera cambiado su actitud hacia mí —de evidente desprecio, como si pretendiese olvidar gracias a quién había llegado a ocupar el puesto que ocupaba— y pudiéramos divertirnos juntos.

Cuando nos vimos en el aeropuerto nos saludamos con frialdad. Ella había llegado antes y no me había esperado para facturar juntos el equipaje: no quería tenerme como compañero en el avión. Hablamos poco mientras aguardábamos que se anunciase el embarque. Recuerdo que dijo, desenvolviendo un chicle y ofreciéndomelo:

—Todavía quedan románticos en este asombroso mundo.

—¿Por qué lo dices? —pregunté desganado rechazando el chicle que ella acabó metiéndose en la boca.

—¿No te parece romántico que alguien vea la foto de alguien y ponga a trabajar a una Organización a la que le encarga que se lo encuentre, que lo cace, que lo ponga a su disposición?

—Los términos del acuerdo ni tú ni yo los conocemos, y el monto de la operación también será un secreto que no sabremos desvelar nunca.

—Eso está por ver —dijo. Se cruzó de brazos. Miró a un hombre que empujaba un carro lleno de bolsas de deportes por uno de los pasillos del aeropuerto, y agregó—: Si algún día me entero de esas cifras, te las haré llegar para que te sientas orgulloso.

Antes de reunirme con Luzmila, durante el almuerzo, La Doctora me había confesado que había sido ella la que le había convencido de la pertinencia de emplearla en aquel caso, un caso nada típico: en los anales del Club sólo había un par de experiencias similares de clientes que señalan a alguien y solicitan que el Club lo ponga a su disposición. Qué significa su disposición es asunto que La Doctora prefirió no dilucidar, tan sólo aseguró que eso lo habían decidido en Nueva York, y que si dábamos caza al nubio ella no podría asegurar que el cliente pretendiese apropiárselo para siempre o tan sólo disfrutar de él durante un período pactado con el Club a cuyo seno volvería el nubio para ejercer como modelo al alcance de otros clientes cuando ese período terminase. No pude impedir que me intrigara la suerte de quien ya era nuestra más codiciada pieza, y no pude impedir imaginarme al cliente secreto que había puesto en marcha aquella operación como alguien completamente desquiciado y podrido de dinero, tal vez un gran galerista neoyorquino o el presidente de una Tabacalera: una de esas criaturas que han aprendido que no hay nada imposible para ellos y que si no se imponen un reto magnífico acaban aburriéndose. En cualquier caso, ¿cómo se había enterado Luzmila de la operación y cómo había osado presentarse ante La Doctora y pedirle que la empleara en ella? Las relaciones entre Luzmila y La Doctora habían mejorado mucho desde que la albanesa pasó a integrar el equipo de cazadores, y la cháchara inevitable entre algunos miembros de ese equipo recurría a veces a imaginar incendiarias escenas entre las dos mujeres para explicar el ascenso de Luzmila en la jerarquía del equipo. Que La Doctora hubiera pensado en mí para una operación que entrañaba riesgos y venturas para su propio futuro dentro de la Organización, no dejaba de ser normal: mis estadísticas lucían como las de ningún otro, y por si fuera poco la zona en la que se había localizado la pieza deseada era una zona que me pertenecía y que yo conocía —o debía conocer bien—. Pero, ¿Luzmila? Por supuesto el argumento de que convenía la presencia de una mujer para captar la atención de la pieza, era de una endeblez que evitaba hacer ningún comentario, pues no pasaba de ser una excusa con la que taponar preguntas que yo pudiera formular para inquirir por qué demonios me obligaban a llevar una acompañante que, por lo demás, tampoco parecía estar dispuesta a botar de alegría por asistirme.

Como mi asistente me había dejado claro que no quería intercambiar información alguna sobre el caso conmigo, decidí contradecirla: se colocó en el asiento que le correspondía, y a su lado se había sentado una mujer mayor a la que me dirigí con tono afable:

—Señora, esa señorita y yo vamos juntos, y a mí me han dado un asiento junto a una ventanilla. ¿Le importaría cambiármelo?

La mujer, encantada, se levantó y me cedió su sitio.

La albanesa pretendió entretener la atención en las páginas de un libro en el que abundaban las cuatricromías de máscaras africanas: de reojo vi algunas muy coloridas, minuciosas e impresionantes. Más tarde me enteraría de que La Doctora le había regalado a Luzmila aquel libro de fotografías sobre los nubios. Yo saqué de mi maletín el último libro de Stephen King, mi escritor favorito, en el que había subrayado unas líneas que fijaban su método narrativo, de una simplicidad apabullante: «En mi concepción, los relatos y las novelas tienen tres partes: la narración —que ha de llevar la historia desde el punto A hasta el B hasta llegar por fin al punto Z—, la descripción —que ha de crear una realidad sensorial para el lector— y el diálogo —que dará vida a los personajes a través de sus propias palabras.»

Me había sentado a la vera de Luzmila sólo para molestarla, para recordar que por mucho que pretendiese no verme, no hacerme caso, permanecer indiferente a mi presencia, yo estaba allí, era el comandante de la misión, ella podría hacer lo que le diera la gana, pero su éxito redundaría en mi beneficio. Sin embargo, Luzmila me habló. Aparcó el libro sobre los nubios en el bolso cosido a la espalda del asiento de delante, echó un vistazo por encima de mi hombro a la página que iba leyendo en el libro de Stephen King, y dijo:

—¿Qué crees que pasará?

—Nada del otro mundo. Encontraremos al príncipe nubio, lo entregaremos a La Doctora, se lo llevará a Nueva York, lo pondrá en manos del cliente, éste lo utilizará como le venga en gana, tal vez lo coloque de jardinero para no ocasionar disgusto entre sus hijos, y ya está.

—Algo me dice que no va a ir por ahí la cosa.

—¿Entonces?

—¿No has pensado que el Club desaprovecha su poder?

—¿Qué quieres decir? —Sólo entonces cerré el libro de Stephen King y me giré para buscar la mirada de Luzmila.

—Quiero decir que es una plataforma ideal para metas más importantes que la de satisfacer la demanda de una tropa de babosos.

—¿Una plataforma ideal? ¿Metas más importantes? ¿De qué estás hablando?

—¿Dónde colocas tú tu ambición? Quiero decir, hasta dónde quieres llegar. La Doctora me ha dicho que te va a proponer para que ocupes su puesto si finalmente la destinan a ella a Nueva York. ¿Te conformarías con un trabajo de gestión así? ¿Crees que sirves?

—No sé. Nunca lo había pensado. Sí que le había dado vueltas a dejar de una vez todo este rollo, buscar en la basura diamantes y todo eso, salvar la vida de criaturas hermosas, ya sabes. Nunca lo había pensado, pero cuando se lo oí mencionar a La Doctora me ilusionó. De alguna manera me parece que después de algún tiempo viajando de vertedero en vertedero, de playa de náufragos en playa de náufragos, de garito de suburbio en garito de suburbio, es inevitable que te gane la melancolía y quieras compensar toda la basura emocional que has acumulado con una temporada de tranquilidad bien pagada, ¿no? Pero no sé si la gestión es lo mío. Es evidente que sí es lo tuyo.

—¿Por qué dices eso?

—Porque tú quisieras postularte para ese puesto, ¿me equivoco?

Luzmila sonrió.

—Si quieres llegar a lo que aún no eres, no te conformes con lo que eres —dijo. Una cazadora del Club Olimpo citando a San Agustín. Ante mi cara de estupefacción, que se debía a la coincidencia de la cita con un tramo corto pero intenso de turbulencias sobre el mar de nubes blancas que sobrevolábamos, Luzmila agregó—: Si yo llegara a un puesto de mando en el Club, pondría rumbo a una meta más importante.

—¿Dominar el mundo o algo así?

—Algo así.

Se me aflojó la seriedad que había tratado de mantener hasta entonces y exploté en una carcajada que llamó la atención de los vecinos del pasillo. El carrito de las bebidas empujado por dos azafatas llegó hasta nosotros. Luzmila renunció a tomar nada. Yo pedí una copa de manzanilla.

—¿Y cómo dominarías el mundo?

—¿Tú has visto alguna vez nuestra cartera de clientes?

—La verdad es que no. ¿No nos está prohibido interesarnos por los clientes? ¿No es confidencial toda esa información y es delito que el Club se la suministre a nadie que no pertenezca al equipo directivo?

—Si te parases ante todo lo que está prohibido, nunca cazarías a nadie.

—O sea, que tú has visto esa cartera. ¿Muchos famosos? ¿Hay alguna sotana? ¿Numerarios del Opus Dei? ¿Fiscales Generales del Estado? ¿Futbolistas de renombre? ¿Cantantes con fama de macho que sin embargo contratan los servicios explosivos de nuestra selecta delantera mulata?

—Toda esa información es confidencial.

Otra carcajada irremediable. Luzmila sonrió esta vez. Íbamos ganando terreno.

—Se le podría dar un uso que no se le da. Ésa es la pena, que no se le da el uso que podría dársele. ¿Te imaginas? Además, yo creo que el fundador del Club, la intención que tenía era ésa, era su intención primera, fundar un club que transformara a desdichados de todo el mundo en seres poderosos, en máquinas sexuales que terminaran apoderándose de los amos del Universo, haciéndoles pagar por sexo escandaloso y poniéndolos contra las cuerdas al conocer sus secretas debilidades: debilidades que, de ser conocidas por el público, destruirían su prestigio.

—Ya. Y para que el prestigio de esos menganos no fuera destruido, sería imprescindible el chantaje. Más dinero del que pagan.

—Mucho más dinero. ¿No te das cuenta de que todos esos financiadores del Club están hermanados por un vicio que necesitan mantener oculto?: ese vicio sería el vínculo magnífico. Forman parte de una secta, pero no lo saben. Lo único que haría falta sería cohesionar el potencial de que el Club dispone. En sus archivos hay dinamita, pero a nadie se le ha ocurrido que puede encenderse la mecha. Se conforman con que nos dejen operar, utilizar los conductos necesarios para seguir funcionando y poniendo a disposición de los clientes el material que precisan para satisfacer su sed, para alimentar su vicio.

Parecía que Luzmila estaba dictando una conferencia que previamente se había aprendido de memoria. Puse cara de que me estaba interesando todo aquello, pero en el fondo, mientras ella me hablaba, me decía a mí mismo: menudo potaje. Para que se diera cuenta de que me fascinaba su discurso, la interrumpía de vez en cuando con alguna pregunta.

—¿Pero cómo materializarías ese dominio?

Ella me lo explicaba con minuciosidad. Operaciones de chantaje, utilización de un aparato periodístico que conminara a nuestras víctimas a que cedieran, cobro de una especie de impuesto revolucionario para costear nuestros fines, empleo de nuestra maquinaria sexual para poner al borde del abismo a los clientes más débiles, esclavizarlos, someterlos.

Un poco estúpidamente, pregunté:

—¿Le has contado esto a alguien?

Pensaba, desde luego, en La Doctora. Trataba de imaginarme su gesto ante el proyecto disparatado de la albanesa, pero no conseguía dibujar sus rasgos. Luzmila me dijo:

—A alguno de los chicos se lo he contado.

—¿Pero tienes trato con los modelos?

—Por supuesto. No sólo con los que yo he cazado, también con algún otro. Por ejemplo hace poco conocí a un argentino al que tú salvaste. Un chico interesante, el mejor culo de hombre que he visto nunca. Parecía deprimido.

No quise preguntar por la suerte que había corrido Emilio, quería seguir manteniéndome al margen del destino de las piezas que yo había cobrado. Me bastaba con coleccionar sus fotografías en un álbum de trofeos que historiaba mi vida como cazador.

—Yo he sido máquina, y soy cazadora. Esas dos experiencias nadie las tiene que yo sepa, La Doctora dice eso, que nadie las tiene. La evolución natural me lleva a la gestión, eso hasta tú lo reconocerías, tú que sólo has sido cazador y no sabes lo que es ser máquina.

—La Doctora tampoco ha sido máquina.

—Por eso precisamente no lo está haciendo bien, por

eso desperdicia su oportunidad de alcanzar metas más importantes. Por eso, en fin, tiene los días contados.

¿Los días contados? Iba a ser ascendida al puesto de directora en la sede de Nueva York, y Luzmila consideraba que eso significaba tener los días contados. Esta vez no solté una carcajada. Las nubes se habían diluido y nos internábamos en un pedazo de mar verdoso dejando la ciudad de Málaga a la derecha, alineada en edificios feos que se enfrentaban a la playa protegidos por una masa montañosa y vegetal salpicada de casas. El avión giró lentamente por encima de barcas de pescadores y yates de recreo. Se avisó de la inminencia del aterrizaje y Luzmila tomó el libro sobre los nubios del bolso donde lo había colocado y yo devolví mi libro al maletín.

—¿Sabías que La Doctora hace colección de libros intonsos? —inquirí esperando que ella me preguntara qué era un libro intonso. En vez de eso me respondió:

—Yo lo sé todo acerca de La Doctora. Conozco hasta su mal gusto en la elección de amantes.

No había mirado los periódicos ni visto la televisión en unos días. En realidad, rara vez leía periódicos, porque cuando alguno llegaba a mí me obligaba a hacer lo que Poncio Pilatos: lavarme las manos. Y ese lavarse las manos ya era una señal imperiosa de cobardía. Así que no me había preparado para lo que me esperaba en Málaga. El hedor de la ciudad, que padecía ya diez días de huelga de basureros, había alcanzado las salas del aeropuerto, y mientras esperábamos a que salieran nuestros equipajes por la cinta transportadora, tuvimos la primera evidencia de que nos dirigíamos a un muy particular infierno. El aire estaba congestionado de un pegajoso olor a podredumbre, y supimos, oyendo a otros viajeros que esperaban sus equipajes, que la situación en la ciudad era de caos absoluto. En los barrios menos favorecidos se habían montado auténticas barricadas de desperdicios, se habían empezado a incendiar contenedores para activar la respuesta de un Ayuntamiento que se negaba a sentarse a negociar con los sindicatos. Los más decididos columnistas pedían la intervención inmediata del Ejército para aliviar a la maltrecha población de la peste que enturbiaba cada rincón de la ciudad. ¿Qué pensarán de nosotros los turistas?, clamaba una nativa avergonzada del recibimiento que su ciudad deparaba a los extranjeros que habían viajado en pos de la promesa de una temperatura ideal, largas playas y camareros con digno dominio del inglés. Luzmila se tapaba la nariz con un pañuelo aromado de lavanda, y yo hacía lo que podía por respirar por la boca, pero aun así no conseguí impedir que la náusea me nublara la vista. Trataba de pensar en otra cosa para alejar de mí aquella suciedad impresa en el aire. Primero me pregunté si Luzmila llevaba bajo su traje el equipo de gimnasia portátil con que el Club dotaba a cada uno de sus modelos para que no se relajaran un solo momento durante el día y tampoco tuviesen que realizar esfuerzos excesivos a la hora de modelar sus cuerpos. Consistía en un cinturón que abrochado sobre el vientre emitía descargas de diversa intensidad para pulsar sobre los abdominales y trabajarlos; otro cinturón que se colocaba donde el muslo daba paso a la nalga, y dos brazaletes que, sobre todo los chicos, tenían que llevar varias horas al día para potenciar sus bíceps. Aquel equipo portátil podía acarrear consecuencias imprevistas y enojosas, pues si no se tenía cuidado y se quedaba uno dormido con él puesto, las descargas sobre el vientre precipitaban un adormecimiento de la zona que al día siguiente incomodaba sobremanera al modelo. Pensar en eso me llevó a imaginar la ropa interior de Luzmila, un tanga negro, hilo dental ceñido a sus caderas que acaba incrustándose entre sus nalgas. No me sirvió de mucho. Como si adivinara en qué regiones se había internado mi pensamiento por escapar de la hedionda realidad, Luzmila me dijo:

—Oye, aquí huele a mierda. Esto no puede ser por lo de la huelga esa de basureros.

—Sí, para mejorar las cosas deben haberse atascado todas las tuberías —apuntó alguien a mi espalda, alguien que quería trabar conversación con la bella albanesa.

Y entonces los vimos aparecer. Debían ser más de treinta africanos. Se habían embadurnado de heces para que los policías que los escoltaban no pudieran agarrarlos y meterlos en el vuelo especial con que pondrían fin a su sueño de permanecer en la tierra prometida. Algunos iban apresados en grupo mediante cinta aislante. El espectáculo era aterrador y no se me ocurrió sacar la Leica para captar algún instante decisivo. La mayoría de los africanos seguía a un ronco lamento unánime que tenía algo de himno sobrecogedor y algo de plegaria de víctima insalvable. Cuando pasaron por nuestro lado, camino de la pista de la que procedíamos, tuvimos que protegernos las narices y hacer todo lo posible por reprimir el vómito. No todos los viajeros que esperaban en la sala a que emergiesen los equipajes lo consiguieron, y el suelo brillante se llenó de lunares anaranjados y nauseabundos. De vez en cuando alguno de los africanos custodiados se detenía, se arrojaba al suelo, pataleaba. Los policías de paisano se ocupaban entonces de él sin timidez: no porque hubiera presencia de extraños iban a dejar de cumplir con su tarea, así que con cuidado —aunque era imposible evitar mancillarse con las heces que cubrían al detenido— pero con contundencia, lo volvían a poner en pie, si se resistía mucho, uno sacaba una pistola y disparaba cinta aislante con la que lo convertía en una caricatura de momia. Uno de ellos, el más corpulento, a pesar de que iba totalmente envuelto en cinta aislante, consiguió escabullirse de la vigilancia que lo controlaba, alcanzó una pared contra la que empotró su cabeza: la autolesión no iba a servirle de mucho, apenas para que la inevitabilidad de su expatriación le resultara menos dolorosa. La caravana de africanos dejó entre los viajeros rescoldos de un espanto que no necesita verbalizarse. Los vimos caminar por la pista a través de la gran cristalera azulada que pone fin a la sala de recogida de equipajes. No tenían preparado un autobús para acercarlos al avión: optaron por arrimar el aparato a la terminal. De uno en uno fueron empujados por los policías. Subieron las escalerillas que concluían en las entrañas del aparato, y desaparecieron de nuestra vista. Sólo Luzmila fue capaz de decir algo cuando replegaron las escalerillas, después de que subiera el policía de paisano que cerraba la comitiva:

—Viste al que se ha pegado con la cabeza contra el muro. Podría ser el nubio que buscamos.

Yo me quedé callado.

—Y aunque no fuera el nubio, era una pieza magnífica para el Club. Se parecía a Michael Jordan. Una lástima —agregó.

Entre los modelos más cotizados del Club estaban aquellos que se parecían a alguien famoso: formaban casi un departamento independiente. La Doctora aprovechaba para imponer un plus a los clientes que contrataran los servicios de uno de ellos: teníamos clones de modelos como Tyson Beckford o Naomi Campbell, de tenistas como Ana Kournikova, de actores y actrices —desde un magnífico ejemplar del John Gavin apuesto y sensual de *Espartaco*, no el que después hizo papeles de burgués acomodado, a un Paul Newman joven o un Brad Pitt, desde una delicada y maravillosa, no la capturé yo, Audrey Hepburn, que era de las que contrataban muchos para lucirla en una fiesta social, hasta una explosiva Demi Moore, que acabó causando baja por un cáncer de pecho, lo que suscitó un estúpido chiste de

Luzmila («ah, siempre pensé que eran de silicona»)—. Entre mis cazas había unos cuantos clones, pero sólo uno de ellos tuvo éxito, se ve que las actrices y los actores que me gustan no despiertan pasiones. La caza exitosa fue la de un muchacho que encontré en un deprimente estado en Barcelona, a sólo dos manzanas del despacho de La Doctora, un golpe de fortuna colosal. El chico era idéntico a Cassius Clay y La Doctora lo cató, lo aprobó y lo contrató encantada. Yo, para darme importancia, le dije que le había seguido la pista a aquella pieza durante semanas, que lo había visto una vez en el barrio de La Mina, de lo más selecto en cuanto a conflictividad y pobreza, y luego no había dado con él: pero mi persistencia, tan profesional, tuvo al fin compensación.

Había estado un par de veces en Málaga, pero no había registrado con ahínco la ciudad en busca de alguna pieza que agregar al Club. Sabía que su población de inmigrantes era larguísima y variopinta, pero había ido demorando el examen de la ciudad, ocupado en asuntos más urgentes. Desde luego figuraba en mi lista de prioridades como un centro apetecible en el que obtendría resultados beneficiosos a poco que me empleara con diligencia. Luzmila, según me confesó en el taxi en el que nos desplazamos al hotel, sí conocía la ciudad, pero no porque hubiese buscado piezas en ella, sino porque durante una temporada, incapacitada para soportar la temperatura de Sevilla, decidió malvivir en las calles de Málaga, cuyo verano, gracias a la vecindad del mar, extenúa menos. Sólo me dijo: es una ciudad violenta. Y se negó a ofrecer argumentos que sustentasen esa información. El taxista nos observó por el amplio espejo retrovisor y quizá pensó en intervenir para puntualizar la afirmación de la albanesa. Finalmente no quiso o no se atrevió a hacerlo. A mí me resultó imposible no emparejar el comentario de Luzmila con la situación que padecía la ciudad en aquellos momentos, y la crispación notable de la que hacía gala se la adjudicaba al hecho de que después de una semana de huelga de basureros lo raro era que la ciudad no hubiera ardido entera.

Veíamos cúmulos de basura en todas las esquinas, gente enmascarada precipitándose por las calles, alguna rata muerta en medio de una calzada. Pregunté al taxista si había visos de que el conflicto entre los basureros y el Ayuntamiento se resolviese, y el taxista respondió plagiando las consignas bélicas que había lanzado desde una emisora uno de esos locutores que se permiten difundir homilías constantemente. Según él, «esto sólo lo soluciona el Ejército», los basureros eran unos cabrones que querían cobrar un dineral y un día más de vacaciones, y los del Ayuntamiento unos señoritingos que viven en casas estupendas y contratan servicios privados para que se lleven sus bolsas de basura cada noche. En los barrios más populosos la situación era de emergencia, la proliferación de ratas un peligro muy serio, y la desesperación de la gente un arsenal que iba a acabar estallando antes o después. Luzmila parecía alegrarse con aquella descripción. Debía pensar que la situación la favorecía a ella, no sé por qué, supongo que porque recordaba aquella noche sevillana en la que le conté mi experiencia en el vertedero de La Paz.

—¿Trabajaremos juntos? ¿Cómo lo vamos a hacer? —pregunté, ya cuando esperábamos en recepción que nos adjudicasen habitaciones. Me tembló la voz al formular aquellas preguntas, y no me gustó que me temblara. Luzmila era un prodigio en la labor de aprovechar la debilidad del otro para acrecentar su dominio. Se encogió de hombros, a sabiendas de que una falta de respuesta era precisamente la peor respuesta con que podía arrostrar mis preguntas. Yo insistí—: Lo mejor será quizá que cada uno vaya por su lado, cada cual se busque la vida como sepa y pueda, pero no estaría de más que nos reuniésemos una vez al día, durante el desayuno, por ejemplo, para ver por dónde vamos, quiero decir, para que no nos estorbemos cada cual, no estoy hablando de que en esas reuniones compartamos los progresos, sino, bueno, ya sabes.

—Mejor durante la cena —respondió—. Me levanto demasiado temprano y casi nunca desayuno.

En la habitación, mientras deshacía mi equipaje y empezaba a colgar camisas en las perchas del armario, decidí ponerme a trabajar enseguida. La presencia de Luzmila me acuciaba. De alguna manera, como ella misma había sugerido, aquello era una competición como la estúpida carrera que protagonizamos por una avenida de Sevilla. Pero ahora nos jugábamos más, mucho más que entonces. No podía darle crédito a La Doctora cuando me pedía que confiase en ella, que aunque fuera Luzmila la que cazara a la pieza el ascenso al despacho principal de la sede de Barcelona iba a ser para mí. Después de conocer las ambiciones de Luzmila no resultaba exagerado temer que su excesivo interés en intervenir en el caso del nubio no ocultaba su aspiración de confirmar su meteórica carrera pasando en tiempo récord de ser modelo a ser directora. Llamé a recepción y pedí que me subieran una cajetilla de tabaco. Era una excusa para encontrarme con alguien de la ciudad. Resultó ser un mocoso tartamudo y pelirrojo. Me acordé de Gallardo y de aquella frase de La Doctora acerca de la enfermedad de los pelirrojos. Le enseñé al camarero la foto en la que aparecía el nubio y le pregunté si era capaz de reconocer el parque de la imagen. Me contestó «qué va».

—¿Sabes de algún parque de Málaga donde se reúnan los negros?

—Hay muchos, están por todas partes. De noche ya no se puede salir. Han copado todos los parques —respondió desorbitando la mirada, un poco intimidado y con ganas de meterme miedo en el cuerpo.

—Exageras —le dije.

—De verdad, señor, están por todas partes, todo el día te los encuentras vagando por ahí, es una epidemia, peor que la basura —contestó, para agregar, resentido—: A mí una vez me quisieron robar la cartera.

No estaba dispuesto a escuchar una historia personal de ese tipo. Las experiencias, ya se sabe, engañan: uno juzga el mundo a través del prisma de lo que le ha pasado y considera que ésa es una manera justa o legítima de hacerlo cuando se trata a todas luces de la táctica perfecta para no enterarse de nada.

Por fin cuando el camarero se iba, después de que le abonase la cajetilla de tabaco sin agregar un céntimo de propina, comentó, y había en su voz ahora un deje de disgusto:

—Sobre todo es en la prolongación donde por la noche se cobijan, en la prolongación hay miles de ellos, desde El Corte Inglés hasta el Puente de las Américas, todo eso está infestado de negros.

ME HARÍA FALTA UN NARRADOR OMNISCIENTE, porque convendría ahora a mi narración que se fugara durante unas cuantas páginas a las laderas escarpadas donde resistieron los nuba los sanguinarios embates del ejército sudanés, y le vendría de perlas ilustrar al curioso lector con las épicas andanzas de un muchacho que logra escapar del cerco militar que se le impone a los poblados nubios y emprende un viaje legendario del que no quedará un verso que lo justifique, a bordo de precarios vehículos que lo conducirán a una barcaza repleta de compañeros de viaje con la que alcanzará una costa privilegiada. Igualmente el narrador omnisciente al que echo de menos podría hacer una excursión a la sede del cliente que puso en marcha el dispositivo del Club Olimpo, se daría un detenido garbeo por las preciosas instalaciones de su residencia, contaría con cierta minuciosidad una jornada cualquiera de su vida laboral, describiría con alguna gota de humor a su esposa aburrida —coleccionista de zapatos— y haría un listado de sus amantes más significativos. Pero al único narrador omnisciente que tuve me lo cargué sin ahorrar en saña. Por cierto, aunque no interese al desarrollo de la historia, diré que Paola me denunció por la muerte de su Rottweiler, que llegados a juicio, el juez consideró infundada mi argumentación de que el perro me acorraló obedeciendo órdenes de su dueña, pues según él el animal me conocía y difícilmente hubiera podido obedecer órdenes telepáticas o pronunciadas con demasiada antelación a la hora de su cumplimiento. Tuve que pagarle una considerable suma a Paola, y como mi sueldo de entrenador no me había permitido ahorrar, mi padre tuvo que saquear su cartilla de ahorros para librarme del lío. Cuando depositó el cheque que me eximía de la condena estipulada en caso de impago, pronunció una de sus frases: Sólo hay una cosa peor que un asesino de perros y es un asesino de perros que no pueda pagar la multa por ser lo que es.

Mientras me daba un baño, después de derramar sobre el agua caliente dos botecitos de gel y crear mucha espuma, decidí no consentirle a Luzmila que me dejara en evidencia ante la dirección del Club: le disputaría el honor de cazar al nubio y le demostraría que mi experiencia podía imponerse a sus encantos y su insólita seguridad en sí misma. Así que, contra la previsión que me había hecho de dejar pasar la primera noche sin gastarme en la búsqueda, en cuanto me adecenté un poco salí a la ciudad, comprobé que olía en cada esquina como si se estuviera descomponiendo el alma gangrenada de un demonio, y acudí a la prolongación de la Alameda donde, según la información del camarero, se sucedían los parques que cobijaban negros. Era imposible disfrutar del paseo y muy difícil organizar una carrera olímpica: los pocos transeúntes que se atrevían a surcar el mar de desperdicios en que se había convertido la ciudad, alcanzaban velocidades que te impelían a renunciar a retarlos. En la Alameda, me entretuve mirando las floristerías en las que dependientas enmascaradas parecían dispuestas a regalar flores y macetas a cambio de un poco de conversación. Nadie se detenía a escoger rosas. Yo pregunté a qué hora cerraban, con idea de comprar algunas flores cuando volviese de mi primera expedición. Inquirí también por el Puente de las Américas, y me lo señalaron, todo recto, a unos quinientos metros. Lo que se presentaba ante mí era una ancha avenida por la que resbalaban vertiginosos coches. La columna vertebral de esa avenida era una mediana hecha de césped adornado de vez en cuando por ampulosas plantas, y hasta esa mediana habían llegado algunas bolsas de basura. Por mucho que puse a trabajar mi capacidad de deducción para que averiguara cómo demonios habían ido a parar allí, no conseguí vislumbrar una explicación decente. Varios pulmones vegetales se adherían a la avenida tanto a la izquierda como a la derecha. Eran masas oscuras en las que sólo ofrecían escasa luz unos faroles que habían resistido intactos las pedradas de los vándalos. Por supuesto esos parques eran lugares idóneos para congregar la tumultuosa basura que ya hacía mucho no cabía en los contenedores. Vi a varios vecinos incrementar uno de los cúmulos de basura con bolsas gigantescas: se ve que, ya asaeteados en la calle por el hedor que imperaba en la ciudad, no les importaba guardar en casa la basura para deshacerse de ella sólo cada dos o tres días, cuando la peste que se adueñase de la casa fuera tan intratable como la que se tejía la calle.

Una vez pasada la mole ilusa del edificio de Correos, nave nodriza llegada de un mundo espurio —la década de los cincuenta, el fascismo altisonante— y a la altura del borrón inescrutable del edificio de El Corte Inglés, un iglú gigante que data de la macabra década de los setenta, me interné por una de las anchas aceras de la prolongación, festoneada de macetas colosales en cuyos bordes se sentaban algunos negros, las piernas colgando sobre el suelo, la conversación mínima, la mirada expectante y profunda. Decidí dirigirme a uno que estaba solo. Le acerqué la fotografía en la que aparecía el nubio y le pregunté si lo conocía.

—¿Por qué buscas? —me preguntó. Era una pregunta que podía haber suscitado una respuesta de alto voltaje filosófico y estuve a punto de ensayarla antes de preferir considerar que había una sabia errata dándole entidad metafísica.

—Es cosa mía —le respondí—. ¿Puedes ayudarme?

—¿Y tú a mí?

—Claro.

Debía tener poco más de veinte años. En el blanco de los ojos se le habían pintado unas leves rayas de sangre. Iba bien vestido, como casi todos los negros con los que me había ido cruzando. Le dan especial importancia a los zapatos. No parecía molesto por el olor que martirizaba la zona, y una cicatriz pequeña pero muy pronunciada le importunaba la frente. Masticaba un español acelerado. Lo que me dijo, después de que yo le asegurase que quizá sí podía ayudarle si me ofrecía información valiosa, no me servía.

—A éste no conozco —me dijo—, no sé dónde puedes conocer a quien conozca a éste, pero arriba hay muchos como él y a lo mejor él está quizá en parque de arriba, allá, donde puente, a lo mejor allí te dicen algo de éste o de quien conozca a éste, pero no vayas ahora es malo ir ahora, aunque si vas conmigo no pasa nada, si vas conmigo a lo mejor a éste lo conozca uno que conozco y está allí en parque de arriba.

El negro apoyó las palmas de sus manos en el borde de la maceta colosal, y tomó impulso para apearse. Era un poco más alto que yo y sólo entonces me di cuenta de que tenía los labios insólitamente blanquecinos. Siguió señalando en dirección al parque, se metió las manos en los bolsillos y me dijo:

—¿Vamos?

No tenía intención de que me acompañara. Dije:

—No, creo que buscaré otro día, mañana quizá.

Y volvió con su cantinela de ¿por qué buscas? No supe cómo reaccionar, me quedé inmovilizado sin decantarme por seguir caminando hacia el parque del puente o volver sobre mis pasos. En cualquier caso parecía evidente que si quería que el negro se despegase de mí tendría que hacérselo saber de manera tajante. Puse rumbo lento al parque y el negro adecuó su zancada a la mía diciendo:

—Conmigo no hay peligro, en parque me conocen, y podemos preguntar a quien conozco y que tal vez conoce a quien buscas, así yo ayudo y tú ayudas, tú encuentras a quien buscas y yo encuentro ayuda.

Me detuve.

—No, mira —le dije—, te confundes. No quiero que me ayudes. No voy a ir al parque contigo. ¿Cómo quieres que te ayude? Yo no puedo ayudarte.

—Dices antes que me ayudas si yo ayudo.

—Pero es que no me vas a ayudar. Sólo me ayudarías si me dijeses que sí conoces a éste —y señalé al nubio en la fotografía.

En la maceta siguiente —y nos encontrábamos parados justo entre una maceta y otra— había dos negros que nos prestaron atención. Uno de ellos descendió del borde de la maceta. Temí que acudieran a secundar al chico de la cicatriz y que las cosas empezaran a ponerse turbias, así que me giré y el negro que me acompañaba me agarró del brazo. Había llegado la hora de ser explícito, le dije:

—Oye, ya basta. Déjame en paz.

Quizá lo dije demasiado alto. Uno de los negros de la otra maceta, no el que había bajado al suelo, sino el que había permanecido sentado en el borde con las piernas colgando, decidió intervenir. Se acercó a nosotros. Preguntó qué pasaba. Hablaba mejor español que el primero, que metió su mano izquierda en el bolsillo de mi camisa y extrajo la foto del nubio.

—¿Tú conoces? —le preguntó en español. Me pareció en aquel momento un detalle meritorio, ni siquiera me paré a pensar en que tal vez no hablaban la misma lengua, di por hecho que pudiendo dialogar entre ellos en un idioma inalcanzable para mí, el muchacho había tenido la deferencia de emplear mi idioma. El segundo negro cogió la foto que el otro le mostraba. Reparé en que sus uñas eran de un amarillo excesivo, lo que agregó extrañeza a toda la escena. Se volvió hacia el tercer negro y le dijo que se acercase, no sé si en inglés ininteligible o en su idioma nativo. En pocos segundos el tercer negro nos alcanzó. Yo no sabía si lo más apropiado para solventar la situación era regalarles la fotografía y marcharme de allí cagando leches.

—Es peleador —dijo el tercer negro con una voz fina que no se correspondía con su presencia corpulenta.

Ninguno de los tres hubiera aprobado una primera ronda de examen de aspirantes al Club Olimpo. El tercer negro se había pasado con el agua de colonia, y el aroma dulzón que traía, combinado con la pestilencia reinante —pues las macetas colosales en las que se alza-

ban arbustos frágiles, también habían servido para aca-
parar bolsas de basura— mareaba.

—¿Le conoces? —le pregunté.

—Claro que conocemos —dijo el segundo negro.

—Ves como yo ayudo —intervino el primero.

—¿Cómo puedo encontrarlo? —pregunté a los tres
o a ninguno, tal vez me lo pregunté a mí mismo.

—Yo encuentro si tú me ayudas —prometió el primero.

—Pelea en lucha total.

No supe si lucha total era una modalidad deportiva
o un antro donde se celebraban combates.

—Sábado peleó y ganó. Es peleador muy bueno. ¿Tú
buscas para qué? —dijo el primero que de no conocer al
nubio había pasado a saber de él más que nadie.

—Oye, el caso es que lo estoy buscando, ¿podéis decirme cómo encontrarlo?

Me daba la impresión de haberme metido en arenas
movedizas: cuanto más aletease, tratando de salir, antes
me hundiría.

—Yo puedo, yo sé —dijo el tercero.

Me los imaginé a los tres formando parte de la caravana que vi en el aeropuerto, cubiertos con sus propias heces para impedir que la policía los capturase.

—Yo puedo. Dame teléfono y te llamo cuando haya
pelea.

—No, no —me impacienté—. No quiero verle pelear, nada de eso. Quiero encontrarle antes de que pelee.

—Ve a parque de magnolios —dijo el segundo, re-
firiéndose al parque al que el otro llamaba «de arriba».

Cuando estuve en el parque al día siguiente comprobé que lo presidía un ficus gigantesco, y había unos
cuantos magnolios entre decenas de palmeras y otros

arbustos que mi impericia botánica se resignó a no catalogar.

—Yo voy a parque de magnolios y encuentro, dame teléfono y yo llamo y reúno a ti con él —dijo el tercero.

Acabé por ceder. Dije mi número y él no lo anotó. Aseguró que tenía muy buena memoria para los números importantes. Justo cuando me iba a despedir vibró mi teléfono en el bolsillo del pantalón. No hice por responder la llamada. Cuando me alejaba, me reproché a mí mismo haber tenido tanto miedo: aquellos tres podían haberme robado, apaleado, violado, y sin embargo no había ocurrido nada de eso. Volví al hotel con la sensación de haber dado un paso importante: al menos ahora sabía que el nubio estaba en Málaga, y aunque no ayudara a facilitarme las cosas que se ganara la vida con peleas clandestinas, esa misma circunstancia colaboraba para que localizarlo fuera menos arduo. Consulté mi teléfono: tenía una llamada perdida efectuada desde el número de la casa de mis padres. Lo marqué y contestó mi padre. Sólo me dijo: ahora se pone tu hermano. Mi hermano se puso para decirme que mi madre había muerto: la había atropellado un autobús. Lo que todo el vecindario consideró un desgraciado accidente, mi hermano y yo sabíamos que había sido el disfraz de un suicidio.

No sé si se te ha suicidado alguien alguna vez, pero no te extrañará que confiese que cuando alguien se te suicida se te queda un cuerpo raro, como si habitaras una mansión donde nada está en su sitio, donde los espejos no reflejan sino que se derriten, las sombras no se te adelantan por el pasillo sino que trepan hasta el techo y se quedan allí colgadas, ajenas a ti, desobedeciendo tus movimientos, las flores de los jarrones tienen aspecto de monstruos de gesto aterrador, tus pisadas en el parqué suenan a tenedor rasgando la superficie de un cristal, las voces en la casa de al lado resultan rugidos de bestias, los relojes no avanzan sus agujas y los grifos que abres, en vez de soltar agua, arrojan sólo un rumor que se agranda en las paredes de tu cerebro y permanece allí después de que los hayas cerrado. Nada está en su sitio de repente, y no había mejor ciudad para enterarse del suicidio de una madre que una abandonada a su suerte, de aire impregnado por la podredumbre, y ratas colonizando las esquinas, de barricadas hechas de contenedores incendiados en los barrios pobres, y mierda por todas partes. Le dije a mi hermano lo que él ya sabía, que no acudiría al entierro. Le pregunté qué tal estaba padre y supuse que se encogió de hombros. No dejes que te apisone el dolor, me dije. Pero lo que más me sorprendía era que el dolor no llegaba. Me puse en guardia para combatirlo, pero había decidido no presentarse. Tal vez estaba esperando que me descuidase para lanzarme un zarpazo, pero lo cierto es que, aunque mi pensamiento se fugó a Sevilla y trató de dibujar la escena de la muerte de mi madre, no conseguí herirme ni debilitarme. Me paré a comprar rosas en una de las floristerías abiertas en el parque. Cuando me encontré con Luzmila me preguntó por las flores y le di la noticia —la de la muerte de mi madre, acerca del nubio cuanto menos le dijese, mejor—, y al «mi madre ha muerto», ella me respondió:

—La mía también.

Eso me dio pie para preguntarle algo que llevaba tiempo queriendo averiguar.

—¿Por qué me guardas rencor?

Obtuve el fulgor instantáneo de una espléndida sonrisa por toda respuesta.

—¿Has averiguado alguna cosa?

Estábamos en la cafetería del hotel, ella había pedido un gin-tonic pero había otro vaso en la mesa. Me senté como si el vaso me estuviera esperando a mí, y me dediqué a contemplar, gracias a que su camiseta lo permitía, el tatuaje del barquito sobre la ola verde que le ilustraba el hombro.

—Sí. Que no hay un solo lugar de esta ciudad donde uno pueda escapar a la pestilencia. ¿Y tú?

El descubrimiento de Luzmila apareció procedente del cuarto de baño: un muchacho alto, de mandíbula pétrea y ojos negros, pelo empapado en gomina y camiseta ceñida pronunciando la armadura de su pecho. Me lo presentó pero he olvidado su nombre.

—¿Un fichaje? —le susurré a Luzmila levantándome, cediéndole el asiento y el whiski al muchacho.

—Asunto privado —respondió.

Me puse contento, pensé que la albanesa se dedicaría a perder el tiempo con sus ligues, que eso me daría ventaja, pero enseguida corregí mis entusiastas previsiones: era demasiado raro que Luzmila cometiese el error de desperdiciar unas horas con aquel muñeco si éste no fuera a reportarle alguna información interesante. ¿Sería uno de los organizadores de las peleas clandestinas? No podía saber si Luzmila tenía ya información acerca de la condición de luchador de nuestro nubio, y no podía levantar esa liebre para facilitarle el disparo, así que me fui a mi habitación sin insistir.

Lo correcto hubiera sido padecer insomnio, morigerar la pesadumbre mediante un par de ansiolíticos, montar un amplio álbum de imágenes mentales para repasar la vida de mi madre. Pero caí rendido después del inevitable rato dedicado a combatir los picores que se presentaron puntuales en cuanto me tendí desnudo en la cama.

Por la mañana me despertó muy temprano el timbre del teléfono: no el de mi móvil, sino el de la habitación. Antes de contestar —no hay remedio, ya digo— me dije: Moisés Froissard Calderón, La Florida 15, tercero B, veintiocho años, cazador de nubios... Era uno de los africanos, no supe discernir cuál de ellos. Mientras hablaba con él no se me ocurrió preguntarme cómo sabía en qué hotel paraba, por qué, en vez de llamarme al móvil, me llamaba a la habitación. Después reparé en que la noche anterior me habrían seguido, cuando uno de ellos me dijo que tenía muy buena memoria para los números importantes, en realidad no estaba haciendo nada por recordar el número que yo acababa de decirle, ya sabía que me seguirían hasta el hotel. La conversación fue corta:

—Ya tengo lo que buscas tú.

—¿Al peleador?

—Ya tengo. Podemos ir a ver su pelea mañana noche.

—No, no, ya te dije que no quiero verlo pelear, que lo he de encontrar antes, si no, no hay trato.

—¿Qué trato?

No supe qué decir, no me acordaba de si habíamos llegado a algún acuerdo, si había ofrecido alguna recompensa en caso de que me ayudasen a encontrar al nubio.

—Bueno, tienes que conseguirlo antes.

—Ven a parque de magnolio esta mañana. Hay un columpio con niños, allí cerca en un banco te sientas y espérame esta mañana.

—No sé si podré ir esta mañana. Anoche... —Y me quedé callado un momento, para luego decir—: mi madre ha muerto. —El negro, antes de colgar, dijo:

—La mía también.

No recordaba bien lo que había soñado pero tenía la certeza de que en el sueño yo me convertía en una máquina. No sé qué tipo de máquina, no sé qué funciones realizaba ni para qué se me utilizaba. Me seguía sintiendo raro, con una aguja invisible pinchándome en el pecho y la sangre saltando violenta en mis sienes. Un pelotón de nubes blancas venía lento desde el mar hasta la ciudad, y en la distancia de seguridad que dejaban entre unas y otras aparecía un cielo de acuarela infantil. No sé en qué momento decidí ir a misa. Pensé que era una manera de asistir al entierro de mi madre y la catedral de Málaga estaba en la misma calle que mi hotel, así que sin pararme a desayunar me encaminé a refugiarme en la sombra fresca de la iglesia. El oficio había comenzado cuando llegué y se dirigía a una docena de ancianos solitarios que atendía al cura como si esperasen de veras encontrar en sus palabras un secreto mágico, una pócima, que les diera fuerzas y valor para afrontar el día que principiaba. Yo traté de mantenerme en mi asiento mientras durase la celebración, pero fui incapaz. Preferí dar un paseo curioso por la catedral, que a aquella hora aún no se había contaminado del furor fotográfico de los turistas. Me paré ante un retablo en el que, con mano diestra, un pintor cuyo nombre no se había conservado, relataba las andanzas y desventuras de un santo mártir. Uno de los cuadros del retablo era una magnífica ilustración de revista gay: el santo, desnudo, joven y muy bello, de carne marmórea y músculos señalados, sin un solo vello mancillándole la piel, sufría la vejación de la tortura a manos de unos soldados vestidos con sus mejores galas. La escena era excitante y me sorprendí al notar que se me abultaba la entrepierna. El santo varón me recordaba a alguien, pero no conseguía determinar a quién, a alguna de las piezas con las que había aumentado la oferta del Club Olimpo, seguramente. Avergonzado volví adonde el cura por ver si se me rebajaba el deseo. Qué extraño es el deseo, ese zarpazo repentino en medio de la mañana cóncava, que te envuelve con una malla y te reduce —o quizá te agranda— aniquilando todo lo personal y falseado que haya en ti, transformándote en puro instinto y necesidad. Por eso es preferible que el deseo tenga nombre propio: el nombre propio le pone al deseo un suelo que tapona su abismo y un techo que anula su intemperie.

Me quedo ahí, sentado en un banco de madera repintada, cerca de una anciana que se ha puesto de rodillas para hablar con su Dios, pensando en la vida y el martirio del santo, imaginando quién sería el modelo del pintor anónimo, preguntándome si serían amantes, si el obispo que encargó el retablo conocía la relación que había entre el pintor y su modelo, si el mismo obispo, al ver ese cuadro del retablo, no exigió al pintor que le diera las señas del modelo para mandarle un mensaje que lo atrajera a sus dependencias de madrugada. Y todo eso mientras, en un relato paralelo, pues el cerebro se puede permitir esos lujos y proyectar varias películas a la vez, confundiendo sus negativos, imaginaba la iglesia en la que estarían oficiando a aquellas horas el entierro de mi madre.

Abandoné un poco perturbado la Catedral y puse rumbo hacia el parque de magnolios de la prolongación de la Alameda. El aire de la mañana era frío y como me apetecía ir caminando pero no quería demorarme demasiado, en cuanto salí a la avenida inmensa presidida por la mole de Correos, elegí un transeúnte allá adelante para disputarle una medalla de oro. El camino así se me hizo corto, y ni me fijé en los muchos negros que se me cruzaban conforme me acercaba al parque de mi meta. Sí que aprecié, a la potente luz del día, la calidad de la arquitectura de los edificios de la zona: ciertamente nefanda. Sobre todo un pintoresco gigante que pretendía emular a Gaudí, copiándole sólo los defectos, balcones que se doblaban o tejados que imitan a las casitas de los gnomos. Por otra parte, había visto, y se columpiaba entre mis pensamientos, la noticia de la muerte de quince inmigrantes en la portada de todos los periódicos: se ahogaron antes de arribar a la playa de Barbate, en Cádiz. Además la Guardia Civil había apresado a setenta y tres, un número excelente, prometedor: fue inevitable pensar en las vidas que, por culpa del encargo de La Doctora, no podría salvar. Comenzaba la temporada alta de naufragios y había que estar atento para que las mejores piezas no se escabulleran. Pensaba también en el entierro de mi madre, y me preguntaba una y otra vez a quién me recordaba el santo torturado en el cuadro del retablo. Este surtido de pensamientos impidió que retransmitiese para mis adentros la sucesión de carreras que me hicieron alcanzar el parque, pero no por ello perdí concentración, pues cuanto más lejos se te fuga el pensamiento en esas lides, mejor reaccionan las piernas que no se quejan de la velocidad y que te llevan como si levitaras sobre la acera. En la maceta colosal que había justo a la entrada del parque, con un arbusto doblado a cuyo pie se habían depositado ya decenas de kilos de basura embolsada, me esperaba sentado el negro corpulento de la noche anterior. Privaba su mirada profunda con unas espectaculares gafas de cristales-espejos que devolvían al mundo lo que el mundo quisiera presentar a sus ojos. Sus zapatos espejeaban también y el sol botaba en ellos después de pintar dos gotas de brillo cegador en sus puntas. No abundaré en los matices del hedor que sancionaba aquella parte de la ciudad.

—Está mánager esperando por hablar —me dijo. Y nos internamos en el parque por un sendero de grava, dejando atrás la calva de arena oscura donde se habían instalado unos columpios que debía hacer años que no recibían el entusiasmo de ningún niño. Había aquí y allá, poblando los bancos del parque, que era amplísimo y consentía toda clase de recovecos, plazuelas con fuentes agotadas, tramos de césped a los que no llegaba el sol, que se quedaba arriba, hilando su luz en las copas de los árboles, figuras entrañables o inquietantes: una pareja de ancianos diminutos que, aunque no se dirigían la palabra, no tenían más remedio que ir juntos —había un Centro de Jubilados cerca—, una mujer que custodiaba un ejército de bolsas de ropa y por entretener las horas leía un imponente tocho que iba deshojando conforme avanzaba en la lectura, unos hippies que se pasaban la mañana tumbados en el césped sombrío decidiendo a qué lugar del mundo huir cuando se les pasara la pereza, y negros, muchos negros, los dueños del parque, que admitían la presencia de aquellos extraños blancos pero que se ponían en pie de guerra si el que visitaba la zona pertenecía a cualquier otro grupo de inmigrantes —moros, peruanos, chinos.

Nos sentamos en uno de los bancos que rodeaban a la fuente muerta, cuya pileta era otro almacén de residuos y bolsas de desperdicios que, pudriéndose, fabricaban la peste eficaz que había ganado a la ciudad y puesto en guardia a bomberos y militares después de fracasadas una vez más las negociaciones entre basureros y Ayuntamiento. En unos meses, algún docto sociólogo publicaría un interesante estudio acerca del incremento de los asesinatos pasionales y la violencia doméstica por culpa de la huelga de basureros. En los otros cinco bancos que completaban el perímetro de la plazuela, aguardaban otros negros, todos jóvenes, todos bien arreglados. ¿A qué se dedicarían? ¿De dónde sacaban el dinero? ¿Qué hacían todo el día? El mánager era un hombre joven, poco más de treinta años le eché, entrado en carnes, con la cabeza afeitada, ojos pequeños y una voz grave. Recibía un par de veces al día y de aquella misma manera: se sentaba en el borde de la pileta, llamaba a uno de los que estaban esperando en los bancos de la plazuela, éste le explicaba su problema o formulaba su petición, y él le recomendaba algo o le decía lo que tenía que hacer. El banco que había dejado libre el que estaba consultando con el mánager, había sido enseguida ocupado por otro que hasta entonces había aguardado cobijándose en uno de los mojones que había en los caminos de grava. ¿Qué cosas iban a consultarle o a pedirle a aquel hombre y quién era? El negro que me hacía de guía me dijo que después me contaría, pero que ahora me callase. Sólo le pregunté, antes de que fuéramos llamados por el mánager, cómo se llamaba:

—No sé, mánager.

—No —le dije—, digo tú, cómo te llamas.

—Carlos —me respondió.

—¿De dónde eres?

—Guinea.

—¿Cuánto tiempo llevas aquí?

—Mucho.

Y me pidió que callara porque el mánager nos había mirado ordenando silencio mientras despachaba a un muchacho que, a juzgar por las condiciones de las zapatillas deportivas que calzaba, estaba pidiéndole que le consiguiera unas zapatillas nuevas. A pesar de la prohibición de hablar, insistí en hacerle un test urgente a Carlos. Le pregunté dónde vivía.

—Por ahí —me dijo con evidentes síntomas de enojo agriándole la cara.

—¿Y con qué te ganas la vida?

—No nos van a llamar si hablas.

En ese momento nos llamaron. No oí la voz del mánager, pero debió hacerle una indicación a Carlos para que nos acercáramos. Nos sentamos en el borde de la fuente, Carlos a un lado del mánager y yo al otro. Aunque le tendí la mano para estrechársela, él se limitó a inclinar la cabeza para saludarme y palmear el sitio, a su derecha, que debía ocupar.

—Buscamos peleador.

—Cuál peleador.

Me volvió a gustar que hablaran español, con independencia de que lo hicieran para satisfacerme e incluirme en el diálogo o porque no tenían más remedio si querían entenderse. Carlos me dijo que le enseñara la foto al mánager. Por un momento creí que me la había dejado en el hotel, pero finalmente di con ella: la había recortado de forma que cupiera en mi cartera. De la imagen había desaparecido el escenario, que probablemente era aquel mismo en el que estábamos: sólo quedaba la imagen rotunda del nubio.

—Boo —dijo el mánager, no supe si era una interjección, un monosílabo de su lengua africana o el apelativo con el que conocían al nubio. Pregunté para salir de dudas: en efecto era su nombre.

—Mañana combate —dijo el mánager.

—Ya —intervine yo—, pero necesito encontrarle antes de mañana.

—¿Por qué buscas?

—Estoy interesado en él, sencillamente. Puedo proponerle algo que le va a interesar mucho.

—¿Peleas? —preguntó el mánager.

—No puedo decir nada —dije, quería improvisar algo pero no me salía, podía inventarme que representaba a un importante gimnasio que fichaba a los mejores púgiles de las veladas clandestinas de lucha total, que ofrecía mucho dinero al nubio y a su representante, pero no me salió nada. Por supuesto tenía claro que no iba a contarle al nubio, para ganarme su confianza, la existencia del Club Olimpo y lo que éste le preparaba. Mi misión consistía en llevarle el nubio a La Doctora. De que luego ella se las arreglaría para, mimándole, convencerle de que debía viajar a Nueva York y pasar a satisfacer los recónditos anhelos de un millonario que habría pagado por sus servicios una ingente suma, no me cabía ninguna duda. Pero eso no era asunto mío. Recordé cuando conseguí comprarle a unos chabolistas a su hijo con la excusa de que jugaría al fútbol en Barcelona. Le llevé el crío a La Doctora, y el crío todavía esperaba que lo llevásemos a entrenar. Cómo se las arregló La Doctora para que el muchacho rumano acabara siendo uno de los prodigios sexuales, una de las máquinas eficaces del Club Olimpo, constituía para mí un misterio en el que no tenía interés alguno en indagar.

—Habla conmigo —dijo el mánager, una invitación tentadora pero inadmisible. Qué iba a contarle. De acuerdo en que era el puente que me llevaría al nubio con una antelación sobre mis mejores sueños realmente imprevista. Pero tenía la imaginación estragada y no se me ocurría qué decirle para convencerle de que yo supondría la salvación del nubio, de que había ido a buscarle para salvarle la vida.

—Es gran peleador —dijo Carlos.

—No lo dudo —dije yo.

—Quieres concertar pelea con grandes apuestas —informó más que preguntó el mánager. Supongo que me harté y un bufido irresponsable dio pruebas de ello alterando también el sosiego del mánager que me afeó el gesto con una mirada hosca. Me determiné a hablar.

—Es una cuestión de mucho dinero, mucho dinero para Boo, tengo que proponerle un negocio fantástico, pero sólo se lo puedo proponer a él, no se lo puedo proponer a nadie más, a ningún intermediario. Si me ayudáis a encontrarlo, a hablar con él, os lo recompensaré; y si no, pues estamos perdiendo el tiempo.

El mánager sopesó mis palabras. Por un momento pensé que no había entendido nada de lo que le había dicho y estuve a punto de traducirlo al inglés, sin saber si él me entendería entonces. Se rascó la mejilla, ofreció una ancha sonrisa, me tendió la mano para que se la estrechara —cosa que hice sin afectar mi rostro con ningún gesto— y al fin dijo:

—Mañana aquí a las ocho, vamos a pelea de Boo contra un loco legionario yanqui, y después hablas con Boo a solas tú y Boo.

Cuando me alejaba del parque de los magnolios, en el que yo había contado muchas más palmeras que otra cosa, sentí que me perforaba la nuca el ardor de una mirada. Era como si hubiese presentido que mi figura se encontraba en ese mismo momento en el interior del visor del arma de un francotirador apostado en el tejado de algún edificio. Así vivimos, continuamente: en ese círculo maldito del que no sabemos salir, observados por el invisible asesino que acabará por apretar el gatillo antes o después. Me volví por ver si descubría la procedencia del ardor que se había estrellado contra mi nuca, y una mano se elevó sobre una mancha sombría a la que tardé en reconocer. Era Nadim, sentada sola en el borde de una de las macetas colosales que se empeñaban en empequeñecer la acera. Se echó al suelo y se llegó hasta donde yo estaba. Yo la vi avanzar como en cámara lenta, vi cómo se iba originando una leve sonrisa en su rostro mejorado, me fijé en cómo explotaba el sol metalizándole la cima de la cabeza, plantando allí un pequeño halo.

—Cuánto tiempo —me dijo.

Y era verdad: habían pasado tantas cosas entre aquel amanecer polvoriento en la estación de tren de un pueblo cuyo nombre no sé recobrar y este mediodía hediondo en el que nos reencontrábamos, que la medida del tiempo real resultaba embaucada por la suma de peripecias que tanto ella como yo habíamos padecido. Nadim no se llamaba Nadim sino Irene, llevaba unos pantalones anchos de color gris y unos tenis blancos sin cordones. Arriba una camiseta blanca en la que podía leerse en letras rojas: Ledig House, New York City. Como me había quedado pétreo sin responder a su saludo, Irene me preguntó si es que acaso no me acordaba de ella. La pregunta la formuló en inglés excelente. Luego quiso saber si ya había revelado las fotos que le hice con mi Leica. Y yo me reí y puse cara de bobo: piensa uno que porque alguien naufraga procedente de África después de varias horas de desafiar a la muerte en una barcaza lamentable a la que ha podido subirse tras pagar una fortuna, va a ser un salvaje que no sabe lo que es un revelado fotográfico. Balbucí:

—¿Quieres tomar algo?

Y ella señaló un bar en cuya terraza varios grupos de negros ocupaban todas las mesas.

—Dentro se estará mejor, no olerá tanto —dijo Irene. Y nos encaminamos hacia allá. En los cincuenta metros que nos separaban del bar, ninguno de los dos dijo nada, aunque yo alcé la mirada en un par de ocasiones del suelo por el que la arrastraba siguiendo nuestras sombras hasta su perfil exacto. Llevaba las manos metidas en los bolsillos, y de uno de ellos, a cada paso, emergía un sonido metálico, de llaves chocando contra monedas.

Delante de dos zumos de piña, hablamos. Empecé diciéndole que aún no había podido revelar las fotografías, pero que le regalaría una encantado en cuanto lo hiciera y si no se me extraviaba otra vez.

—No debo haber salido muy favorecida —dijo, para agregar con mirada coqueta que le arrugó levemente la comisura de los ojos—: ¿Me guardas rencor por haberte robado la cámara?

Obvié la cuestión y quise saber cómo había llegado hasta Málaga y si había conseguido trabajo, sitio donde quedarse, si había dado con el paradero de alguien que conociese.

Como todos y cada uno de los otros negros que atestaban aquella avenida, tenía una historia extraordinaria detrás, arrastraba una populosa tragedia llena de familiares muertos y esperanzas rotas y leyendas de vecinos que sí alcanzaron a llegar al país donde las cosas eran menos difíciles. Ahora lucía una felicidad sin por qué, como si el solo hecho de haber sobrevivido a la travesía y de haber sorteado la vigilancia de la policía costera, le permitiera olvidar que en el lugar al que había llegado nadie le aseguraba que pudiera quedarse para ganarse la vida —una expresión sustancial con la que el lenguaje sabe decirnos qué lamentable cosa es el trabajo. Irene procedía de una pequeña ciudad de Mauritania, de una de las escasas familias acomodadas de la zona —su padre era militar—, y desafiando la voluntad de sus padres se trasladó a la capital para ingresar en la Universidad. Pero las cosas se acabaron poniendo feas para todos, y al saber que un grupo de amigos de su hermano había entablado negociaciones con un pez gordo que controlaba el negocio de los viajes a Marruecos de quienes pretendían embarcarse para cruzar a España, decidió regresar con sus padres, persuadirlos de que reconocía su error y volvía para quedarse, aprovechar esa confianza para robarles buena parte de sus ahorros, volver a la capital para pagar su pasaje a Marruecos e involucrarse en aquella aventura cuyo final ya conocía. Me lo contaba todo como restándole importancia, como diciéndome: aquí, en este bar, hay al menos una docena de criaturas que tienen algo mucho más impresionante que contar.

—¿Y tú? ¿Qué haces por aquí? ¿No habrás venido a buscarme?

Negué con la cabeza mientras aguantaba un eructo.

Se hizo un silencio de sepulcro en el interior del bar. Los que se encontraban en la terraza, como si lo hubiesen presentido, se levantaron de sus asientos, abandonaron sus consumiciones, y vinieron al interior donde, sin hacer el menor ruido, se procuró cada cual un espacio en la barra o entre las mesas. En la pantalla gigante instalada en un tabique del fondo del local, un boletín informativo daba la noticia de un nuevo naufragio en las costas de Cádiz. Imágenes consabidas de botes de la Guardia Civil tratando de recuperar el cuerpo a la deriva de un ahogado; desde un helicóptero un policía arrojaba un cabo a un muchacho que braceaba sin conseguir avanzar los metros que le hubieran permitido agarrarse a la soga que lo alzara. Se habían recuperado nueve cuerpos. La tragedia no tenía cifras oficiales aún. Los que se habían salvado ya estaban en manos de la Cruz Roja, entre ellos dos mujeres embarazadas. A éstas tal vez les permitieran quedarse. Los demás serían repatriados. Un grito sobrecogedor sulfuró el aire del local cuando ofrecieron imágenes de los cadáveres alineados en la playa. El grito levantó tras sí un rumor creciente. Irene no quería mirar la pantalla del televisor cuyas palabras no entendía.

—Vámonos —dijo.

Nos adentramos, después de un paseo precipitado esquivando montañas de desperdicios —vi a una rata cruzar una calleja para desplazarse de un cúmulo de basuras a otro, y me pareció la cosa más normal del mundo, prueba de que el hedor se había hecho ya no sólo con mi olfato sino también con mi ánimo—, en las calles peatonales del centro, vaciado como el resto de la ciudad por la inclemencia de la situación: las perfumerías hacían su agosto vendiendo toneles de agua de colonia con la que proteger el aire de las casas.

—¿De qué viven? —pregunté a Irene.

—Depende. Los nigerianos controlan el negocio de la heroína, los sudaneses están metidos en lo de las luchas clandestinas, otros se las arreglan convirtiéndose al Islam y buscando apoyo en los hermanos ricos de Marbella, hay quien precisa de la colaboración de alguna ONG, son las que buscan pisos que podamos compartir. Málaga Acoge tiene todo un pabellón donde meten a los que están a la espera de que los repatríen.

—¿Tú estás en uno de esos pisos?

—Sí, tenía una amiga aquí en Málaga, y me ha metido en su habitación. Somos doce, pero es una casa grande de dos plantas. El vecindario nos mira mal, pero tampoco vamos a pedirle un poco de sal a las de al lado, no sea que se nos ofusquen, ni protestamos cuando llegan borrachas a las tres de la mañana y ponen la música muy alta: ellas son americanas, estudiantes que han venido a follar y aprender español, pueden permitirse algunos lujos.

—¿Y qué piensas hacer? Quiero decir, no te veo como luchadora, la verdad, y en cuanto a lo de la heroína...

—Buscaré trabajo, como los demás. Mi amiga limpia en varias casas y me ha dicho que puede conseguirme algo así. Para conseguir la residencia se necesitan tres años de resistencia, y para residir tres años aquí hace falta trabajar, y es difícil encontrar trabajo si no tienes la residencia. Tengo que aprender español.

—La pesadilla que se muerde la cola.

—Eso es. Claro que siempre hay otra manera, ¿no?

—Siempre la hay, sobre todo si eres bella.

—Y si no también.

—Pero eso ya es entrar en mafias ingratas.

—Por supuesto, tu Club no es ninguna mafia.

—Por supuesto, te lo puedo asegurar, ya te lo dije. Si fuera una mafia, no buscaríamos criaturas excepcionales.

—Gracias por lo que me toca.

Irene parecía enojada. Seguramente le asqueaba recordar mi ofrecimiento y me preguntaba si en algún momento, en el viaje que emprendió hasta llegar a Málaga, recordaría los términos de mi propuesta. No contaba con que ese recuerdo la ilusionase, ni siquiera como puerta urgente por la que abandonar una realidad empeñada en destruirla.

—Y ese príncipe que buscas, ¿es para tu club?

—Así es.

—Si es un buen luchador, no te será fácil atraerlo.

—¿Ganan mucho?

—No es por eso. Seguramente no ganan tanto como los que los llevan, y son ésos los que no dejarán a tu príncipe que les abandone para convertirse en un puto. Además, creo que llevan una vida bastante regalada, eso sí, muy controlados para que no se les ocurra dejarlos sin el negocio, pero comen bien, seguro que los alimentan bien.

—En este caso no tendría que convertirse en un puto, es un caso más complejo, o cuando menos original.

Le conté el caso a Irene y se esforzó en imaginarse el rostro del enfermo que había sido capaz de poner en marcha la búsqueda, ese alguien que después de ver una foto en una revista solicita al Club Olimpo que le encuentre al personaje que aparece en la imagen y se lo sirva en bandeja de plata.

—¿Te has enamorado perdidamente de alguien sólo por una foto? —me preguntó.

Dije que no con la cabeza y ella confesó:

—Yo, sí. De un jugador de rugby de Nueva Zelanda. Había colgada una foto suya en la barbería de mi pueblo.

Estuve a punto de preguntarle por qué demonios había colgada una foto de un jugador de rugby neozelandés en la pared de una barbería de un pueblo de Mauritania, pero colegí que era una de esas cosas que es mejor no saber porque la historia que me iba a contar, comparada con la que podría imaginarme a expensas del dato que tenía, pecaría de vulgar.

—A lo mejor sólo lo quiere para que le haga compañía —dije volviendo al nubio y al cliente que lo solicitaba—. He conocido gente más rara. Gente que le rezaba a la foto de una puta como si fuera la Virgen. Gente que pedía créditos bancarios para poder costearse la visita de un muchacho. Y millonarios que se pagaban una fiesta con diez o doce modelos del Club Olimpo, los ponían a follar en su piscina mientras ellos se relajaban mirándolos y saboreando una buena ginebra sin sufrir la tentación de tocar un solo milímetro de aquella carne deseable.

La invité a comer. Propuse mi hotel con la excusa de

que allí tenía mi cámara y me apetecía sacarle unas cuantas fotos en las que apareciera más favorecida que en la estación polvorienta. Ella aceptó acompañarme con una excusa mucho más vigorosa que las mías: seguro que se estaba mejor en el hotel que en la insoportable calle. Por supuesto que no le conté que, además de sacarle fotos para mi álbum privado —aunque no pudiese considerarla a ella una pieza cazada por mí para el Club Olimpo y por lo tanto no pudiera entrar en mi álbum-panteón—, yo pretendía que Luzmila nos viera juntos: quería ponerla nerviosa, hacerle ver que mi talento me había granjeado un jugoso contacto con la comunidad negra, representada allí por tan exquisita y adorable dama, y que el viaje en pos del nubio, aun ignorando yo los adelantos que hubiera realizado Luzmila, podría saldarse con pronto éxito. Desde una de las cabinas del hotel telefoneé a La Doctora mientras Irene aguardaba a que nos sirvieran la ensalada tropical que habíamos pedido. Le dije que la cosa marchaba, que si bien era verdad que aún no había visto al nubio, ya lo había localizado. Ella consiguió que se me subiera toda la sangre del cuerpo a la cabeza y que se me agitase el corazón y los pulmones se me achicasen, informándome:

—Bueno, supongo que te referirás al mismo nubio que, al parecer, en estos momentos está en la habitación con Luzmila.

Solté el aparato, me metí en el ascensor después de hacerle una señal a Irene para que empezase a comer sin mí, traté de recuperar una respiración normalizada mientras el ascensor subía, me planté ante la puerta de la habitación de Luzmila y llamé. Me abrió un tipo alto, de aspecto formidable, pecho inacabable ilustrado por un tatuaje barroco en el que sólo intuía curvas de mujer y ondas marinas. Tenía sin embargo un defecto: era blanco. La voz de Luzmila sonó tras él invitándome a pasar.

—¿Éste es el nubio que has conseguido? —le pregunté.

—Bueno, haría falta un poco de betún para eso, ¿no?

—Entonces ¿por qué demonios le has dicho a La Doctora que...? —Y me quedé callado, el tipo que me abrió me miraba confundido, no sabiendo si abalanzarse sobre mí por hablarle en aquel tono a su amante o perderse un rato para dejarnos a solas. Luzmila le ordenó que se diese una ducha y dócilmente el gigante acató la orden.

—No te pongas nervioso. Sólo le he dicho que lo tenía aquí en mi habitación, no que ya lo hubiera conseguido y que se lo enviaba por mensajero urgente.

—Pero yo he quedado como un imbécil ante ella.

—Bueno, es tu especialidad al fin y al cabo.

—Estoy harto de tus jueguecitos estúpidos, la verdad. No sé qué pretendes. ¿Qué, has venido a Málaga para pasarte por la piedra a todos los marines del buque que atracó ayer?

—¡Cómo sabes que ése es un marine!, me dejas impresionada —dijo Luzmila, que empezó a pintarse las uñas. Llevaba puesto un camisón transparente y tenía el pelo recogido con un pañuelo verde, a juego con la olita tatuada en su hombro. Como ya no supe qué decir y me giré para marcharme, Luzmila me retuvo endulzando su voz:

—Estoy segura de que has hecho progresos en tu búsqueda, pero también estoy convencida de que te haré falta cuando quieras culminarla, así que sólo te he dejado allanar el camino, lo mejor será que me cuentes por dónde vas y que yo tome el relevo, porque seguramente esto te supera y he visto en las noticias que están llegando un montón de negros y de moros a las costas, unos se ahogan y otros no, y eso es lo tuyo, para eso sí que sirves, ¿no?, tienes tus contactos con la pasma y todo eso, así que lo mejor es que dejes esto en mis manos y te marches a Cádiz a cazar más piezas.

—Eso es lo que quisieras, y tal vez le hayas dejado caer eso a La Doctora, pero pienso llamarla ahora mismo y decirle que del nubio todavía no hay nada y que no habrá nada si me manda a Cádiz a por náufragos.

—Vamos, vamos, sé un poco humanitario, piensa en todo el bien que podrías hacer allí. ¿Sabes por qué te dedicas a esto?

La pregunta me pegó en la mandíbula. De repente me quedé sordo.

El marine salió del baño. Preguntó con la mirada a Luzmila si podía quedarse y ésta le hizo indicaciones para que se acercase a ella.

—Tengo que dejarte —me dijo—. Si quieres, esta noche hablamos y llegamos a un acuerdo. Es tan difícil salir de aquí. Huele tan mal en todas partes. —Y diciendo eso, se entregó al marine que llevaba una toalla anudada a la cintura por toda vestimenta.

Estábamos Irene y yo terminando el postre cuando Luzmila bajó a unírsenos sin llevar adherido al marine. No acusó sorpresa alguna por verme acompañado de la africana, antes bien, la saludó como si se hubiesen conocido la víspera. Estuvo preguntándole cosas acerca de ella, y, a pesar de que el inglés de Luzmila dejaba que desear, se entendieron como cómplices de una misma tragedia, como si pudieran, con lo que cada una sabía, completar un puzzle en el que yo era incapaz de encajar ninguna pieza. Sólo cuando nos tocó pedir el café, me acordé de mi madre enterrada aquella mañana. Había pasado horas sin que su figura me amonestase, sin que me preguntara cómo se encontrarían los míos ni me infligiese castigo alguno imaginando el proceso de consunción de su cuerpo que había comenzado hacía unas horas. Tuve que ir al baño a refrescarme y supongo que Luzmila aprovechó la ocasión para intimar con Irene o para contarle algún detalle que socavara mi autoridad. Sea como fuere, el caso es que Luzmila debió, después de tirarse al marine, resolver que había llegado la hora de ponerse en movimiento y que el desafío para el que había encontrado un hueco imprevisto bien merecía que no lo arrojara todo por la borda con sus irrefrenables ganas de follarse a quienes no pretendía cazar para el Club. Así que no se separó de nosotros en toda la tarde. Nos refugiamos en el hotel sin ánimo de salir a la calle, y cuando yo quise subir a la habitación con Irene para disparar las prometidas fotos, Luzmila se nos agregó también sin que esto causara en la africana la más mínima protesta. ¿A santo de qué iba a protestar? A aquellas alturas, ya Irene podía estar amasando la idea de ingresar como modelo en el Club Olimpo ante las bien plantadas proposiciones que fue efectuando Luzmila a lo largo de la velada. Yo tenía la sensación de que me estaba saqueando la tarea, pero tampoco podía poner en pie una protesta porque sentía, al tratar de verbalizarla, que sonaría como la queja flaca de quien, no sabiendo sacar ventaja de su posición, pierde las piezas importantes y compromete su victoria y necesita echar las culpas de sus errores a otro porque ni él mismo entiende cómo demonios se han ido sucediendo uno tras otro.

—Me cae bien tu amiga —me dijo Irene, mientras Luzmila salía de mi habitación para atender una llamada de teléfono.

—Ya.

—Al parecer, tú le salvaste la vida.

—¿Eso te ha dicho?

—Más o menos.

—Pues es verdad. Fue la primera a la que le salvé la vida en este negocio. Hace sólo unos años era una mendiga en las calles de Sevilla e iba pidiendo de terraza en terraza, y tenía que prostituirse de vez en cuanto en la Alameda de Hércules, que es el sitio más cutre de la ciudad para esos menesteres.

—Lo dices como si pedir fuera una cosa indigna, comparada con follar con uno de los clientes de tu Club.

173

Me disculpé. Ni siquiera estaba satisfecho de las fotos que estaba haciendo: eran torpes, o peor todavía, insignificantes. Irene parecía una señorita de buena cuna que ofrece al reportero de una revista ilustrada la comodidad exquisita de su habitación. Cuando hago un retrato me gusta aislar la figura del retratado de cualquier escenario, por eso prefiero los fondos uniformes, telones oscuros o paredes blancas, y en la puta habitación no había un solo rincón donde colocar a Irene para aislarla. No es que me disgusten esos retratos a lo Arnold Newman en los que el escenario pretende ser la quintaesencia del retratado, de manera que éste ocupa un pequeño espacio en su propio retrato y el resto se le regala a un escenario que dirá de él mucho más que su propia imagen; pero estoy más cerca de las lecciones de Irving Penn, que colocaba infaliblemente a sus retratados ante un telón gris, se limitaba a eso, no buscaba ofrecer ningún escenario que susurrase al espectador las virtudes o los defectos del alma de quien iba a retratar. Por supuesto que estoy más cerca de este tipo de retratos entre otras cosas por el hecho de que la gente a la que yo retrataba era de una belleza suficiente como para no admitir que un fondo significativo le disputase el protagonismo de la imagen final, y porque cuando los retrataba los conocía tan poco que el mero hecho de proponer un escenario con el que relacionar al retratado me parecía forjar un embuste mayúsculo. Luzmila era, en efecto, la primera de las piezas de mi álbum-panteón, y cuando quería sacarme de quicio arriesgaba una tesis acerca de esa posesión mía asegurándome que yo tenía mentalidad de coleccionista, por lo tanto era un melancólico incurable, y que la necesidad que tenía de fotografiar a las piezas que cazaba y luego elegir el mejor negativo y hacer una ampliación y conservarlo pegado a una lámina y protegido por un plástico, indicaba la evidencia de un mal psíquico cuyas causas tendría que buscar alguna vez enfangándome en sesiones de psicoanálisis. Por muy burlonamente que dijera todo esto, sabía que yo echaría a andar el pensamiento en pos de una explicación que me satisficiera, pues por mucho que me propusiese dar con ella, lo cierto es que siempre que emprendía aquella expedición acababa fatigado y sin nada que ofrecerme: sencillamente la colección de imágenes seguía allí, como un panteón en el que yo guardaba a todos los que me debían la vida. Luzmila me decía: seguramente es verdad que nunca te has enamorado de ninguna de las piezas que has cazado para el Club, pero tan verdad es eso como que estás perdidamente enamorado de todas las piezas que has cazado, estás enamorado de tu obra porque debes ser el único cazador del Olimpo que se cree de veras que nuestra misión es salvar vidas.

—¿Tú no lo crees? —le pregunté ingenuamente. Y explotó en una carcajada.

ME DEDICABA A SALVAR VIDAS, así de fácil, y allí estaba Luzmila salvada e Irene por salvar para demostrármelo, para darme alas, para ir en pos de una nueva pieza a la que sacar del fango que no merecía. ¿Sería verdad que, como afirmaba Luzmila, yo padecía la impotencia de no adquirir sentimientos que me realzasen, que a lo más a lo que podía aspirar para medir el impacto que alguien me causaba era a desearlo? Y mi deseo, como ya he referido, pasaba una temporada de vacaciones en algún archipiélago escapado de los mapas: salvo el episodio de la Catedral, divertido si se quiere no convertirlo en macabro al añadirle el dato del entierro de mi madre, no había conseguido que mi deseo se despertase desde hacía ya ni me acordaba cuánto. Me costaba disimular mi falta de apetito cuando La Doctora me reclamaba. Sin embargo empezaba a percibir que por Irene sentía una curiosa fascinación mezclada de cariño que no podía determinar limpiamente de dónde procedía, y jugaba con la idea de invitarla a que me acompañara más allá de Málaga, cuando la búsqueda y captura del nubio hubiese concluido. Sólo pensar que podría ingresar como modelo en el Club, me daba náuseas. A fin de cuentas, otro de los métodos que emplean los inmigrantes para obtener los papeles de residencia, consiste en enamorar a un nativo o llegar a un acuerdo para contraer un matrimonio interesado, y ése era un ofrecimiento al que le había empezado a dar vueltas, bien que como hipótesis de trabajo aún no sustentada por datos suficientes como para tomarla en serio o como para sacarla de su categoría de hipótesis para convertirla en solución urgente o posibilidad seductora. Después de pasar tantas horas con aquellas dos damas, sin salir del hotel, emborrachándonos lentamente, me tendí en la cama pensando en lo raro que era todo. Trataba de alejar de mi mente la imagen de mi madre en su primera noche en el cementerio, y me parecía oír el chillido de las ratas en la calle y el de unos pasos extraños en la grava del cementerio mientras en la que siempre fue mi casa, mi padre bebía su primer vaso de leche de viudo y dudaba entre poner la televisión para desleír su amargura en algún tonto programa de entretenimiento, con concursos necios y actuaciones horteras (mi hermano siempre decía que esos programas nocturnos tienen como misión esencial la de convencer a los que los ven de que lo mejor que pueden hacer por el resto de la sociedad es deprimirse: sostenía que quienes pagan esos programas son los laboratorios farmacéuticos que fabrican ansiolíticos y antidepresivos) o dejarla apagada para contemplar su propio reflejo en la pantalla negra. Como cuando era niño, obedeciendo una orden tajante de mi madre, aprendí a decir de carrerilla mi nombre y mis dos apellidos, mi edad y mi dirección —por si me perdía y tenía que solicitar la ayuda de algún extraño—, repetía ahora mi nombre, mi edad y mi dirección y agregaba: me dedico a salvar vidas.

Irene se había quedado dormida en la habitación de Luzmila, a la que subimos a desvalijar el mini-bar después de que un camarero hosco nos avisase de que iban a cerrar la cafetería, y fue entonces cuando la albanesa me dijo:

—¿Nos la repartimos?

No supe, o no quise saber, de qué hablaba.

—Es evidente que la has encontrado tú, pero yo la ha convencido para que ingrese en el Club.

—¿La has convencido?

—Prácticamente.

No daba crédito, y me sentí decepcionado. Por fin había podido estar varias horas con alguien hermoso y pobre sin pensar en la posibilidad de ganar dinero gracias a él, y ahora se me desinflaba la satisfacción porque a mis espaldas Luzmila había estado todo el tiempo trabajando, máquina eficaz al fin y al cabo, máquina infalible.

—Esta expedición será un éxito que nos va a coronar —dijo Luzmila incansable en la labor de deteriorarme el ánimo. Añadió—: Podemos llegar a un acuerdo y yo apuntarme como caza a Irene y tú al nubio, ya sabes que necesito mejorar mis estadísticas, que no he cazado muchas hembras y es una de las manchas de mi expediente.

—¿Sabes por qué no se te dan bien las mujeres?

Aquella pregunta pretendía devolverle el golpe que me ensordeció en su habitación.

—Ya sé que tú debes saberlo porque eres un as de la psicología femenina.

—¿Quieres que te lo diga?

Asintió después de decirme que si no era capaz de contestarle a la pregunta que me había hecho ella antes, bien podía conformarse con que al menos le respondiese a la pregunta que yo le hacía ahora.

—Porque tú sabes en qué las metes. Yo no lo sé porque nunca he estado debajo de ningún cliente, pero tú sí, tú sabes que por muchos cientos de euros que paguen, ni uno solo de ellos se merecía disfrutar de tu cuerpo. No se te dan bien las hembras porque no quieres meterlas en esto, porque sabes que en realidad no las sacas de ningún fango.

—Vaya, qué dimensión tan fascinante. Podrías escribir una tesis.

—¿Cuál es el peor cliente con el que tuviste que lidiar? ¿Y el mejor?

Condescendió a responderme. Hizo un repaso no muy exhaustivo de sus sesiones de trabajo como modelo del Club. La mayoría de los clientes que la solicitaron eran ejecutivos de paso por la ciudad y avisados por clientes previos de la existencia de aquella bella albanesa cuyo caché iba subiendo vertiginosamente. Entre sus clientes recordaba con especial afecto a un futbolista retirado que había tomado la determinación de gastarse rápidamente todo lo que había ahorrado en sus temporadas de privilegiada estrella de los estadios, con el argumento de que si no se lo gastaba el juez iba a exigirle que lo repartiese entre sus dos esposas abandonadas. Nunca la había desgraciado algún cliente con peticiones desorbitadas o repugnantes, todos se comportaron más o menos como señores, señores sedientos, a los que cabalgaba solícita para acelerarles el orgasmo.

—Eso contraviene las reglas del Club, ¿no? ¿No te dijeron que no conviene quitarte de encima a un cliente con demasiada celeridad porque entonces le parece que ha pagado demasiado por muy poco y no volverá a solicitarte?

—Sin embargo todos repetían, y yo siempre me

quedaba el tiempo estipulado. Me preguntaban cosas sobre mí o me contaban historias subnormales sobre ellos. A todos les gustaba que me inventase alguna aventura magnífica en un barco lleno de moribundos, o que detallase cómo estuve sin comer casi una semana perdida en una montaña. Idílico todo.

—Vaya. No es eso lo que me habían contado de tus habilidades —dije tratando de sacar petróleo de una información concedida por La Doctora—. Tenía entendido que ni un solo cliente quiso repetir nunca contigo. ¿Estuviste durante una semana perdida en una montaña?

—Puede que sí. Lo he olvidado. ¿Quién te ha dicho que ningún cliente...? ¿La Doctora te ha hablado de mi época de puta?

—Se dice de modelo, no de puta, Luzmila. ¿Ninguno se te enamoró perdidamente?

—Porque yo no quise —dijo enojada porque dudara de sus cualidades y por la traición de La Doctora.

Por cambiar de tema le solté:

—No me creo que hayas estado aquí, tirándote a marines, con los brazos cruzados sin emprender la búsqueda del nubio. Sé que ocultas algo.

—Si quieres —me dijo contemporizadora— podemos hacer resumen de nuestros hallazgos para saber en qué punto nos encontramos y ver quién está más cerca del nubio.

—No hay problema. Las damas primero.

Luzmila se sirvió un poco de la botellita de whiski que había sacado del mini-bar: era la última que quedaba. A mí el alcohol ingerido se me empezaba a agolpar en la puerta de la garganta y en la boca del estómago. Pero no iba a abandonar ahora la velada.

—Sé lo mismo que tú —me dijo.

—Muy lista. ¿Qué sé yo?

—Ah, una pregunta con entidad filosófica.

—Una pregunta con entidad filosófica, en efecto —le repliqué a Luzmila. Ninguno de los dos iba a descubrir sus cartas, a los dos nos parecía que regalar información no iba a ser motivo suficiente para ablandar el corazón del otro y convencerlo de que hiciera lo mismo.

—Bueno, si te empecinas en jugar al gato y al ratón, no adelantaremos demasiado, sobre todo porque ya no nos queda qué beber.

—Yo no me empecino, y estoy dispuesto a soltar todo lo que sé. Trabajamos en equipo, ¿no?

—¿Qué ganaría yo ocultándote información? —me respondió descalzándose y echándose en la cama, al lado de Irene. La miró un largo rato y dijo—: Lástima de poros tan abiertos, pero eso tiene solución, supongo, también he visto que tiene una caries.

—¿Le has mirado la dentadura?

—Por supuesto, es importante, importantísimo.

—Eres toda una profesional. ¿Sueltas ya qué has adelantado con respecto a nuestro nubio?

—El tipo con el que me viste ayer era un contacto, extremadamente elegante, exquisito, conservador convencido y aburrido de la vida hasta extremos intolerables. Alguien me dijo que lo llamara porque podría ayudarnos, controla bastante el asunto de los negros en Málaga, y en cuanto vio la foto del nubio dijo: un ejemplar así no pasa desapercibido. Entonces me habló de las peleas clandestinas de las que te has enterado tú esta mañana en ese parque donde has ido a perder el tiempo y a que te timen unos negratas. Él está metido, no sé si ayuda a organizarlas o es mero apostante. Me sirvió de todos modos. Me fui a buscar al organizador de verdad, que es una colección de cicatrices en un cuerpo oblongo, no sé si estará en el libro *Guinness de los Récords* pero si no está es porque no quiere, y eso que no le he visto todo el cuerpo, sólo lo que se ve cuando uno va vestido de verano, pero eso ya me ha bastado para imaginarme el resto. Con él iba el coloso que has visto esta tarde en mi habitación: el marine no es otro que el rival que mañana se va a enfrentar a nuestro nubio en una pelea a la que tú crees que vas a asistir porque has quedado con dos trileros que te darán un palo en cuanto te descuides.

No salía de mi asombro. Titubeando, y con la lengua ya pesada por el alcohol, pregunté:

—¿Y te has tirado al marine porque piensas que así le vas a quitar fuerzas para que no le haga daño a nuestro nubio?

Luzmila volvió a probarme que sabía reírse con ganas cuando le daban ocasión. Irene cambió de postura en la cama, llegó a decir algo, pero no supimos qué.

—No, idiota, me lo he tirado porque estaba buenísimo y porque mañana estará muerto.

—¿Qué? —no supe disimular mi espanto.

—Al parecer, nuestro nubio es invencible, se ha ido cargando a legionarios, karatecas de barrio, guardias de seguridad racistas, boxeadores que buscaban dinero fácil pensando que la lucha total era una idiotez. En fin, el marine será muy corpulento, pero no aguantará mucho.

—Y eso te lo ha dicho el de las cicatrices.

—Por supuesto le he dicho que mi interés en el nubio es puramente sexual, y que estoy dispuesta a pagar una espléndida suma por llevármelo a mi mansión. Él lo tiene retenido, con otros gladiadores, Dios sabe dónde. Es una mina, porque a pesar de que gana todos los combates, hay siempre un numeroso grupo de aficionados que se ilusiona con su derrota y piensa que apoyando con dinero de sus apuestas a sus contrincantes van a inducir a éstos a que puedan vencerlo. Por supuesto mañana estará aquello hasta el techo de marines que apostarán sus dólares a la victoria de su hermano. Se puede armar una gorda cuando el marine quede hecho trizas.

—No creo una sola palabra de lo que cuentas.

—Estupendo, te estoy avisando, ofreciéndote una ayuda, y la desaprovechas por mero orgullo, pues estupendo, sigue con tu película, acude a tu cita de mañana con esos dos trileros y luego me lo cuentas.

—¿Cómo sabes tú lo de mi cita de mañana?

—Porque por mucha experiencia que tengas, no sabes callarte nunca todo lo que tienes que callarte.

Y miró a Irene, y entendí que había conseguido sacarle todo lo que yo le había contado.

TEMPRANO EN LA MAÑANA DEL DÍA DEL COMBATE, abandoné la cama con punzadas de dolor en la cabeza y sensación de que todo mi cuerpo era una llaga, y corrí al cibercafé que había en la misma calle del hotel con intención de investigar acerca de las peleas clandestinas. Esa corta madrugada etílica mis sueños habían fabricado angustiosas imágenes de combates oscuros, huesos rotos y fauces sanguinarias, y lo peor es que cada escena estaba contaminada por el propio hedor que escalaba las paredes de la fachada del hotel y se colaba por la ventana que había dejado abierta. Oí, mientras desayunaba apremiado, que el Ayuntamiento había contratado a un ejército de limpiadores y grúas para despejar algunas zonas especialmente heridas: las zonas de los ricos. Los combates en los barrios pobres se sucedían, y los altercados de la noche pasada se habían cobrado varias víctimas, una de ellas un niño de doce años al que el rebote de una bola de goma lanzada por la policía para dispersar a los que protestaban, le golpeó en una sien dejándolo en el sitio. Mientras caminaba hacia el cibercafé vi a dos excavadoras removiendo la montaña de basura que había ido creciendo frente al hotel: un camión aguardaba a que le llenasen el remolque.

En el buscador escribí las palabras «lucha total, peleas clandestinas, Málaga», y no me apareció ninguna entrada. Eliminé «lucha total» y entonces sí, di con un reportaje publicado en el diario local *La Opinión*. Estaba pésimamente escrito, con una ampulosidad que dejaba ver que el redactor pensaba cubrir con hinchazones de prosa la falta de información. La descripción de los luchadores resultaba especialmente caricaturesca. Por momentos el reportaje incurría en lamentable cursilería, y más parecía que lo que se narraba allí era un pase de modelos que un combate de lucha a muerte. Según podía uno inferir de lo allí contado, las peleas clandestinas se celebraban en lugares de difícil acceso —obvio—, asistían a ellas personajes de toda condición social —¿¿?— y se ponía en juego mucho, mucho, mucho dinero —¡!—. El combate que presenció el redactor del periódico fue «infernal», contendían un negro «hercúleo» y un turco «con trazas de carnicero y bigote antiestético». Ganó el negro hercúleo, tal vez el nubio al que íbamos buscando. Al turco tuvieron que sacarlo en camilla y llevárselo al hospital. ¿Qué dirían en el hospital para justificar el estado en que había quedado el carnicero antiestético? Según se prestaba a intuir el redactor, lo del hospital era un decir, porque seguramente el turco malherido sería abandonado a su suerte en alguna cuneta que separaba el lugar de difícil acceso donde se había disputado el combate de la ciudad de Málaga, «una línea de luces parpadeantes en el horizonte». El redactor afirmaba haber conseguido entrevistarse con uno de los organizadores de la pelea, pero luego no reproducía el contenido de esa conversación, como si le bastara para probar su profesionalidad el hecho de decir que había logrado esa entrevista. Lo que sacaba en claro, pues, de la lectura del reportaje era poca cosa: la confirmación de que las peleas clandestinas se celebraban en algún lugar escapado de la cartografía urbana y con asistencia de una muchedumbre que, al parecer, conseguía mantener en secreto el evento para no dar lugar a que la policía les perturbase. Ciertamente si la policía no hacía nada por reprimir aquellas celebraciones, se debía —o se debía deber— a que estaba interesada en que las celebraciones se produjesen: quizá los organizadores les untaban con un maletín lleno de euros, y eso bastaba para financiar su invisibilidad. Que esa otra policía integrada por los periodistas tampoco hubiera abusado de lo atractivo del asunto para colmar páginas con prosa escabrosa que fomentase en la población la necesidad de acabar con una lacra, podía querer decir que, enterados de lo que sucedía, preferían mantener los ojos cerrados porque un asunto como aquél estaba aún emergiendo y todavía no era capaz de modular un escándalo social, bien porque no se habían producido las muertes suficientes, bien porque no dejaba de ser una cosa de gángsters y mafias con los que más valía no entrar en conflicto. Sea como fuere decidí personarme en la redacción del periódico local y buscar al redactor que firmaba la nota por ver si podía sacarle algo más jugoso que lo que había escrito. Hubo suerte. Acababa de llegar a la redacción un fulano esmirriado, recién salido de la ducha y con síntomas en la carne pegada a los huesos de la cara de no haber pasado buena noche. Tenía los dientes amarilleados por el abuso de la nicotina, y la voz quebrantada. Mostró su sorpresa de que alguien lo anduviese buscando a hora tan temprana, y me atendió ante la máquina de café del pasillo, como refugiándose todo el tiempo, temiendo que hubiera ido a agredirle por algo que había escrito. Cuando supo qué motivaba mi visita, no se sosegó; tal vez sospechó que yo era un investigador policial que buscaba información privilegiada para practicar diligencias, o bien era un colega que, una vez levantada la liebre, esperaba mejorar su trabajo con una prosa más afilada y una curiosidad menos satisfecha. Le dije que era un aficionado a ese tipo de peleas, que me gustaba apostar y que, una vez localizado en Internet su reportaje, se me ocurrió que no tendría inconveniente en informarme de próximos eventos, pues me habían puesto sobre la pista de una pronta velada. Lo que me contó, entre tartamudeos que facilitaban sus elipsis, apenas iba a ayudarme, pues no había registrado ni el nombre del contendiente negro ni detalles de su fisonomía: traté de socorrerle enseñándole la foto del nubio, y no lo reconoció, aunque confesó haber asistido al combate desde demasiado lejos como para poder ver otra cosa que una mancha oscura golpeando a una mancha clara hasta cubrirla de rojo. No era complicado inferir que me estaba mintiendo, y no sólo porque le temblara el pulso o fuese incapaz de aguantarme la mirada. Lo que me interesaba, de cualquier modo, era desvelar el lugar donde se celebró la velada. Entendía que quisiera mantener oculta la fuente que le permitió asistir al combate, pero esperaba que no tuviera reparos en detallarme el lugar donde se celebró. Empezó entonces a coserme a preguntas. Ahora sí me mantenía la mirada. Suele pasar con los periodistas de intimidades, es su manera de defenderse. Mírenlos en los programas diseñados para destripar a personajes famosos: una patulea de periodistas le escupen todo tipo de barbaridades, y en cuanto el famoso acorralado les acusa de estar mintiendo, se indignan, se llaman a sí mismos profesionales con historial enteramente probado, y cargan de nuevo sus pistolas de saliva envenenada para apalizar a su víctima y no dejarla contestar a ninguna pregunta, pues las preguntas que lanzan ya llevan la respuesta incorporada en sus tuétanos enfermos. Así se me envalentonó el esmirriado redactor y pasó a hacerse el entrevistador intuyendo que yo callaba un alto porcentaje de lo que sabía, y lo que sabía él podría hacerlo ondear como exclusiva periodística que incrementase su prestigio de reportero que sabe meterse en apuros con tal de conseguir una noticia bomba. Me divertía con aquella situación, y correspondí al interés del reportero contándole que me habían soplado que se iba celebrar aquella misma noche una velada de lucha total en la que el plato fuerte —me puse a hablar como un periodista— sería el combate entre el negro invencible y un marine loco que procedía del barco que había atracado hacía unos días en el puerto de Málaga. Se llevó la mano a las entradas del pelo, se rascó con la punta de una uña un centímetro de frente, y dijo: es muy fuerte. Contó luego que la policía no metía mano en aquellas veladas a cambio de que no hubiera escándalos, muertos, peleas en el público entre los partidarios de uno y de otro. Se celebraban las veladas en una finca privada, «es gente de postín la que va a esos sitios», lo que contradecía el renglón de su reportaje en el que se afirmaba que el público lo integraba gente de todas las clases sociales. El templo de las luchas clandestinas era un cobertizo acondicionado para el menester, y se ponía en juego mucho, mucho, mucho dinero.

—¿Qué se entiende por escándalos? —quise saber.

—Ya sabe. Se paran las peleas cuando está clara la superioridad de uno sobre otro, lo que no deja de ser una aberración según el código de la lucha total, que estipula que una pelea no se para hasta que uno de los dos pierda la conciencia. En el momento en que se produzca alguna muerte, pues la policía interviene. Y si hay bronca en las gradas, pues igual. Claro que ha habido muertos igualmente, pero se les abandona en una cuneta y se aparenta que han sido apaleados en un ajuste de cuentas o lo que sea para no vincular esas muertes con el negocio de la lucha. Por eso si combate hoy un marine y le toca perder, y tiene la mala suerte de quedar lisiado, pues entonces se puede armar, porque eso ¿cómo van a ocultarlo?

—¿Sabe de quién es la finca? —pregunté, pregunta a todas luces errónea, más de policía que de apostante con ganas de jugarse una pasta. El periodista negó con la cabeza y quiso enterarse de quién me había dado el soplo a mí.

No dije nada. Una muchacha se acercó a la máquina de café y sin saludar introdujo unas monedas y esperó a que el té solicitado le fuera servido. Fue un minuto de silencio por el alma de alguien. La muchacha escrutaba la máquina, el periodista cavaba con la mirada un agujero en una losa del suelo y yo hacía como que silbaba. Cuando la muchacha desapareció al fin con su vaso de plástico, el periodista me dijo que no podía ayudarme y que no tenía ningún interés en el asunto de las luchas clandestinas, que ya le habían dado demasiados quebraderos de cabeza y nadie le había agradecido en la redacción que se hubiera arriesgado a contar lo que contó.

—Vamos —le animé—, no será tan duro como dice. ¿Por qué no me lleva esta noche? ¿Por qué no me da algún teléfono donde pueda informarme?

—Espere aquí —me dijo entonces. Se demoró bastante: cuatro cafés para ser exactos, extraídos de la máquina por una mujer con aspecto de haber malgastado la juventud en aquella redacción, un chico con aspecto de haberse equivocado de profesión, un hombre que podía haber pasado por vendedor de enciclopedias a domicilio, y la muchacha de antes, que no satisfecha con el té que se había llevado cuando nos interrumpió, volvía a por un capuchino.

—Debe ser duro trabajar aquí —le dije.

Y ella hizo como que no entendía el idioma en el que le había hablado.

Por fin regresó el redactor esmirriado con un papelito doblado en el que había escrito apresuradamente el número al que debía llamar si quería asistir a la velada. Me dijo como despedida: entrar vale cien euros.

No me había alejado diez pasos de la sede del periódico cuando ya estaba marcando el confuso número que me había apuntado precipitadamente en aquel papel —los sietes parecían unos y los dos parecían cincos. A la tercera acerté con el número correcto. Me sorprendió que al otro lado me atendiese una voz de mujer. Me presenté y dije para lo que llamaba. Me preguntó quién me había dado aquel número y se lo dije. Me dejó en espera unos instantes y luego me comunicó con un tipo —mientras hablaba con él me imaginaba las cicatrices que le cubrían el cuerpo— que me dio una dirección a la que había de acudir antes de las cinco de la tarde para comprar mi entrada. ¿Por qué estaba haciendo todo aquello? ¿Era sólo por demostrarle a Luzmila que yo también podía conseguir entradas para la velada de aquella noche, prescindiendo de su ayuda? ¿Cómo había sido capaz de creer a los negros y esperar que ellos me ayudasen a presenciar un combate cuyo ticket de entrada costaba cien euros? ¿O es que pensaban colarme como parte del séquito que acompañaba al nubio? ¿O más propiamente esperaban servirse de mí para poder asistir ellos al combate? En cualquier caso regresé al hotel, Luzmila e Irene aún dormían. Llamé a mi hermano para ver cómo iba todo, qué tal se encontraba el viejo. Contestó mi padre, en cuya voz advertí un vigor nuevo: me pareció otro hombre. Incluso se permitió el lujo de ser cariñoso y preguntarme en qué andaba. Me aconsejó: no te metas en muchos líos, hijo. Hay una regla no especificada en ningún manual de la perfecta pareja, que manda que el grado de complicidad y si se quiere de amor puede medirse por el tiempo que sea capaz de soportar la vida uno de los cónyuges una vez que el otro ha muerto. Cuanto menos tiempo, más amor. Por ejemplo, Juan Ramón duró muy poco después de la muerte de Zenobia, pero Jacqueline Kennedy duró mogollón después de que le asesinaran a John Fitzgerald. Claro que es una regla un poco tramposa, porque no sabemos cuánto hubiera durado Zenobia si el que se hubiera muerto antes hubiera sido Juan Ramón, y tampoco sabemos si John Fitzgerald hubiera soportado la vida mucho tiempo si la que hubiera sido asesinada hubiera sido Jacqueline. Sea como fuere, si le consentimos alguna validez a esa regla, entonces mis padres se querían demasiado. Batieron todos los récords. Poco después de que hablara con él, el hombre se tomó todas las pastillas que había en su botiquín, las empujó hacia el estómago con un par de vasos de whiski escocés, y por si hubiera dudas de cuál era su pretensión, abrió la espita del gas después de cerrar todas las ventanas y sellarlas con cinta aislante. Ser de repente hijo de dos suicidas me daba cierto tinte de hombre con leyenda, con una historia tumultuosa de pesares e incertidumbres que expandir con lamentable cinismo o con cínicos lamentos. Hubiera mejorado mi pedigrí que mi hermano también se suicidara, pero en vez de eso mi hermano se limitó a informarme de la tragedia una vez que mi padre fue sepultado. Al parecer, mi padre dejó una nota en la que podía leerse: «Mejor mal acompañado que solo.» Era una elocuente lección que regalaba a sus hijos. La culminación del noble arte de hacerse a sí mismo en que consistió su vida. Según su aviso, nuestra sangre se lleva mal con la soledad, y a pesar de que no recuerdo haber dejado de estar solo, también sé, desde la muerte del viejo, que llevaba razón en dos cosas: en que es sin duda mejor estar mal acompañado que solo del todo, y en que si uno se hace a sí mismo, probablemente no le quedará más remedio que dar fin a su obra por propia mano, porque no hay manera más fidedigna de acabar de hacerse a uno mismo que destruirse.

El patetismo del final de mi padre se elevó de forma soberana mes y medio después de que fuera enterrado, cuando mi hermano recibió la factura de teléfono del período correspondiente. En el poco, poquísimo tiempo que mi padre pasó solo, entre la muerte de mi madre y su suicidio, se dedicó a llamar a líneas de visionarios y líneas eróticas. El monto de las llamadas realizadas superaba los trescientos euros. Dado que la factura especificaba la duración de cada llamada y el horario en que se produjo, fue fácil deducir que mi padre se había pasado una madrugada entera telefoneando a brujos mangantes que le decían que tenía un futuro dorado por delante porque así lo podían leer en las constelaciones, o bien a voces húmedas que le contaran todo lo que una dama sedienta puede hacerle a un insomne desangelado. Algunas noches, por tratar de sentir lo que mi padre sintió en aquella madrugada, me sorprendo abandonando la cama y descolgando el teléfono para llamar a una de esas líneas donde los desesperados consultan su futuro o se procuran un orgasmo, pero siempre cuelgo antes de marcar la última cifra.

Me procuré una entrada siguiendo las instrucciones que me habían dado. Me indicaron el camino que tenía que seguir para llegar a la finca donde se celebraría la velada, cuatro combates. Regresé al hotel y llamé a Luzmila. Irene se había ido a hacer el equipaje. Había aceptado ser evaluada por La Doctora para ingresar en el equipo de modelos del Club. Se me alteró la velocidad de la sangre cuando lo supe. Luzmila insistió en convencerme de que la dejara apuntarse el tanto para mejorar sus estadísticas. Le enseñé la entrada para la velada de aquella noche y poniendo cara de «muchacho, no tienes arreglo», me aseguró que no me hubiera hecho falta si hubiera confiado en ella. Buscó en su cartera de piel y sacó dos entradas.

—Tendremos que invitar a alguien —dijo.

LLEGAMOS CUANDO YA PROMEDIABA el primero de los combates. No fue difícil que el taxista encontrara la finca, aunque nos tuvo que dejar a la entrada porque no se permitía el acceso de coches. Fue reparador alejarse de la ciudad hedionda por una autovía que trepaba un monte oscuro coronado por una luna a la que faltaban unos milímetros para estar llena. El silencio de la zona era una sustancia invisible que podía respirarse. Sentimos el puño de un frío grato cuando nos apeamos. El lugar donde se celebraba la velada era una especie de bodega de arquitectura tenebrosa, techos altos y olor a humedad. No puedo hacer un cálculo de cuánta gente se encontraba en el interior del pabellón, pero sí asegurar que después de nosotros poca gente más hubiera podido entrar. Nos registraron varias veces antes de acceder a nuestros asientos. En el tercer control, ya en la puerta de la bodega, los dos vigilantes se consultaron con una mirada y uno de ellos desapareció tras el portón para buscar a uno de los encargados. Luzmila preguntó si había algún problema y el vigilante respondió que teníamos que aguardar un momento. El problema era Irene: los negros no tenían derecho a entrar si no venían formando parte del equipo de lucha. Por fortuna el encargado era el joven que se benefició la primera noche a Luzmila, y después de saludarla eufórico —«¡has venido!»—, riñó a sus vigilantes por habernos vedado la entrada. Nos llevó a nuestros asientos —y arregló el inconveniente de que la butaca que me correspondía a mí estuviera varias filas alejada de las que les correspondían a ellas— y sopló algo al oído de Luzmila mientras en el círculo de tierra donde se entablaban las peleas, un moro maduro era castigado sin piedad por un marine en cuyos bíceps se hubiera podido escribir con letra menuda el Antiguo Testamento. Confieso haber quedado impresionado tanto del lugar como del ardor con que el público celebraba la paliza que estaba recibiendo el moro. Tenía una ceja abierta y la nariz no era tal, sino una fuente que escupía sangre. Trataba de mantenerse en pie, pero el americano no le dejaba incorporarse: a un golpe le seguía otro, ensayaba el *full-contact* con temible eficacia, y unos treinta segundos después de que llegáramos, el árbitro decidió impedir que el moro muriese en el círculo, levantando las protestas del público. Terminado el combate, la atenuada luz que alumbraba el círculo se potenció, y se encendieron otros reflectores que hicieron visible a un grupo de treinta o cuarenta marines alborotados. Los que apostaron por el ganador acudieron a cobrar sus apuestas, y otros se quedaron en sus asientos fumando sus cigarrillos o bebiendo de sus botellines. Irene, a mi lado, dijo:

—Creo que no voy a ser capaz de soportarlo.

—Seguro que sí —dije, pero notaba el corazón muy acelerado saltándome en el pecho, y la boca repentinamente seca. La que asistía a todo sin que pareciera impresionada era Luzmila, que hizo un comentario acerca del *sex-appeal* —a mi modo de ver inexistente— del marine ganador justo cuando entre cuatro sacaban el cuerpo vapuleado de su contrincante. El marine era pequeño de estatura, llevaba la cabeza rapada a lo cheyenne, y salvo un moratón leve en el pómulo izquierdo no ostentaba señales violentas. Por toda vestimenta llevaba un calzón con los colores de la bandera de su país. Le hicieron un pasillo de felicitaciones y un espectador que nos quedaba detrás dijo:

—Bah, en los pesos menores, nunca hay peligro de que pase algo grave.

Su acompañante, rubia platino que fumaba un purito con la boquilla dorada, se quedó más tranquila después de haberse asustado por el estado en que habían sacado al moro.

Irene dijo:

—Yo me voy.

Y la paré, le dije que siempre nos quedaba el recurso de meternos en el bar, y eso fue lo que hicimos. No quería marcharme sin ver al nubio, pero tampoco me apetecía tragarme dos combates más antes de que el nubio entrara en acción. Con lo poco que había visto ya tenía más que suficiente.

Irene iba vestida de Luzmila, con excepción de sus tenis sin cordones. En el taxi que nos llevó a la finca, me pareció muy animada, casi feliz, como si le hiciera ilusión ver en directo al nubio al que tantos esfuerzos le habíamos dedicado. Luzmila la lucía como si fuera el trofeo que me había arrebatado para las arcas del Club. Así que en el bar, pésimamente iluminado y atendido por un crío malencarado que detestaba que lo incordiasen justo cuando iba a dar comienzo el segundo combate, arrostré ese asunto, mientras nos acodábamos en la barra, ya que en las cinco o seis mesas habilitadas en la estancia había tal cantidad de vasos y botellas y ceniceros llenos sin recoger, que no invitaban a que las ocupásemos.

—Me lo estoy pensando —dijo Irene—, necesito tiempo, no sé si estoy preparada para eso, pero Luzmila me dice que en ese sitio para el que trabajáis te preparan bien, que ella misma se quedó muy sorprendida de la facilidad con la que actuó en sus primeros encargos, que primero pensó como yo que nunca sería capaz y sin embargo... Me acordé de que tú me dijiste que ella ya se prostituía antes de entrar en el Club y se lo pregunté y me dijo que me mentiste, que ella nunca se había acostado por dinero con nadie, y menos en ese lugar que tú mencionaste que está lleno de muertos de hambre.

Aparté todo comentario con un gesto de saturación. Y confesé:

—He estado pensando pausadamente, este viaje a Málaga creo que ha tenido algo de decisivo, aunque sólo sea porque aquí me he enterado de que mi madre ha muerto, la enterraron ayer, pero bueno, es lo de menos eso ahora, lo cierto es que he estado pensando, y bien es verdad que el Club parece que se juega mucho con este asunto del nubio y que si sale bien podré retirarme del empleo de cazador y pasaré a ser gestor, que es algo que me apetece, porque estoy ya un poco harto de náufragos, y de barrios miserables, y de bellas criaturas de vertedero, y pensando en todo eso, en las nuevas posibilidades que se abren ante mí si finalmente voy a ser hombre de despacho, reparaba en que, no sé cómo decirte, en que, bien, no es lo mismo cazar a alguien y llevarlo al Club que estar esperando en el Club a que te lleguen las piezas que cazan otros y que tú debes decidir si incluyes en el equipo de modelos o no, supongo que es un puesto que asqueará menos, el caso, lo que quiero decirte es que, bueno, seguramente Luzmila te ha presentado un panorama muy atractivo, y es verdad que hay muchas cosas muy buenas, quiero decir, es verdad que no encontrarás en España fácilmente un empleo ni un sitio donde ejercerlo que te permita ganar más dinero con menos esfuerzo que el Club Olimpo, pero también hay inconvenientes, ya sabes, porque tampoco es tan verdad que sea fácil salir de eso, como comprenderás el contrato que te ata al Club tiene algo de leonino, es natural, van a hacerse cargo de tus gastos, y aun así te entrará mucho dinero, para vivir bien, pero si rindes mucho, si rindes como se espera de ti, entonces no te van a dejar escapar fácilmente, te irán embaucando, te preguntarán a qué ciudad te apetece ir a vivir y, puede que creas que estoy soltando un rollo que no tiene pies ni cabeza, y llevas razón, esto no tiene ni pies ni cabeza, es sólo que, pensando en ti como en modelo del Club, pues que se me revolvía el estómago, supongo que porque he llegado a saber más de ti de lo que nunca supe acerca de ninguna de las otras piezas que he cazado, o porque me has caído mejor o porque hay una sintonía entre nosotros, no sé cómo decírtelo...

Me detuve, sorbí un poco del refresco de naranja que me habían servido, e Irene me dijo entonces:

—¿Estás pidiéndome en matrimonio?

Y me ofreció su fúlgida sonrisa espléndida que le agrandaba los ojos y le arrugaba levemente la frente. Le devolví la sonrisa. Me registré en busca de algo que decir, calderilla para no dejar que el silencio me dejara en evidencia, alguna frase hecha que me diese tiempo a recuperar el hilo de lo que estaba diciendo sin saber muy bien qué era lo que de veras quería decir.

Irene tomó la palabra.

—No sé qué hacer, ya te lo he dicho. Estoy pensándomelo, pero no he tomado ninguna decisión aunque Luzmila quiere que la acompañe cuando se vaya para aligerar los trámites o no sé qué. Pero también pienso que si me quedo en Málaga no habrá muchas posibilidades para mí, teniendo en cuenta además mi estado.

—¿Qué estado?

—No te ha contado nada tu compañera —afirmó más que inquirir Irene.

Negué con la cabeza y esperándome lo peor.

—Me dijeron que sería mucho más fácil quedarme en España si viajaba embarazada, así que me dejé embarazar. Esperé a hacer el viaje a confirmar que estaba embarazada. Dejé pasar varias lanchas antes de emprenderlo por fin. Las cosas están mucho más feas de lo que me esperaba, y la verdad, no me apetece terminar en Málaga Acoge a la espera de que decidan repatriarme. Si no hay más remedio, ya me lo dijiste tú cuando me sacaste de aquella comandancia, ¿no? ¿Qué ha cambiado de entonces aquí? ¿No querías salvarme la vida así, como salvas la vida tú a los que como yo no tienen dónde caerse muertos?

—Ya —dije, dubitativo—, pero supongo que me he dado cuenta de que a ti no quiero salvarte, por lo menos no quiero salvarte como a los otros.

—Luzmila me avisó de que lo intentarías, así que te ruego que no te esfuerces.

—¿Que intentaría qué? —pregunté temiéndome lo peor.

—Pues lo que estás intentando. Seducirme, interesarme. Me dijo que siempre lo haces con piezas que cazan otros. Te pones blandito, tierno, encantador. Y sólo porque lo que quieres es acostarte con esa pieza antes de que te sea imposible hacerlo sin desembolsar un buen dinero. No lo intentes conmigo, ya me lo avisó Luzmila. Me dijo: querrá acostarse contigo con la excusa de que podéis seguir juntos; te prometerá arreglar tu situación por otro cauce, y todo para acostarse contigo ahora porque sabe que si quisiera acostarse contigo mañana, tendría que dejarse parte de los ahorros para darse el capricho.

Fue como si una plancha de acero me aterrizara en la boca del estómago. Se removió en mis intestinos todo lo que había comido aquel día. Sentí que se me agrietaban los músculos de la cara y que una gota de sudor trazaba una estría blanca bajando por mi espalda.

Oíamos el clamor del público, los gritos desaforados de unos y otros, una amalgama de voces sucias que crecían hasta resultar hirientes. Y de pronto, un silencio congeló a la vez todas las gargantas. El camarero abandonó su lugar tras la barra y corrió a ver qué había pasado. Yo lo seguí. Ya se habían reanimado algunas gargantas cuando alcancé a ver lo que había ocurrido: uno de los contendientes, un muchacho, casi un niño, uno de esos que creen que porque van al gimnasio y toman lecciones de taekwondo ya pueden retar a cualquiera, yacía sobre la tierra del círculo con los ojos muy abiertos. Su contrincante, un negro, se había precipitado a abandonar el círculo, protegido por diez o doce negros más unos cuantos vigilantes uniformados, y a refugiarse en los vestuarios para evitar males mayores. El camarero dijo: lo ha matado, lo ha matado, ya se lo dije yo, que no peleara todavía, lo ha matado. Y corrió hacia el círculo como si la vida le fuera en ello. Yo me volví hacia Irene y le pedí que me esperase allí. Sacaron al fiambre, el silencio amenazó con apropiarse del aire de la bodega, pero en cuanto desaparecieron los empleados que cargaban con el púgil muerto, se restablecieron los murmullos, se volvieron a cantar las apuestas, y se ovacionó a los dos nuevos gladiadores que ya desfilaban hacia el círculo. Yo me llegué hasta la butaca de Luzmila, no porque me preocupara que el desenlace del anterior combate la hubiese perturbado, sino para contagiarme de su seguridad y su sosiego. En efecto, allá me la encontré departiendo con un galán cincuentón, con clavel en el ojal de la solapa de una chaqueta de mil rayas y varios frascos de perfume empalagoso convenientemente distribuidos por toda su fina estampa. Sostenía Luzmila en su mano izquierda una copa de vino y en la derecha un largo cigarrillo al que iba reduciendo a base de aros de humo. Se irritó por mi presencia repentina, se excusó ante el galán, que distrajo su atención en lo que acontecía en el círculo, donde eran presentados los dos nuevos gladiadores, esta vez dos negros, uno de ellos mayúsculo, con grasa en cada centímetro de su cuerpo, y me gritó:

—¿Qué te pica ahora?

El empleo del verbo picar me sacudió como si en cada sílaba viajara una carga de electricidad. ¿Sabría algo ella de mis problemas nocturnos?

—Las cosas se han puesto feas. Aquellos marines no me gustan nada. Supongo que no tendrás ningún plan para evacuar a nuestro hombre en caso de que esas bestias decidan vengar a su hermanito.

Luzmila bufó. Me preguntó por Irene, se asustó porque la había dejado sola. Estuve a punto de increparla por lo que se había atrevido a decirle a Irene de mí, pero antes de que tuviera tiempo para pronunciar una sola palabra, ya Luzmila desaparecía camino del bar. Dio comienzo el combate. El negro que parecía un luchador de sumo corrió hacia el otro como si fuera un toro que sale ciego de chiqueros. El otro lo recibió a porta gayola con trazas de haber sido boxeador. Le endiñó un uppercut limpio que detuvo en seco al gordo. El cerebro se le debió llenar de fuegos artificiales durante unos segundos, pero su contrincante no aprovechó la tesitura para ensayar un nuevo golpe, prefirió cambiar de lugar. Se veía que tenía la táctica bien aprendida: iba a talarlo con paciencia, manteniéndose lejos de él a sabiendas de que si conseguía cogerlo lo aplastaría y entonces sin remedio sería una presa fácil. Así que danzó y danzó con soberano estilo, colocó oportunos golpes que fueron debilitando a lo que acabó por convertirse en un saco de carne macerada a merced de la voluntad del otro. No hay asaltos en la lucha total. Es una pelea continua, sin tregua ni esperanzas para ningún púgil de que vaya a sonar una campana que lo salve. Me fascinó ver cómo se iba derritiendo el luchador de sumo. Aquella pelea, por lo demás, iba a dejarle excelentes dividendos a la casa, porque, a juzgar por la reacción resignada del público, no había habido un solo apostante que hubiera arriesgado un billete previendo la derrota del formidable gordo. Cuando el árbol de grasa empezó a tambalearse, el otro vio llegado el momento de acabar con su suplicio y entonces olvidó las mañas del boxeo eficaz para derribar por fin a su enemigo. Ahí estuvo a punto de cometer un error porque el luchador de sumo pareció por un momento haber sabido guardar fuerzas para aquella acometida. Pero los reflejos salvaron al otro, que puso las cosas en su sitio con un par de directos, y luego cogió carrera, cruzó el diámetro del círculo y se lanzó a estampar su cráneo contra la cara del gordo. Éste fue al suelo como si alguien le hubiera disparado desde las gradas. Una vez en el suelo su rival, el otro se sentó a horcajadas sobre su pecho y lanzó uno tras otro siete golpes a su cara, hasta que el juez le exigió que parase y dio por concluida la pelea. La decepción se pintó en el rostro del galán cincuentón, que se sirvió una copa de vino fino de una botella que mantenía entre sus zapatos acharolados. Sacar a aquella mole del círculo de tierra iba a exigir el esfuerzo de más de una cuadrilla de empleados. Regresaron Irene y Luzmila. Ésta me preguntó:

—¿Me he perdido algo?

Y yo sólo conseguí susurrar:

—Ha sido un espectáculo fascinante.

Pero lo mejor estaba por llegar. El primero que saltó fue el marine, también con pantalón de boxeador con los colores de la bandera de su país y trazas de ser capaz de tumbar a un regimiento de boxeadores. Lucía en la espalda un tatuaje en el que no había reparado: un perro de presa con colmillos dorados. En el círculo me pareció dos veces más alto que en la habitación de Luzmila: era como si lo hubieran hinchado por todas partes. Pero también daba cierta sensación de fragilidad, no sé, como si aquello no fuera más que fachada, como si en alguna parte de su cuerpo se escondiese una válvula por la que, si le quitaban el tapón, se le iría todo el aire. Y por fin salió nuestro nubio. No supe reprimir mi alborozo cuando vi que su asistente era el mánager negro con el que me había entrevistado en el parque de los magnolios. Estuve a punto de decirle a Luzmila, mira, ves, es él, el hombre al que yo encontré, el que me prometió traerme aquí. En cierto sentido tenía razones para estar abatido por haber renunciado a encontrarme a las ocho con el mánager, porque si lo hubiera acompañado —no sé a cambio de cuánto dinero— hubiera dispuesto de la posibilidad de haber entablado relación con el nubio mucho antes. No se me ocurría cómo demonios se las iba a arreglar Luzmila para encontrarse con el nubio después de que se celebrara el combate, y siempre que el marine no resistiera a nuestro hombre. Se lo pregunté, y ella me contestó, sin apartar sus ojos grandes de la figura del nubio:

—He acordado con el de las cicatrices que me lo llevo esta noche por mil euros, pero ahora que lo veo, creo que me ha salido baratísimo.

—*Mamma mia* —comentó Irene, sin despegar tampoco la hambrienta atención del cuerpo espectacular del nubio.

Debía medir metro noventa. Boca sensual de labios carnosos, de esos que son fácilmente caricaturizables, de los que sueñan conseguir las fulanas del circo de la prensa del corazón a base de cirugías que nunca deparan una perfección tal. Los deltoides parecían dibujados por uno de aquellos maestros escultores del Renacimiento que luego tallaban en piedra a los dioses con los que soñaban. Pero lo más sensual eran las piernas, largas, impecables, no demasiado musculadas, aparentemente, de piel brillante y apetecible. Llevaba la cabeza rapada, los puños y los tobillos vendados, y por toda vestimenta un calzón amarillo ajustado que permitía deducir sus nalgas de piedra. Fue inevitable acordarse de aquella definición que Gallardo me dio de la belleza: todo aquello cuya contemplación te la pone dura.

El combate careció de emoción. Duró cuarenta y ocho segundos. El marine lanzó varias patadas de kung-fu y varios brazos desesperados. El nubio se hizo con su rival sin gastar demasiadas energías, al menos en apariencia. Se arrojó sobre él, consiguió inmovilizarlo, se lo cargó al hombro y lo despidió contra el suelo. No dejó que se repusiera: con el antebrazo le cortó la respiración apretándole el cuello, mientras hincaba el otro puño en el centro de su pecho una y otra y otra vez. Pudimos ver los ojos aterrorizados del marine pidiéndole que lo soltase. No hubo piedad. Cuando el nubio se levantó, el rebaño de marines comenzó a lanzar botellas al círculo de tierra. Su colega era un espantajo al que al menos el nubio había tenido la delicadeza de no desfigurarle la cara. Pero la cosa no pasó a mayores y los disturbios fueron controlados después de algunos puñetazos y alguna ceja rota. Casi sin que nadie se diese cuenta, el nubio desapareció siguiendo al mánager negro. Los reflectores bañaron de una desagradable luz blanca el interior de la bodega, se fue desbaratando el estruendo del gentío y el personal desfiló hacia la salida comentando las incidencias de la velada. Luzmila corrió a cobrar el dinero que le correspondía por haber apostado que nuestro nubio noquearía al marine en menos de un minuto. Cruzado de brazos y con la mirada hipnotizada en el parpadeo de uno de los reflectores del techo, me quedé con Irene a la vera, su tono de piel oscuro levemente rebajado no sé si por la impresión de haber visto al dios nubio en acción o por el efecto de la luz desagradable que mermaba la pureza de todo color.

—¿Qué te pareció? —quiso saber, supongo que porque la incomodaba que estuviésemos en silencio.

—Me ha impresionado —me sinceré—. Nunca hubiera creído que un combate así pudiera ser una cosa tan excitante.

—Ya, yo tampoco.

Y para no dejar que otra vez el silencio nos sobrevolase incomodándonos, le pregunté qué pensaba hacer con el bebé.

—No es un bebé, todavía.

—Supongo que Luzmila te habrá dicho que el Club te costearía los gastos de la operación.

—Por supuesto.

—¿Quién es el padre?

—Uno, alguien, nadie, qué más da eso.

En ese momento sonó mi teléfono. El nombre de Luzmila apareció en la pantallita. Me llamaba desde la puerta, me apremiaba para que fuera con Irene hacia allí, había conseguido asientos en la furgoneta que devolvía al nubio a Málaga. Lo que Luzmila no consiguiera, no podría conseguirlo nadie sobre la faz de la tierra. Sin embargo me demoré en hacer el camino hasta la puerta: no estaba convencido de que quisiera viajar en el interior de aquella furgoneta. Le dije a Irene que me siguiese, y en el camino hacia la puerta, por un pasillo entre filas de butacas ya vacías, tropecé con el periodista de *La Opinión* que por fin había asistido al evento. Al principio no quiso reconocerme, pero no le quedó más remedio cuando le pregunté si pensaba escribir algo de lo que habíamos visto. No quería el hombre que nadie pudiera sospechar de él. Me confesó que había asistido sólo como aficionado, que le habían prohibido escribir más sobre las peleas clandestinas, y que no pensaba arriesgarse con aquella gente a la que había que tomarse en serio. Le pregunté si me podía acercar a Málaga y me dijo que no le importaba, así que le dije a Irene que se encontrara con Luzmila y se fuese con ella, que ya nos veríamos o quizá no, que yo regresaría a Málaga por mis propios medios. Sin duda era una manera de tirar la toalla, perder el interés por la caza del nubio, delegar en Luzmila a sabiendas de que ella había hecho los progresos esenciales para atraer aquella pieza prodigiosa a las arcas del Club. La consideraba, de manera precoz, una derrota sustancial que me bajaba el ánimo a los tobillos, pero también podía leerlo como una de esas victorias pírricas de las que es mejor sacar buen partido que condolerse por el vapuleo sufrido por la autoestima. Tal vez yo no era tan buen cazador como creía, tal vez no era el mejor cazador del Club, como se empeñaba en repetirme La Doctora cada vez que me asolaban las dudas. No tenía idea de cómo se las iba a arreglar Luzmila para convencer al nubio de que la acompañara a Madrid, y me hacía sonreír imaginar que se gastaba mil euros por disfrutarlo una noche —tal vez le preparara una sabrosa recepción con Irene haciendo el papel de telonera— y que luego era incapaz de conseguir que se quedase, que una vez contado el cuento del sueño hermoso en el que ingresaría el nubio si confiaba en ella, éste le diese esquinazo y le dijese que prefería seguir con el negocio de las peleas clandestinas que ya le reportaban capital suficiente para soñar con la posibilidad de establecerse aquí, de traer a su familia de la remota ladera donde vegetara o de poner un negocio cualquiera, una discoteca para inmigrantes, un supermercado que abriese las veinticuatro horas en uno de los barrios donde se hacinaban los sin papeles, que le permitiera ganarse día a día el derecho a ser por fin residente. Ya que yo me había visto impotente para llegar al nubio, mi única ilusión se vertebraba ahora en la posibilidad del fracaso de Luzmila, y ante esa luz, el hecho de que se me premiara con un despacho en Barcelona perdía vigor, por mucho que me condenase a mí mismo a seguir incrustando las manos en el fango de los naufragios para localizar alguna pieza que mereciese ser salvada antes de que la Guardia Civil la devolviese a la miseria de la que procedía.

ME DESMENTÍ ENSEGUIDA ante el periodista esmirriado Nicolás Bermúdez Aliaga, NBA para los amigos y lectores del periódico, al que le dije que lamentaba haberme disfrazado de apostante en las luchas clandestinas para extraerle alguna información. En realidad, le aseguré, somos colegas, vi tu reportaje, es un tema al que pensé que podía sacarle partido y me presenté en Málaga después de recibir el soplo de que se iba a celebrar la velada. Nicolás no se ofuscó, se lo tomó muy bien, debió pensar que él en mi lugar hubiera hecho lo mismo, y hasta llegó a decir, dando un golpe alegre en el volante: «Ya sabía yo que tú de apostante no tenías un pelo.» Me preguntó para quién trabajaba y, como siempre he sido de la opinión de que una vez que mientes no debes temer las exageraciones ni los dislates, le dije: «Soy el corresponsal en España de *The Guardian*.» Fue un poco arriesgado, sin duda, pero tragó, ensayó un silbido de admiración después de mirarme de reojo, y quiso saber si había tenido suficiente para construir un reportaje decente. Sin dejarme contestar, agregó: «Espero que me cites, a mí y a mi periódico, en lo que escribas, para mí sería vital.» Por supuesto, susurré, y ya sin reparo lancé una andanada sobre la impresión que me había causado el nubio bello, asegurándole que quizá la idea genuina para ensayar periodismo de calidad fuera convertirlo a él en protagonista del reportaje, utilizar el método lógico-inductivo y convertir un caso particular en espejo de todos los demás casos. Se le averió el rostro al conductor, buscó mi mirada a través del espacio espectral del espejo retrovisor, dudó de si llevar un dedo al aparato de música para que el silencio sonara menos pesado, y por fin dijo: ésa era mi idea, bueno, ésa sigue siendo mi idea.

—¿Cómo?

NBA me pidió un cigarrillo. Me registré como si pudiera producirse el milagro de que apareciera uno que poder proporcionarle a su repentina ansiedad. Me había quedado sin tabaco en la sala de combates.

—Bueno, podemos parar por ahí, en algún chiringuito de playa, cualquier cosa mejor que Málaga, ¿no?, con ese olor que hace que te escuezan los ojos.

Descendíamos por la autovía hacia un lago de luces que prologaba la oscura inmensidad del invisible mar. Era como precipitarse hacia el vacío en una sucesión de curvas siguiendo la estela de otros suicidas. El viento doblaba los troncos de los arbustos que a un lado y al otro de la cinta de asfalto custodiaban el camino. Bajé la ventanilla para respirar el aire fresco, y ni me di cuenta del momento en que NBA se desvió para ingresar en un sendero estrecho que concluía en un puente tras el que destellaba Torremolinos. Las letras del nombre del lugar colgaban gigantes de un pretil. Se oía el tráfago de la circulación nocturna en la que se distinguía hiriente una sirena de ambulancia.

—Un infarto —avisó NBA. Sabía distinguir el tipo de dolencia del inquilino de una ambulancia por el sonido de la sirena. Eso dijo, y me dio por creerle. Nos arrimamos a la playa, frente a la cual se alineaban las luces de colores de los locales que permanecían abiertos hasta que rayara el alba. No en todos se había acumulado gente suficiente, y elegimos uno en el que, aparte de la camarera, dormitaban tres nórdicos que habían pescado a tres nativas y no debían saber muy bien qué hacer con ellas.

—Mi idea era ésa, precisamente ésa —me confesó NBA después de que luciera en nuestra mesa la llama fría de dos cervezas—. Yo conocí hace tiempo a Boo, el nubio como tú le llamas sabrás por qué. Cuando yo lo conocí todavía no se dedicaba a las luchas, estaba metido, como la mayoría de los africanos, en el negocio de la venta pirata de discos, con su manta y sus mochilas cargadas. Se ponía a venderlos en el parque o en el puerto, ya te digo, como la inmensa mayoría de ellos. Me convertí en su más asiduo cliente, y conseguí intercambiar algo más que algunas frases con él. Primero eran diálogos muy circunstanciales, ya te puedes imaginar, hace calor, y todas esas bagatelas meteorológicas. Pero luego me las arreglé para visitarle en las horas en las que menos concurrencia se apelotonaba delante de su manta, le convidaba a algún cigarrillo, y me ganaba su confianza. Es sudanés, eso ya lo sabes, allí están en una guerra civil o de religión, parece que bastante cruda, aunque hasta aquí no llegue nunca el eco de las continuas matanzas del Ejército, ni la existencia de campos de concentración terribles y las aparatosas condenas que se les imponen a muchos sólo por ser de una etnia que no se ha convertido al Islam. Él consiguió viajar a Costa de Marfil, allí se empleó en uno de esos interminables campos de cacao donde se trabaja de sol a sol por unas monedas, y fue subsistiendo hasta que la mala suerte que lo acompañaba como sombra determinó que se produjera una sublevación militar. Las cosas se volvieron a poner feas, y entró en contacto con un grupo de desesperados que había decidido intentar dar el salto a Europa. Viene ahora, según intuyo, aunque él nada me contó, un período de hambre nómada, contactos con diversas mafias, y por fin la posibilidad del viaje al mundo blanco. Ya te puedes imaginar, todos éstos tienen una epopeya particular que contar y todas esas epopeyas dejan en pañales a la de Ulises. Hay cientos de Penélopes disgregadas en todo África, y ninguna tiene un poeta que las retrate. Hasta el punto de que las propias Penélopes se cansaron de esperar y salieron de naja también de allí. A veces acompañando a su Ulises. Por ejemplo, Boo vino con su novia, y la perdió en el camino. Naufragaron al llegar a las costas, y se ahogaron quince de los setenta que atestaban la barcaza. Ni siquiera se pudo quedar en la playa a esperar que el cuerpo de ella fuera escupido por las olas, tuvo que ponerse en fuga cuando aparecieron los guardias civiles en lo alto de una duna. Vería el cuerpo de su novia en la televisión de un bar de Almería. Luego lo detuvieron, a él y a otros ocho que iban con él. Pero los llevaron al juzgado de guardia y, a pesar de que habla un inglés presentable, hizo como que sólo sabía y entendía el sudanés, si es que el sudanés existe, que yo no lo sé. Como no había intérpretes, o los intérpretes que había estaban de huelga por una cuestión de sueldos impagados, al juez no le quedó otra que soltarlos. Pasa a menudo, es la suerte que tienen muchos de los que son capturados. Los intérpretes y la mala gestión administrativa que no paga a los intérpretes. Eso fue lo que le permitió salir con bien de aquello.

—¿Pero cómo se metió en lo de las luchas?

—De buenas a primeras. Ya te digo que fuimos intimando, hasta el punto de que a veces me dejaba invitarle a café y bocadillo. El pobre se pensaría que yo era un buen samaritano, aunque quién te dice que un periodista en el fondo no es eso.

Pensé: no te lo crees ni tú, pero sigue. Y siguió.

—¿Qué sabes tú de las peleas?, me pregunta una tarde. Yo no sabía nada, absolutamente nada. No tenía ni idea de que se celebrasen combates de lucha total en la provincia. Le pedí que se explicase y me explicó que le había contactado uno al que le habían soplado que él, hace algún tiempo, había sido capitán del equipo de lucha libre de su país, nada menos. Se metió en eso, una vez que dejó su aldea y porque, aunque no le daban sueldo, al menos le facilitaban un barracón donde dormir y tres comidas diarias. Disputó cuarenta y dos combates, ganados todos antes del límite. Las luchas en mi aldea son una tradición, dijo, desde niños nos enseñan a luchar.

—Joder, al final va a ser un nubio de verdad —me admiré.

—Y así fue como se metió, y en cuanto se metió vi que había un reportaje, un buen reportaje de investigación, peligroso, porque es de ese tipo de reportaje que en su misma realización lleva la destrucción de la mina.

No entendí qué quería decir pero lo dejé correr asintiendo para que no se alambicara en una explicación teórica que a aquellas horas hubiera resultado onerosa.

—¿Y tienes manera de contactarlo?

—Oh no, me aficioné a los combates y lo sigo como espectador, pero por lo que sé los tienen bien recluidos para que no se les escapen por esas calles. Por ejemplo, mañana es un buen día para visitarlo, pero es imprevisible por dónde andará, lo mismo le da por buscar en los aledaños de la estación de trenes a alguna furcia con la que pasar unas horas, que se quedará todo el día mirando el televisor en alguno de esos locales que han colonizado los negros en la prolongación de la alameda. Los ves y te preguntas: ¿cómo lo hacen?, ¿de dónde sacan la pasta para tener móviles, coches, y estar todo el santo día de acá para allá sin aparentemente hacer nada? Pero en fin, es otra cuestión, claro. El caso es que los días después de un combate, los dejan libres para rebajarles la presión. Suelen darles uno o dos días de vacaciones. Si han recibido algún mal golpe, quizá más. Seguramente todos quisieran dejarlo. Han visto morir a unos cuantos, o si no morir, quedar peor que muertos, tirados luego a cualquier barranco y despertados por el murmullo de las gaviotas sin saber quiénes eran, dónde se encontraban. Luego los ves maltrechos en cualquier calle y ni los suyos les atienden. Así que quienes llevan el negocio apenas les sueltan la vigilancia. Son gallinas que ponen huevos de oro, y hasta que dejen de ponerlos, los tienen bien vigilados. Espero que me cites en tu reportaje.

—Bueno —le reñí—, tampoco me has contado nada que uno no hubiera podido haber inventado sin separarse mucho de la verdad.

La frase hizo mella, le tocó el corazón del honor de profesional que nunca, en ningún caso, bajo ningún concepto, se atrevería a inventarse un dato que le facilitara la redacción de una historia. Pasó entonces a hablar de la inmigración como el gran drama de nuestro tiempo, manejaba cifras solventes, trescientos mil inmigrantes en todo el país, incremento del veintitrés por ciento de entradas ilegales, actuaciones policiales contundentes contra los que llegaban pero ineficaces contra las mafias. Se obstinó en interesarme en el asunto, sin precaverse de mi cansancio y el hartazgo que me producían los guarismos fríos, por mucho que, con palabras prestadas de un catecismo cívico, él subrayase que tras cada uno de los elementos que componían ese guarismo se refugiaba un drama lleno de dolor y de tristeza. En ese momento recordé a lo que me dedicaba, a salvar vidas, a prostituir la belleza de unos cuantos elegidos encontrados en los sótanos peores de la sociedad. Me ganaron las prisas por volver a poner en danza mi talento, recogí la toalla que había arrojado hacía media hora y que había caído como una paloma abatida sobre todo mi currículo de cazador, y la volví a alzar.

—¿Puedes llevarme a mi hotel? —le pregunté a NBA, que se ruborizó al oír la pregunta. El muy pánfilo pensó que le estaba proponiendo algo deshonroso. Al despedirnos me dio su tarjeta y prometí llamarle en caso de duda.

Supuse que a aquellas horas Irene y Luzmila estarían festejando la anatomía irreprochable de Boo, y, no sin cierto escrúpulo, me personé en la habitación de Luzmila para echar un vistazo y enterarme de cómo andaba el asunto. No conseguí enmascarar mi sorpresa cuando supe que Boo se había excusado, al recibir la proposición de Luzmila transmitida por el Cicatrices, diciendo que estaba muy cansado y que tal vez mañana. Así que allí estaban las dos, volviendo a saquear el minibar, y con las yemas de los dedos arrugadas, según Irene, de haber podido tocar al dios nubio y no haberlo conseguido. Realismo mágico africano, pensé, pero preferí preguntarle a Luzmila cuál era el próximo paso.

—Vendrá mañana por la mañana, después de que duerma tranquilamente.

Se equivocaba. No vino ni por la mañana ni por la tarde, y La Doctora se impacientaba, se sentía defraudada por el fracaso de sus mejores cazadores, propuso enviarnos refuerzos y yo solicité un par de helicópteros que no me fueron aceptados.

—Parece un chico extremadamente sensible —dijo Irene, cada vez más a gusto en aquella habitación de hotel.

—No esperes que los clientes a los que te manden a satisfacer tengan el cuerpo de Boo —le dije yo, y Luzmila me reprochó la frase con un bufido. Luego se acercó hasta mí y con temblor de voz depositó esta pregunta en mi oído:

—¿Quieres que busquemos a tu madre?

Quise no mirarla extrañado, pero fue imposible. Con esas cosas no se juega, y es mejor no someterlas a burlas, pero Luzmila se atrevía a todo con tal de sacarme de quicio: dominaba ese arte con eficacia y desenvoltura incomparables. Me había agarrado del brazo y mantuvo mi mirada, que se quería incendiaria pero quizá no pasaba de ser cálida. Irene había perdido interés en nosotros y, después de colocarse una muñeca en la frente, para darse un poco de sombra sobre los ojos cerrados, se apagó. Luzmila dijo:

—La ouija. Podemos localizar a tu madre, preguntarle qué tal se encuentra, se me da bien, de veras, siempre encuentro a los muertos que busco, nunca aparecen espíritus malignos.

Y me soltó el brazo, y fue a buscar en su maleta el tablero de la ouija, y yo seguí sus movimientos como si fuera una máquina a la que no puedes controlar con una orden, que ha sido creada por otra máquina y sólo se obedecerá ya a sí misma. Se sentó ante el tablero, en el suelo, y esperó a que yo me uniera. Tal vez porque yo también tenía algo de máquina creada por otra máquina, consideré que mi autosuficiencia me permitía participar de aquella burla, seguir el juego para demostrar, en nuestra eterna competición, en nuestra inacabable carrera olímpica, que mi fortaleza me permitía soportar todo tipo de estrategias para sacarme de mí, desde las más mezquinas a las más abracadabrantes. Cuando me vio avanzar hacia ella me pidió que bajara un poco la luz, así que me llegué a la ruedecilla y la giré un poco hasta conseguir que los focos difundieran una tenue lengua de color cremoso. Irene agradeció el gesto retirando su muñeca de la frente. Me senté en el suelo frente a Luzmila, eché un vistazo al tablero, un círculo en cuyo borde estaban inscritas las letras del alfabeto. En el centro, Luzmila colocó un cubilete y me pidió que apoyara un dedo sobre él y que cuando empezara a moverse lo retirase. ¿Iba a empezar a moverse de veras? Le pregunté a Luzmila desde cuándo hacía incursiones en el mundo de los espectros, y me contestó que desde hacía poco. Quise saber si había encontrado a alguien famoso o célebre, algún personaje histórico destacable.

—Una vez bajé a Fidel Castro.

¿Ustedes no se hubieran reído?

—Haces bien en reírte pero es verdad. Me dijo que lleva muerto desde el año sesenta. Lo mataron al año siguiente de llegar al poder. Le buscaron un doble los americanos y lo han mantenido en el poder contra viento y marea porque les interesa tener a alguien a quien satanizar, alguien que deje tan mal las cosas que sea evidentísimo que la única salvación para la isla de Cuba sean los yanquis.

—A lo mejor no era Fidel —repuse—, sino un humorista que no tuvo mucha suerte en vida y que ahora, desde el otro lado, se quiere vengar tomándole el pelo a todos los que manejáis esto.

—Piensa lo que quieras. Pero tómatelo en serio o no encontraremos a tu madre.

Yo nunca había participado en una sesión de ouija, aunque, como todos los adolescentes, hubo una época en la que me interesé en el mundo de los espectros (me despertaba cada mañana diciendo Moisés Froissard Calderón, La Florida 15, tercero B, psicofonista). Con otro par de locos gandules como yo, hacía excursiones nocturnas a casas abandonadas, dejaba una grabadora con una cinta virgen, y volvía a recogerla para escucharla en la quietud de mi cuarto y descubrir en aquel largo lamento de emisora mal sintonizada alguna voz del más allá. De vez en cuando cazábamos algún sonido que enseguida traducíamos por palabras inteligibles. Las que más miedo daban eran las que nos parecían voces de niños que decían frases insignificantes (tipo: hace frío, o ven por mí, o mami). Otras veces sólo obteníamos el maullido de algún gato, o el estrépito que producía el paso de una rata cerca de la grabadora o la conversación que el viento le arrancaba a las paredes. Pero con la ouija nunca me había atrevido. Y ahora, Luzmila trataba de localizar en el insondable caldo cósmico de más allá de la muerte, la voz de mi madre. Cuando le pidió que se manifestase estuve a punto de echarme a reír, y lo hubiera hecho sin duda si no hubiera sido porque el cubilete empezó a moverse enloquecido señalando letras en el borde del tablero. Retiré la mano como si me hubiera mordido un bicho o me hubiera dado calambre (lo correcto sería decir que la retiré como si me hubiera mordido un bicho con los colmillos electrificados). Seguí los tumbos que daba el cubilete formando mentalmente la frase que se iba componiendo con las letras que señalaba: Estoy aquí, hijo.

Se me agolpó la saliva en la garganta, busqué la mirada de Luzmila, fijada en el cubilete, ya detenido sobre la O, tal vez preguntándose si debía intervenir devolviendo el cubilete al centro o debía dejar que el muerto que había bajado se explayase. Empezó a dolerme el estómago y sentí que una mirada me taladraba la sien derecha. Por un momento creí que los ojos se me iban a salir disparados de las órbitas. Se me erizó la piel. Luzmila me susurró:

—Pregúntale algo.

Busqué en el fondo de sus ojos un brote de crueldad, un destello de sarcasmo que me convenciera de que pretendía debilitarme con aquel espectáculo. No lo hallé. Me pareció incluso atemorizada, como si todo lo que me había contado antes de sus experiencias con la ouija no hubiese sido más que una sarta de mentiras y aquélla fuera la primera aparición estelar de un muerto en sus juegos fúnebres. Pero fui incapaz de pronunciar una sola palabra. Temiendo que el muerto que habíamos bajado se cansara de nuestro silencio, Luzmila llevó su dedo al cubilete y fue señalando letras hasta componer la pregunta: ¿Quién eres? Luego abandonó el cubilete en el centro del tablero, y de nuevo el cubilete empezó a señalar letras. Su respuesta fue:

—Moisés, soy tu padre. Ahora lo sé todo sobre ti. Sin comentarios.

Me achicharró el pánico. Mi padre no estaba muerto —quiero decir que yo no sabía que estuviese muerto—, y, desde luego, no sabía a qué me dedicaba, no sabía sobre mí nada, éramos dos extraños unidos por un vínculo casual que se había ido deteriorando con el paso del tiempo. Me angustió más pensar en la posibilidad de que mi padre supiera a qué me dedicaba, las cosas que había hecho, la gente con la que había estado, que la posibilidad de que estuviese muerto. También pensé en que, a lo peor, le había pasado lo mismo que a Fidel Castro: en realidad había muerto hacía muchos años pero lo habían sustituido sin que nadie se llegara a dar cuenta. Esta vez sí me levanté, dije, paso de esto, no quiero saber nada de esto, esto es una mierda, ni mi padre está muerto ni sabe nada de mí. Sentía como una garra que se me aferraba al hombro y en el pecho una huella de nieve. Salí apabullado de aquella habitación, concediéndole al muerto hablante de la ouija el beneficio de la duda y preparándome para lo peor. Marqué en mi teléfono el número de la casa de La Florida y dejé que sonara tres veces antes de colgar. Me empastillé para conciliar el sueño y me tumbé en la cama maldiciendo a Luzmila, dudando de si me convenía volver a la habitación por si, en mi ausencia, el muerto había seguido hablando. Después de una noche de picores crecidos y angustiosas duermevelas en las que lo único que me cruzaba la cabeza era el terror a despertarme y enterarme de que mi padre no sólo estaba muerto sino que también lo sabía todo acerca de mí, me desperté impaciente (Moisés Froissard Calderón, La Florida 15, tercero B, buscador de tesoros), volví al parque de los magnolios esperanzado de que alguien supiera decirme por dónde había decidido extraviarse el nubio en su día libre. Como me había aplicado con excesiva saña a extinguir el picor nocturno, me costaba caminar. Las excavadoras y los camiones habían conseguido atenuar la podredumbre del aire de la ciudad, aunque seguía hediendo de forma contumaz. Me encontré con Carlos, el guineano, que me reprochó, después de preguntarme al verme avanzar con tanta dificultad si había tenido un accidente, que no me hubiese presentado el día anterior y que, al saber que sí había asistido a la velada, quiso que le contara con todo detalle cómo fue el combate de Boo con el marine. Por cierto que al día siguiente vi en *La Opinión*, comprada en uno de esos puestos de las Ramblas de Barcelona a los que llegan todos los periódicos del país, una notita firmada por NBA según la cual un marine había sido salvajemente agredido en una reyerta por una banda de negros. Se encontraba, con varias fracturas, en la Unidad de Cuidados Intensivos. Carlos se ofreció a acompañarme en mi ronda de búsqueda. Primero me llevó a las inmediaciones de la estación, donde se situaba un gran centro comercial en el que, en efecto, abundaban los africanos. Carlos se paró a preguntarle a uno que lo conocía y que me miró desafiante obligándome a retirar la mirada. Sonó mi teléfono móvil y entonces me confirmaron la muerte de mi padre, que había sido enterrado aquella misma mañana. No afecté sorpresa ante mi hermano, al que no fui capaz de contarle mi sesión de ouija. Le prometí ir a verlo y ayudarle con los trámites, la venta de la casa, el reparto de la herencia, esas cosas. Mi hermano me dejó para escribir un discurso que el Consejero tenía que dar en la inauguración de no sé qué simposio sobre Inmigración y Cultura. Le pregunté qué iba a decir y él me contestó: lo de siempre, ya sabes, que Andalucía ha sido siempre tierra de acogida, que sin los que vienen de fuera no seríamos nadie y sin los que se fueron de aquí otras comunidades no serían nada, ese tipo de cosas. Aplaudí con una sonrisa antes de colgar.

—Ya está —me dijo Carlos—, ya sé dónde anda.

—Mi padre ha muerto —le dije guardándome el telefonino en el bolsillo.

—El mío también —me respondió.

Y ALLÍ ESTABA BOO, solo y formidable, camiseta negra brillante ajustada para que se leyera la esplendidez de su torso y la perfección de sus brazos, gorra de jugador de béisbol en la cabeza, sentado al fondo de un bar cutre con fotos de *majorettes* en las paredes y suelo cubierto de cáscaras de avellana, con una botella de agua de un litro ante él y una revista de deportes, comiendo sin cesar pipas de girasol. Carlos me lo señaló pero dijo que ahí había concluido su misión, que él no se acercaba. No había mucha gente en el local, apenas dos bebedores sexagenarios con pinta de haber visto cosas que ninguno de nosotros podría imaginar, y otros dos clientes que parecían estar tomándose un descanso antes de subir de nuevo a la azotea a disparar contra los transeúntes. Era Boo el único africano, una vez que Carlos se despidió. Le entregué a éste cien euros y se sintió traicionado, lo consideró una burda burla. Me exigió que le regalara el teléfono y agregué otros cien euros a los que ya había depositado en la palma de su mano. Se marchó maldiciéndome, pero eso me vino bien, porque atrajo la atención del nubio. Me dirigí a él preguntándome qué demonios iba a contarle. Me impresionó que fuera tan joven. Si la noche anterior había calculado que debía rondar los veinticinco años, ahora no le echaba más de veinte. Se le había aniñado la cara y registré un hoyito en la barbilla que ni en la foto ni en el combate había visto. Saludé y ni me miró. Me preocupó observar que había unas cuantas manchas blancas, del tamaño de una lágrima, en uno de sus brazos. Vitíligo, pensé, mala cosa si no se trata rápido. Pregunté si podía sentarme y el nubio no hizo ningún movimiento ni de asentimiento ni de rechazo: seguía comiendo sus pipas de girasol, echaba las cáscaras en un cenicero. Era de los que rompen la cáscara con un diente sin soltarla dentro de la boca, sin separar sus dedos de la cáscara en ningún momento, por lo tanto su rapidez excepcional le permitía consumir una buena cantidad de pipas que iba seleccionando de la palma de su mano. En la mesa estaba la bolsa ya mediada: llena debió pesar medio kilo. Yo soy de los que rompen la cáscara con las muelas, o sea, he de soltar la pipa dentro de la boca. Dos maneras de enfrentarse al mundo.

El nubio había advertido mis dificultades para caminar: por mucho que me esmerase en disimularlas, se acababan haciendo evidentes, y los veinte pasos que tuve que dar para situarme ante él me habían delatado. Aquello me escocía despiadadamente, y tenía que hacer verdaderos esfuerzos de concentración para no torcer el gesto de dolor: contaba hasta diez, aguantaba la respiración, me imponía calma, y se me sosegaba un momento el escozor para volver a asolarme más tarde.

—¿Un accidente? —me preguntó. Y en su mirada brilló un hielo antiguo. La dentadura era un puñado de nieve pura, y en los labios monumentales noté leves grietas que enseguida él borró —debió darse cuenta de que me había quedado demasiado tiempo fijo en su boca— tomando un buche de agua y pasando luego la lengua rápida y rosada —más cerca del blanco que del rojo— por la superficie de sus labios.

Allí estaba Boo y yo no tenía un bonito cuento que contarle para hechizarlo. Me sentía enervado en el doble sentido de esta palabra (curiosa palabra que significa una cosa y su contraria). Tomé la determinación de detallarle la verdad, no recurrir a ningún embuste para atraer su atención. La verdad resultaba tan inverosímil que a poco que fuera sensato comprendería que ningún majadero iba a presentarse ante él para narrarle aquella historia a no ser que la historia fuera del todo cierta.

Conforme le contaba la demacrada verdad que me había llevado hasta él, saltándome episodios y personajes intermedios, sus ojos se abrían inexplicablemente hasta ocuparle la cara entera: así tengo ese instante archivado en el recuerdo, deformado sin duda porque pensé, asustado, que los globos iban a explotarle para confirmar que no era un hombre, sino un fractal inventado por un psicópata. Si tuviera que resumir en una viñeta aquel momento, pintaría sólo un ojo creciente que anulaba los rasgos de su cara, un ojo que más tarde se me presentaría en alguna pesadilla, que echaba a volar o me envolvía con su esencia pegajosa que me inmovilizaba y ahogaba. Tuve que parar mi narración para girarme hacia la barra y pedirle al camarero un botellín de agua. Hasta que no me lo trajo no recuperó el nubio sus rasgos, no se le desinflaron los ojos, no volvió todo a estar en su sitio, incluido el escozor en mi entrepierna. Saqué la foto en la que el cliente enigmático del Club vio al nubio y se dijo: debe ser mío, o bien, quiero ser suyo, que eso nunca lo sabremos. ¿Se han enamorado de alguien sólo por una foto? No quiero decir «deseado a alguien», que en eso hasta el más casto ha incurrido, quiero decir exactamente «enamorado», o mejor aún «perdidamente enamorado», hasta el punto de obsesionarse y poner todos sus haberes a disposición de una empresa quijotesca y delirante. En aquel momento, como siempre que reparaba en la existencia de un cliente que había sido el motor de aquella búsqueda, volvió a intrigarme su figura velada por las sombras y el secretismo. Y eché en falta a un narrador omnisciente que, mientras yo revelaba al nubio la razón de que me encontrara frente a él, describiese al cliente del Club ocupado en sus negocios, tarareando una canción en el cuarto de baño, comprando una revista en cualquier aeropuerto, y con una fijación turbándole el alma en todo instante: debe ser mío, o bien, tengo que ser suyo. Como presentí, la historia le parecía tan sacada de todo discurso racional que no le quedó más remedio que darla por buena y creérsela. Cuando tomó la foto que le tendí y se vio allí, mostró una sonrisa niña, afectuosa, que le llenó de ternura los rasgos firmes. Me alegró que se decidiera a hacer preguntas, si bien a muy pocas podía yo ofrecer una respuesta, pues la mayoría se centraban en la figura del cliente. No me cansé ni me dio pereza responder una y otra vez, repitiéndole que nada sabía del cliente, que no era por ocultar su identidad, que no le debía yo ninguna fidelidad, todo lo contrario, pero mi ignorancia plena acerca de su figura y de sus deseos o previsiones sobre el destino del nubio —por cierto, le pregunté si era nubio, y se encogió de hombros, no sabía qué significaba eso, sólo dijo, soy de un pueblo de las laderas— me invitaban a hacer suposiciones, no a dar información confirmada. ¿Es hombre o mujer?, me preguntó. No lo sé, le dije: ¿Dónde vive?, me preguntó. No lo sé, le dije. ¿A qué se dedica?, me preguntó. No lo sé, le dije.

Sí le dije a lo que se dedicaba el Club para el que trabajaba: a salvar vidas, así de fácil.

—Esos dos me vigilan —dijo entonces, señalando con un leve, imperceptible movimiento de la barbilla a los francotiradores acodados en la barra. Vi llegada la hora de interpretar el segundo movimiento de mi sinfonía. Después de contarle la historia, debía hacer hincapié, con mucha cuerda y mucha percusión, en la oportunidad que se le ofrecía. La columna vertebral de mi argumento era que si aceptaba acompañarme, para empezar, escapaba de su destino de luchador en el que seguramente habría un combate perdido, una lesión insuperable, un barranco en el que ser abandonado bajo un cielo de estrellas congeladas.

—Me gusta luchar, me gusta destrozar blancos —dijo, hiriéndome en la columna vertebral con un dardo eficaz. Añadió—: Hay una canción de mi pueblo que dice: «Yo no canto porque esté alegre / Sino porque no tengo nada que comer / Canto para que me des unas monedas y pueda comer / Tal vez cuando coma, cantaré porque esté alegre / Entonces no necesitaré tus monedas para cantar.»

Sonreí sin saber qué decir. Suplí el verbo cantar por el verbo luchar mentalmente y me miré los nudillos porque no resistía su mirada abrasadora. Pero pronto me ofreció una tregua, agregando: dentro de poco ya no encontrarán rivales para mí y me llevarán a otro sitio donde no me conozcan y puedan seguir apostando por los otros.

Lo invité a imaginar la identidad del cliente. Tal vez era el dueño de una agencia de publicidad que lo convertiría en un afamado modelo cuyo nombre nadie sabe pero cuya imagen amuebla el sueño de cientos de personas. Tal vez era, simplemente, una anciana coleccionista de arte que consideraba que no hay arte superior al cuerpo humano y quería lucirlo ante las visitas, detenido unas horas al día sobre un pedestal, un trébol cubriéndole el sexo, admirado por las amigas de la anciana que, tomando el té, resbalaban sus miradas hambrientas por su piel. Eso le gustó y se renovó su sonrisa. Tal vez era una hermosa mujer cansada de las impurezas que buscaba el elixir salvaje de una criatura nueva, verdadera, inmaculada, feroz. Y en cualquier caso, siempre podría probar tan sólo y echarse atrás luego. Desde luego en el Club Olimpo tendría un sitio asegurado, se convertiría en poco tiempo en uno de sus mejores efectivos, una mina, mil euros por sesión de una hora. Quiso saber qué hacíamos para salvar la vida de los que contratábamos. Angelito. Se lo dije. Sexo. Vendemos sexo caro. Tenemos una inagotable cartera de clientes que compran sexo. Él dijo: sólo mujeres. Y yo: se puede negociar, puedes llegar a un acuerdo, creo que te lo aceptarían, aunque ganarías mucho menos dinero, pero es posible, sí, el modelo puede imponer sus condiciones si al Club le conviene quedárselo, pero lo esencial es que viajes a conocer al cliente que ha puesto esto en marcha, y si no te gusta lo que se te ofrece, entonces serás bienvenido al Club. Y él, dejando el puñado de pipas que mantenía en la palma de la mano sobre el tablero de la mesa, me contestó:

—Voy a contarte una historia. Una historia que me contó mi abuelo. Una historia que todos los abuelos cuentan a los niños de mi aldea. Una cosa de antepasados.

Me dispuse a escucharlo sintiendo en la nuca la mirada intransigente de los dos que nos vigilaban y registrando entre las piernas una tregua adorable.

—Unos cazadores blancos, hace mucho tiempo, cuando el mundo era todavía una superficie lisa que terminaba en el abismo donde moran los muertos, entraron en mi aldea una noche y secuestraron al hombre más hermoso. Se lo llevaron sin que pudieran hacer nada los guerreros encargados de defender la aldea. Mi abuelo era entonces un niño y el hombre más hermoso su padre. Pero a todos los niños de mi aldea si les preguntas por esta historia te dirán lo mismo, que el hombre al que se llevaron era el padre de sus abuelos. Una vez que se lo llevaron, ya no podríamos saber qué pasaba con él, para qué lo querían, si lo habían matado por algo que había hecho o si lo habían vendido como esclavo. Pero mi abuelo soñaba cada noche con su padre. Lo veía como en un televisor, aunque no supo nunca qué es un televisor, podía seguir con claridad su suerte. Lo embarcaron con otros guerreros, cruzaron el mar, y en la travesía fueron muriendo uno tras otro todos los guerreros menos el padre de mi abuelo. Lo exhibieron en una jaula en la que había también un mono. La jaula estaba en un zoo. Miles de personas pasaban a diario por la jaula en la que estaba el padre de mi abuelo. Pero muchas de esas personas se sentían heridas, y protestaban por el tratamiento que se le daba al guerrero. Sus protestas surtieron efecto, y el director del zoo al que los cazadores blancos habían vendido al guerrero (cazadores blancos que como tú cumplían con un encargo) decidió sacarlo de la jaula cada mañana antes de abrir para que se fuera adonde quisiese, sin salir del zoo. Por la noche volvía a abrirle la puerta para que durmiese en su lecho de paja. Pero la gente protestó otra vez: quería que le devolviesen al guerrero en la jaula, la mejor atracción del zoo. Y entonces la gente visitaba el zoo sólo para ver en algún árbol escondido al guerrero, lo perseguían por todo el recinto, ya no se paraban delante de la jaula de ningún animal. El guerrero se vio obligado a defenderse, y a unos que lo acosaban los encaró, los puso en fuga, pero el más valiente de ellos no se arredró, quiso combatir con él, y el padre de mi abuelo lo mató de dos golpes. Entonces fueron al zoo a cazar al guerrero los amigos del muerto. Mi abuelo soñaba todas las noches con lo que le ocurría a su padre y estaba seguro de que por las noches su padre soñaba con lo que le ocurría a él, pues en mi aldea era de día cuando allí donde se encontraba el guerrero era de noche y al revés. Mi abuelo soñó que perseguían con armas de fuego a su padre, y que el director del zoo se vio obligado a proteger al guerrero y sacarlo de allí. Consiguió que en una fábrica de botellas de un pueblo lejano, perdido en el desierto, lo aceptaran. Pero las noticias acerca de que había matado a un muchacho que se le enfrentó, llegaron enseguida, y los demás trabajadores empezaron a acorralarle. Círculos de seis o siete trabajadores con los que el guerrero no tenía más remedio que disputar. Le rompía dos huesos a uno, le partía la nariz a otro, pero no podía con todos y recibía una paliza, alguna cuchillada. Hasta que no pudo más. Una mañana, antes de que lo cercaran los siete u ocho encargados de ajustarle las cuentas, los buscó uno por uno sin darles tiempo a reaccionar, y los redujo a masa de carne sin aliento, y luego se subió al tejado de la fábrica, abrió bien los ojos y se dejó caer. Mi abuelo despertó al instante, y desde entonces ya no pudo dormir nunca más, nunca más.

Sonó un trueno fuera y alguien comentó en voz alta: esta tarde toca chaparrón. Como si hubiera sido una orden se oyó inmediata la melodía antigua y rotunda de la lluvia rompiéndose contra el asfalto. Es lo que nos faltaba, lluvia y basura, opinó el camarero. Yo seguía buscando algo con lo que corresponder al cuento nuba de Boo, pero nada se me ocurría, porfiaba por hallar la moraleja exacta que escondía el cuento, pero no era capaz de dar con ella. El escozor volvió a despertárseme allá abajo.

—Cada vez que pego a un blanco, me acuerdo del padre de mi abuelo, de cuál fue su final, de cómo lo exhibieron los blancos para contento de sus niños. Tú no puedes comprender eso —me dijo. Entraron en el bar transeúntes que querían guarecerse del turbión.

Me atreví a hablar.

—Lo que te estoy ofreciendo es una oportunidad para que te liberes de esa historia, o mejor dicho, del final de esa historia. Te ofrezco una puerta de embarque hacia un lugar mejor, un lugar donde se te respetará, donde serás codiciado, deseado, excelentemente pagado por tus servicios. Podrás proponerte los plazos que quieras: podrás decir, en tres años de trabajo, conseguiré dinero suficiente para prescindir de esto. Eso si aceptas formar parte del Club, si decides no quedarte con el cliente que te está esperando.

Me sentía ridículo diciendo aquello, pero supongo que era mi obligación. Lo que de veras me apetecía decirle era: vamos, Boo, salgamos de aquí, al carajo todo, las peleas, la lluvia, la puta basura, el puto Club Olimpo, salgamos de aquí, yo te ayudo, vete adonde quieras, haz lo que te dé la gana, yo invito. Como si fuera tan fácil, como si en verdad estuviese en disposición de convertirme en una lámpara mágica que, frotada por la mano elegida —o sea, la que yo eligiera—, estaba capacitada para convertir en realidad cualquier deseo.

—¿Puede tu exquisito cliente hacer que retroceda el tiempo y las cosas sean distintas? —me preguntó sirviéndome en bandeja una respuesta eficaz.

—Que retroceda el tiempo no puede ni él ni nadie que yo conozca, pero que las cosas sean distintas sí podemos los tres: él por haberte elegido a ti, yo por haberte encontrado y haberte hablado de él, y tú porque tienes capacidad para decidir qué es lo mejor para ti.

Y me habló entonces de su aldea, y temí que volviera a acordarse de alguna leyenda autóctona en la que basar su decisión, en algún antepasado ilustre al que sacrificar. Me dijo que cada noche pedía a los dioses que lo hicieran despertar en su aldea, cuando era muchacho y las cosas eran tan fáciles como cuidar de un rebaño o pintarse de ceniza para las fiestas, cuando todo estaba decidido de antemano y lo único que tenía que hacer era cumplir con lo que se esperaba de él a sabiendas de que ningún castigo iba a sobrevenirle si no se apartaba de su obligación. Pero volvía a despertar sobre su catre infecto, volvía a ver el sol a través de una ventana con rejas y a escuchar los primeros sonidos del día, los primeros olores, sudor y ronquidos, y volvía a preguntarse ¿qué estoy haciendo aquí? Pero su aldea ya no existía, ya no había muchachos que cuidaran de los rebaños ni fiestas con máscaras y cenizas, y en las casas de adobe coronadas con tejados de paja, hacía tiempo que sólo habitaban los fantasmas de los que fueron asesinados en el último saqueo: todo aquello fue destruido, ya ni siquiera tenía un lugar al que volver. ¿Cómo combatir la aflicción de la melancolía de Boo?

—En realidad nadie tiene un lugar al que volver —le dije acordándome de mi padre, de mi madre, pero no hice ninguna referencia a sus muertes porque no quería escucharle decir que sus padres también habían muerto. Todos los padres han muerto, lo sé, todos somos huérfanos impertérritos, está bien.

La lluvia se multiplicaba afuera y se multiplicaban también los transeúntes que buscaban acogida en el bar. Los vigilantes de Boo seguían sin quitarme ojo de encima: podía sentir sus miradas plantadas en mi espalda. Vaya diluvio, dijo alguien. Y otro le respondió: es lo que nos faltaba. Yo me acordé de la lluvia de sapos de la película *Magnolia*, y no pude evitar regresar al día en que mi madre me echó una manta sobre los hombros cuando me dio un ataque de llanto porque, como uno de los patéticos personajes de esa película, tenía mucho amor que dar. En las calles que bajaban de la montaña a la ciudad alineada frente al mar empezaban a formarse riadas paulatinas que, empujando la basura acumulada durante días que los camiones no habían logrado llevarse, pondrían en guardia a los servicios de urgencia. El relámpago rojo de la sirena de un camión de bomberos atravesó el recinto en el que nos encontrábamos y fue a estrellarse contra el rostro de Boo. Fue como si recibiera un puñetazo de color que no sólo afectó la superficie de su cara, sino también la cocción de sus pensamientos, alborotándole el interior, sacudiéndolo.

—Nos vamos —dijo.

Pensé que se refería a que nos íbamos a otro sitio, mala idea con la que estaba cayendo. Pero me bastó la lumbre nueva de su mirada antigua para comprender que estaba aceptando acompañarme. No me preocuparon sus vigías. Nos seguirían un rato, los perderíamos de vista en cuanto subiéramos a un taxi, no tenían pinta de querer gastarse un solo euro parando a otro taxi para que nos siguiera. Decidí, incluso antes de levantarme de mi asiento, que iríamos directo al aeropuerto, llamaría a Luzmila, le diría que ahuecase el ala en cuanto pudiese, que la función había terminado y el nubio estaba en el zurrón. Pero era imposible salir del bar aquel, la lluvia ya no era un compuesto de gotas, ni un ejército de rayas, sino un telón uniforme y pesado que desbarataba la intención que tuviese cualquiera de asomarse a la calle. Los adoquines de la carretera ya no se veían, y el montón de basura aparcada hasta hacía unos momentos en la esquina se había disgregado. Vi surcar una bolsa negra de la que asomaba la cáscara de un plátano: chocó contra un semáforo, y estalló desalojando de su interior todas las inmundicias que había contenido. Aunque le pedí que aguardásemos a que escampase o al menos remitiese un poco el turbión, Boo salió del bar, con la cabeza alta, como si la lluvia no fuera con él, como si fuese un problema de los otros. En pocos segundos estaba empapado, y ni siquiera se había alejado diez metros. Sus vigilantes no se movieron de sus asientos, seguros de que el nubio no iría muy lejos. Más debieron inquietarse cuando me vieron desaparecer a mí siguiéndolo, preocupado por no perderlo de vista tanto como por proteger mi Leica y por no perder el equilibrio. El agua me llegaba al tobillo. Vi la lucecita verde de un taxi parada, llamé a Boo, le pedí que me siguiese, y lo hizo. Entramos en el taxi, pero el taxi no podía moverse, encajonado como estaba entre otros coches retenidos. Lo mejor es que salgan, nos gritó el taxista, de aquí no vamos a poder salir, han debido estallar unas tuberías, anunció con una voz alterada por el susto, como si nos rogase que no lo dejásemos solo. Veíamos a las alcantarillas escupir mierda, y a la basura remojada adueñarse de la calle: el espectáculo merecía una foto, pero opté por no arriesgar la cámara en el empeño. El taxista encendió la radio pero no le convencía ninguna de las emisoras que iba encontrando, hasta que le pedí por favor que dejara una en la que un locutor lúgubre informaba de que Protección Civil aconsejaba a los ciudadanos que no se movieran de casa.

—Ni siquiera los que saben que se les va a venir la casa encima —apuntó el taxista, pero rebajó la eficacia de su golpe cínico, celebrándolo con una risita híspida.

Coches de patrullas y ambulancias estaban atrapadas en las congestionadas calles de la ciudad. Y la basura seguía campando a sus anchas, mientras subía el nivel del agua y aquello empezaba a sugerir versos elegíacos a los muchos poetas que pueblan los cafés de la ciudad. Los conductores se apabullaban unos a otros, pero no había sitio por el que pasar sin correr el riesgo de que un repentino golpe de agua te hiciera perder el control, anulara el volante y dejase al vehículo como un elemento más llevado por la fuerza del agua. No había pasado ni media hora desde que empezó a descargar el aguacero pero daba la impresión de que llevábamos una tarde entera guareciéndonos. Noté miedo en los ojos del nubio que mantenía apretados los dientes y cerraba de vez en vez los ojos y movía casi imperceptiblemente los labios. Su murmullo era una oración, y de alguna manera atendía la sugerencia del locutor de la radio, cuyas informaciones parecían destinadas a aconsejar a la población, sobre todo a los que hubiesen quedado maltrechos o habitasen casas poco fiables o anduviesen cerca de las laderas de las que descendía en torrente el agua lancinante, que rezasen, porque nadie iba a poder ayudarles hasta que se impusiese un poco de orden. Pero para que el orden fuera posible resultaba imprescindible que dejase de llover. Y no tenía el cielo apariencia de estar dispuesto a ofrecer una tregua. Resultaba irónico, me dije: ahora que tenía al nubio, ahora que se mostraba dispuesto a acompañarme, nos retenía un aguacero. No podíamos permanecer allí por más tiempo, aunque se recrudeciera la fuerza del agua. Cada minuto que pasáramos allí dentro aumentaban las dificultades. Recordé haber visto, en mis caminatas desde el centro hasta el parque de los magnolios, el cartelón rojo que señalaba un apeadero de RENFE y pregunté al taxista si había algún tren al aeropuerto.

—Cada diez minutos —dijo—. Además, es subterráneo hasta que sale de Málaga, y si no se ha convertido en un submarino, funcionará. Si dan una buena carrera llegan sanos, está ahí, doblando por aquella calle, al fondo.

Salí del taxi sin mirar siquiera si Boo me seguía. Fui buscando el amparo de los portales del lado de la calle por el que trotaba, hundiendo a cada zancada la pierna hasta la pantorrilla en el extenso charco que ocupaba todo el suelo. El nubio me adelantó, me dejó atrás. Vi cómo se alejaba, como si levitase sobre las aguas, como si pudiese apoyar el pie sin hundirlo en la superficie líquida. Cuando alcancé las escaleras del apeadero, llenas de transeúntes que se habían acogido en aquella sombra, ya Boo había sacado los billetes. Mientras esperábamos en el andén, sin saber qué hacer para secarnos, nos dio la risa. Entonces me acordé de Luzmila, la llamé y no me creyó. Me pidió que la esperásemos en el aeropuerto.

—No puedo prometértelo —le dije—. Es demasiado peligroso. Nos vigilan.

—Pero cómo vas a meterlo en un avión si ni siquiera tendrá papeles.

Por eso Luzmila es mejor que yo, porque piensa en esas cosas antes de que le ocurran. Ella no aguardaría en la cola de una ventanilla de una compañía aérea con un sin papeles, esperanzada en que no habría problemas para comprar dos billetes sin mostrar los pasaportes o los carnés. La agitación no me dejaba pensar, y no quería darle tiempo a Luzmila a llegar al aeropuerto y resolver el problema. Por un momento temí que no iba a quedarme más remedio que alquilar un coche y emprender el viaje a Barcelona por carretera. Pero entonces se me iluminó una ocurrencia al ver sentados a dos negros con sus aparatosos equipajes descansando en un carrito. Me dirigí a ellos y les expuse mi problema señalando a Boo. No tenía papeles, y necesitábamos embarcar para Barcelona en el próximo vuelo. ¿Le importaría a alguno de ellos hacernos el favor de sacar un billete en su lugar? Me miraron como si estuviese proponiéndoles comprar a su madre. Luego miraron a Boo y quizá se sobrecogieron. Eran holandeses. Uno de ellos bromeó:

—No seréis terroristas, ¿no?

—Bueno, si no vuelas a Barcelona con nosotros no tienes nada que temer.

No le pareció gracioso el chiste. El otro se apiadó generosamente (generosamente para su propio bien: me pidió trescientos euros por la gestión, por el préstamo de su nombre y sus documentos. Era arriesgado pero no me quedaba otra salida y pagué). No tuvimos problemas a la hora de embarcar, nadie solicitó a Boo sus documentos en el control de pasajeros de la Guardia Civil, y le bastó con mostrar su billete a la azafata de la puerta de embarque para acceder al avión.

Era el primer avión de Boo. Cerró los ojos cuando inició el despegue sobre una pista anegada. El cielo había bajado a la altura de las montañas y era de un gris plateado deslumbrante, como el lomo de un pescado gigantesco. Al avión le costó cobrar altura, quejumbroso se adentró en el mar, que nos pareció al alcance de la mano y se adhirió a las ventanillas del lateral izquierdo cuando el avión giró para poner rumbo otra vez a la costa. Pude ver allá abajo cómo la basura se había apropiado de la arteria principal que corre paralela al paseo marítimo, donde cientos de coches habían quedado aprisionados. En el paseo marítimo también había miles de bolsas de basura rotas, mierda desperdigada por todas partes. Era el escenario ideal para una escapada, una metáfora suprema que en aquel instante concentraba todas mis opiniones acerca del mundo, o de mi propio mundo, que no era un tonel lleno de tripas, como decía un personaje de Faulkner, sino una ciudad enterrada en su propia basura.

TRES

QUEDÉ CON LA DOCTORA en su ático barcelonés. Me sirvió un vino afrutado y en una bandeja dispuso una tabla de quesos, no todos incomestibles, y un bol con uvas tensas y oscuras, cada una de ellas iluminada con un puntito de luz en lo más alto. En la pared pintada de rosa, había una nueva adquisición, de la serie *Slave Market* de Tom of Finland: un hombrón con bigote y vestido de mecánico —el uniforme abierto para que se apreciara la anchura de su pecho— montaba sobre un ejecutivo, bigotito finústico, al que sólo le quedaba deshacerse de la corbata para desnudarse por completo.

—No había ningún cliente al que satisfacer —dije después de probar el vino.

—Sí que lo había, y sí que está satisfecho.

—Ya, pero no era un cliente enigmático ni se trataba de un encargo procedente de la sede de Nueva York, ni el premio estipulado era el que me prometiste.

—Bueno, todo se andará, chiquillo, no hay que tener prisa. La cliente era yo. Vi al nubio y dije: hay que cazarlo. Pero como últimamente no te había visto ilusionado con ninguno de mis proyectos, prefería resguardarlo inventándome lo de la sede de Nueva York. Sé que eso te dio empuje, porque aspiras a ocupar mi trono, ¿no?

—No lo sé, la verdad, ya no lo sé.

—Vamos, chico sensible, no hay que apurarse por nada, nunca pasa nada que importe y cuando pasa ya carece de importancia.

—Te va a costar hacerlo funcionar —le avisé—. Sólo aceptará hacer servicios con mujeres, y no tienes una cartera de clientes femeninas suficiente para rentabilizar la operación. Ni aunque pongas el servicio a cinco mil euros.

—Vamos, vamos, eres un pesimista redomado. Hay otras posibilidades. Y en cuanto a que sólo hará servicios con mujeres, bueno, está por ver: todo dependerá de que sepamos convencerle de lo placentero que puede ser lo otro, ¿no? ¿Tú no se lo has intentado demostrar utilizándote a ti mismo como conejillo de Indias?

Ni siquiera le sonreí la gracia. Ella siguió.

—En cualquier caso, si vemos que aquí no le sacamos toda la ganancia que sin duda tiene, si no logramos exprimirlo como se merece, pues lo enviamos a París o a Nueva York, allí sí hay un número suficiente de mujeres en la cartera de clientes, ellas sabrán apreciar lo que vale nuestro guerrero nubio. De todas formas, tengo grandes proyectos para él, muy grandes.

—Supongo que no me entrometo demasiado si pregunto en qué consisten.

—Por supuesto que no.

La Doctora tosió, repentinamente atragantada con las pepitas de una uva. Se bebió de un sorbo el contenido de su copa y me pidió que se la llenara.

—Una pareja. Una pareja magnífica. Los príncipes nubios. Vuestras dos espléndidas cazas malagueñas. Para los que piden tríos, son ideales, y así podríamos ir haciendo ceder al nubio en eso de que sólo piensa acudir a citas con mujeres. No hace falta presionarlo mucho. Se me ha ocurrido ponerlo a entrenar con Margot, ya sabes, la espléndida travesti que cazó Luzmila el año pasado. Puede ser un primer paso. Ya veremos. Estoy llena de proyectos. Y para los muchos clientes masculinos dispuestos a pagar sólo por mirar, no me digas que eso de los príncipes nubios no es una cosa apetecible y sabrosa. Seiscientos euros por sesión, por la sesión en sí, y trescientos más por derechos de imagen, ya sabes, por todo el sexo al que inducirán a los clientes cuando ellos se vayan. Provocadores de deseo, es una profesión magnífica. Pienso mucho en esa idea, me parece que la descartas y la desestimas considerándola frívola, pero no lo es, ni mucho menos lo es, piénsalo bien, haría falta un organismo que controlara el deseo de la gente, impedirle que pudiera masturbarse pensando en lo que quiera como si fuera dueño de ello, no señor, si utiliza la imagen de alguien para impulsar su propia satisfacción sexual, tendría que pagar, lo tengo claro, pero en fin.

No hice ningún comentario. Me limité a recordar otro de los soliloquios de La Doctora en el que me adelantó su proyecto de escribir la biografía de un modelo del Club, cediendo la voz narradora a su polla. Pensaba titular el libro: *Una, grande y libre*. Ella siguió hablando.

—Se me ocurren diez o doce nombres que estarían dispuestos a contratar esa golosina ya mismo. He quedado encantada con vuestro trabajo, hacéis muy buen equipo, qué sorpresa lo de Irene, es magnífica, ya tiene cita para lo de la operación, y bueno, necesitará unos arreglillos. El que no necesita arreglos es el otro, qué ejemplar, no me digas que no tengo buen ojo, en cuanto lo vi en la revista aquella me dije: guaaauu, no se me puede escapar. Aún no lo he probado, está muy cohibido y lo he metido en un apartamento con otros negratas para que lo vayan poniendo al día: va a ver tantas películas que suerte tendremos si puede controlarse y no se tira a sus compañeros de piso y al portero del edificio. Pero no te me pongas celoso, ya sabes quién es mi preferido. Has hecho un gran trabajo y ahora me toca a mí, ya sabes. Tú los cazas y yo los convierto en máquinas. Tenemos que hablar de dinero, por supuesto, y sé que me vas a pedir vacaciones y que las necesitas, me dijo Luzmila lo de tus padres, oh, no sabes cuánto lo siento, te mereces unas vacaciones, sí. Y te las voy a dar, aunque sea temporada alta de naufragios en el estrecho y Brasil parece que se va a pique: eso sí que es golosina pura, Brasil, pero todavía tenemos que negociar con París si nos encargamos nosotros de los cariocas o se van a ocupar los americanos, que parece que tienen un interés especial en mandar allí a sus cazadores. Y ya sabes que la hambruna africana toca este año en Mali. Ahí sí que tenemos suerte, porque en Mali hay niñas bellísimas, están los dogon, que es una tribu curiosa, creen que procedemos de unos extraterrestres, yo estuve en Mali de enfermera, qué gente más hermosa, ellas más que ellos, y ellos con aspecto afeminado, frágil, pero eso también nos viene bien si cuando llegamos la hambruna todavía no les ha hecho mucho daño. Te voy a dar las vacaciones que te mereces porque te voy a necesitar esta temporada más que nunca, pero antes, ¿qué te parece el modelito que me he comprado?

Desperté atónito y con leve dolor de cabeza. Moisés Froissard Calderón, La Florida 15, tercero B, impotente y etereosexual. No había podido satisfacer a La Doctora que, a mi lado, desnuda, hablaba en sueños: seguro que revivía allá en lo hondo alguna atormentada escena de su época de enfermera sin fronteras. Siempre decía que detestaba dormir porque la asaltaban infernales viñetas que quería condenar al olvido para limpiar su espíritu de la hojarasca de la miseria, el dolor y la muerte. Un jarrón con jazmines difundía por la alcoba un olor dulzón y nauseabundo. Me acordé de mis picores y bastó traerlos a la mente para que se presentara una avanzadilla en mi escroto. Me juré no tocarme la piel, ya muy castigada en los últimos días, pero incumplí mi promesa, aunque tuve cuidado de emplear sólo las yemas de los dedos para aliviarme el picor. En un plato de loza, maduraban lentos unos membrillos que parecían sacados del más avejentado bodegón. El fragor de la ciudad sonaba allá abajo como suena siempre los viernes noche en las calles donde se alinean los garitos más visitados. No entraba en mis planes hacer lo que hice, pero fue al ir a la cocina a por un vaso de agua, cuando reparé en mi viejo proyecto de mermar la colección de libros intonsos de La Doctora. Me apropié de un cuchillo, y sin lograr relajar la sonrisa de mi rostro fui despegando páginas en los volúmenes que ocupaban los escaños donde La Doctora apilaba su colección. No dejé uno sin lastimar. De algunos corté las páginas de un cuadernillo, y de otros las de dos. Quedaron unas cuantas virutas de papel sobre la mesa. Hice un montoncito con ellas y me las metí en la boca para eliminar las pruebas del delito.

Como desde pequeño me lastima una insaciable curiosidad, sobre todo si me impele a cometer un acto prohibido o maleducado, me puse a inspeccionar una torre de carpetas que había plantada en el suelo, junto a las estanterías. La querencia por el orden de La Doctora facilitaba la tarea: no había que sumergirse en las carpetas una por una, pues en la portada de todas había escrito con una caligrafía esmerada de primera de la clase, un título que avisaba del contenido. No me detuve a satisfacer mi sed en la que guardaba facturas varias, ni en la que almacenaba las estadísticas de los modelos. Sí en cambio me paré a revisar las que ofrecían información sobre los clientes, pero la tal información se limitaba a un interminable listado de nombres, edades —porque no otra cosa debían revelar aquellos números entre paréntesis— y profesiones. No había en aquellas carpetas nada que pudiera hacerme deducir qué tipo de servicios contrataban ni con qué frecuencia lo hacían, información que debía estar en el disco duro inaccesible de la computadora de La Doctora. Aun así, jugué a hacer estadísticas para comprobar que la edad media de los clientes era de 47 años, que había veintidós hombres por cada mujer, y que la profesión que más abundaba era la de empresario, seguida, pero muy lejos, de la de abogado. Aparecían nueve médicos, tres profesores universitarios, dos escritores, y, por fin, un sacerdote. Leí uno por uno los nombres de los clientes apuntados en aquella lista y me sorprendió no reconocer ninguno: esperaba encontrar a alguien famoso, un actor o una actriz habituados a ser portada de los suplementos de espectáculos, un presentador de televisión célebre por su habilidad para cambiar de pareja, un ministro. Sí noté que no eran pocos los nombres extranjeros en el listado —mucho alemán, poco italiano, un griego—, en una proporción que no me detuve a desvelar porque ya llevaba demasiado tiempo haciendo el detective y no quería que La Doctora me pescase violando sus carpetas secretas. Aun así no me supe rescatar de echar una ojeada rápida a las carpetas donde se agrupaba la información sobre los modelos, y aunque no dirigía mi curiosidad ahora el ansia de enterarme dónde paraban algunas de las piezas que yo había cazado, fue inevitable toparme con algunos de sus nombres, hasta que me sobrecogió un crucifijo pintado al lado del nombre de Emilio el argentino. Había otros crucifijos destacando otros nombres, no muchos, la verdad, seis o siete más en las varias carpetas destinadas a acoger información —no mucha información, sus nombres, sus precios, sus estadísticas—. ¿De qué habían muerto?, ¿de qué había muerto Emilio? ¿Un accidente de tráfico? ¿Una enfermedad repentina, voraz y vertiginosa? ¿Un suicidio? Por supuesto no se especificaba, ni siquiera se agregaba una nota en la que se indicara que aquel modelo había dejado de serlo, que se cancelaban sus servicios, que ya no se contaba con él. A lo mejor La Doctora se limitaba a señalar con una cruz —pero no era una cruz, era un crucifijo— a los que abandonaban el Club, los daba por muertos. Las leyendas que circulaban en las conversaciones de cazadores o en la sala donde trabajaban los administrativos del Club permitían inferir que no eran descartables los suicidios en el equipo de modelos. Se consideraba, de alguna forma, un fin natural: la máquina no da más de sí y es capaz de tomar una decisión tan humana. Y luego venía el chiste zafio del cazador que está por encima de las circunstancias y de las noticias fúnebres: hay que joderse, decía engolando la voz, uno se juega el tipo por salvarle la vida y él para agradecerte tu esfuerzo se la quita. O ese otro que apuntaba: uno los trae para ver si pueden amortizarse y ellos en vez de agradecerlo deciden amortajarse: era curiosa, o inquietante, quizá sólo inquietante, la presencia del sonido amor en esas dos palabras, como si el amor colaborara en algo de lo que hacíamos, entre la amortización y el amortajamiento. Después de devueltas las carpetas violadas a la torre, encendí un cigarrillo y dejé que la mirada se distrajese en el horizonte de ventanas apagadas que se asomaba a la vidriera del salón del apartamento. Me acordé de un reportaje que había leído en alguna parte acerca del alto índice de suicidios entre los actores de cine porno, más aún en los que hacían películas gays, y entre éstos, es curioso, muchos más entre los que interpretaban papeles de *bottom* que los que hacían de *tops*, de lo que cabía deducir que quien recibe se lleva la peor parte y quien da se lleva la mejor, por lo menos no le tienta tanto la idea de suicidarse. No dejaba de ser curioso, pero en el reportaje se recopilaban treinta o cuarenta casos de suicidios producidos en el último lustro, y el setenta por ciento de los suicidados —o acaso más, no quiero exagerar o falsear los datos, pero puede que fuera el ochenta por ciento— eran actores que hacían papeles pasivos, los que tenían que chupar y dejarse dar por culo y oír cómo el *top* le susurraba «perrita», «puta» mientras le clavaba su armatoste —y no hace falta describir cómo suelen ser los armatostes de los *tops* del cine porno gay. Emilio desde luego debía ser *bottom*, su espléndido culo no podía ser desaprovechado y en las fotos del catálogo que se mostraba a los clientes aparecía más veces de espalda que de frente, ofreciendo su mejor tesoro, su don, la razón por la que La Doctora le había impuesto el precio que le había impuesto. El pensamiento se fugó a mis primeras cazas, al viaje a la Argentina, a la ilusión de haber encontrado un trabajo fantástico que sería la envidia de todos los que me quisieran mal. Setenta y tres vidas había salvado, según las fotos que guardaba en mi álbum panteón. Boo hacía el número setenta y cuatro, aunque aún no lo había fotografiado para hacer efectiva su salvación. Me pregunté cuántos de aquellos setenta y tres estarían muertos. Y de repente me visitó una imagen nueva, una imagen que hasta entonces no había fulgurado en mi interior y que ahora me arrasaba con un vigor que me hizo cerrar los ojos: estaba yo en una trinchera y se acercaba un enemigo, un enemigo que venía a matarme, y entonces yo me cubría con los cuerpos sin vida de los compañeros caídos, me escondía debajo de ellos, como el soldado que se cubre con el cadáver de un amigo. Así había ido salvando mi vida yo, cubriéndome con todos aquellos cuerpos que ahora parecían querer salir de mi álbum de fotos, más panteón que nunca, y presentárseme sin vida, para que yo me viera oculto bajo ellos, defendiéndome gracias a sus cadáveres de un enemigo invisible al que no era capaz de arrostrar. Supe excusarme reparando en que acaso todos lo hacemos, así nos vamos defendiendo, utilizando despojos para construirnos una armadura, pero no conseguí darme pruebas fehacientes de que los demás hubieran hecho lo que yo, y en cualquier caso eso no era disculpa. No tenía fuerzas para convencerme de lo contrario, para decirme de nuevo lo que tantas veces me había dicho para seguir adelante, les salvo la vida, les ofrezco algo mejor de lo que tienen, eran diamantes perdidos en una ciénaga y yo los extraje, los limpié para ponerlos en un escaparate donde brillarían, les coloqué una etiqueta con un precio adecuado a su valor.

Volví a la cama, destapé a la durmiente, contemplé su desnudez bronceada gracias a las pantallas de rayos uva. Se había colocado el cinturón que trabaja los abdominales. ¿En qué momento? No tengo ni idea. A pesar de que las contraindicaciones del aparato avisan de que es peligroso utilizar sus servicios más allá de un tiempo prudencial —media hora como límite— La Doctora necesitaba castigarse el vientre para que brotara la firmeza imposible. Paseé una mano por su espalda gélida. Quizá porque no eran habituales entre nosotros esos extemporáneos gestos de cariño, bastó que mi mano pasease unos centímetros por su columna vertebral para que se despertara.

—¿Qué haces? —me preguntó, y había enfado en su voz honda, no supe discernir si por haberla despertado o por no haberla podido satisfacer antes. Le pregunté:

—¿Sabes por qué me dedico a esto?

Y por toda respuesta cogió el borde del edredón y volvió a taparse, no sin antes desconectar el cinturón de los abdominales.

VOLVÍ A SEVILLA sin despedirme de Boo ni de Irene. A Luzmila ya sabía que volvería a verla pronto, y en cuanto a La Doctora, pactamos diez días de vacaciones, y su insistencia en que nos viéramos transcurrido ese plazo evidenció que temía que no volviera a presentarme en la sede del Club. Un calor de hierro me recibió en mi ciudad, y los asuntos de mis padres —la venta del piso sobre todo— perjudicaron mi aspiración a disponer de aquellos días enteramente para pensar en mi futuro y decidir si continuaba salvando vidas o me buscaba otra cosa. Con el dinero que me correspondía por la venta del piso, más los ahorros que había logrado reunir, calculé que podría concederme un año sabático sin privaciones. Me quedé con la colección de libros encuadernados por mi madre con sus vestidos favoritos —el efecto visual que proporcionaban alineados todos juntos, tan coloridos, resultaba estremecedor— y con la bicicleta de mi padre, negra, antigua, con los radios de las ruedas oxidados y las llantas inservibles. Mi hermano conservaría la colección de biografías de esposas de hombres ilustres que perteneció a mi padre. No logré permanecer en la casa de mis padres más de tres días: por las noches los picores me enloquecían, imponiéndome un doloroso insomnio que durante el día me obligaba a ir como un zombi. Una noche, para aprovechar el insomnio y alejarme de las vueltas sin sentido en la cama, se me ocurrió hacer una sesión de psicofonía. Dejé una grabadora portátil en la que fue la habitación de mis viejos, y esperé. A los cuarenta y cinco minutos volví a entrar para grabar la cara B. Ya no regresé a recoger el resultado hasta la mañana siguiente, pero no me atreví a comprobar si había quedado registrada alguna voz de ultratumba, si mi padre o mi madre habían querido dejar huella sonora de su presencia. Llevaría la cinta conmigo a todas partes desde entonces, por si en algún momento me persuadía de que había llegado la hora de escucharla.

No conseguía concentrarme y reflexionar acerca de lo que haría cuando se me agotasen las vacaciones, si las perpetuaría buscándome la expulsión del equipo de cazadores del Club, o me servirían para decidir que, después de las setenta y cuatro vidas salvadas, bien podría agregar otras setenta y cuatro antes de exigir a la dirección que se me concediese el favor de un despacho desde el que mirar el negocio con ojos más avaros. No pasó un solo día —podría exagerar y decir que ni una sola hora— sin que pensara en los príncipes nubios. Se colaban en los escasos sueños que tenía, y en alguno de ellos llegaban a pedirme los royalties que les correspondían por haber utilizado sus imágenes. No todos eran pensamientos sicalípticos, no siempre los utilizaba para desamuermar mi inapetencia, o al menos no los utilizaba a los dos, poco a poco fui dirimiendo mis preferencias, pero me cuidaba mucho de aclarármelo del todo, siempre dejaba un resquicio para la duda o para desmentirme. Me limitaba a intentar imaginarme cómo estarían, qué sentirían: me hacía falta un narrador omnisciente

otra vez, una voz que lograse presentarme de forma ve-
rídica aquello que estaba sucediendo y yo no podía ver,
y ni siquiera alcanzaba a imaginar con la potencia suficiente como para darle crédito. Los estarían educando a
paso ligero para que se transformaran cuanto antes en
perfectas máquinas expendedoras de placer y bien retri-
buidas. No sé adjetivar qué tipo de sensación acogía
cuando el pensamiento se me fugaba hacia la figura de
Boo. Rebobinaba en la memoria su antológico combate
con el marine, y no podía negarme que aquello que me
agujereaba la boca del estómago y extendía una caravana de cosquillas desde allí a la base de mi pubis se llamaba deseo. Y no era deseo, sin embargo, lo que me
atropellaba cuando fijaba la atención en Irene, quizá
porque ésta me había defraudado (y el mero hecho de
que Irene me defraudase por haber decidido integrarse
en el equipo de modelos del Club ya explica bastantes
cosas acerca de mí mismo). Nunca quien defrauda es
responsable de la desilusión del otro, es quien se desilu-
siona el único culpable de su amargura: él es quien
quiere someter con sus exigencias a otro que es muy libre de no cumplir con ellas.

En algún momento se me ocurrió cruzar el puente
que separaba el ser cazador del ser cliente. Un cliente es
el encargado de convertir en una máquina a uno de los
inmigrantes que tú cazas, me dijo una vez La Doctora.
Por supuesto estaba pensando en contratar a los príncipes nubios, aunque el espectáculo que Boo e Irene pudieran proporcionar a los clientes del Club aún no había sido programado porque todavía estaban los componentes de la pareja preparándose para ser perfectas
máquinas. Tal vez se estaban esforzando los entrenadores del Club en compenetrarlos, tal vez gastaban sus

fuerzas en enseñar a Boo a apreciar el sexo entre hombres (lo cual no dejaba de ser embaucador, porque en los servicios que rindiera a favor del Club nunca practicaría sexo entre hombres, era siempre sexo entre una máquina y la sed de un cliente: en realidad los modelos no eran otra cosa que máquinas de refrescos, carísimas máquinas de refrescos). Sea como fuere jugueteé con la idea de gastarme un pellizco de mis ahorros en una diversión así, y por las noches, mientras trataba de equilibrar mis impulsos de rascarme allí donde me picaba, sin conseguirlo nunca, por mucho que intentase disparar mis fantasías para alejarme del malestar insoportable que me había impelido a cortarme las uñas de forma tajante para que llegada la noche no me pudiera hacer más daño del que ya me había hecho, imaginaba la escena, Boo, Irene y yo, ellos dos desnudos realizando su actuación estelar y yo, en una silla, ante ellos, como un rico impotente que se da esos placeres de vez en cuando más para castigarse que para atraerse una imposible excitación, fumando un cigarrillo, mirándolos.

Una noche, mi última noche en la ciudad, pues había previsto gastar el resto de mis vacaciones en la playa, no para vigilar la llegada de las nuevas hordas de inmigrantes que acababan detenidos nada más depositar las primeras huellas en la arena, sino para descansar y tostarme un poco, mi hermano me invitó a cenar en su apartamento, con su novia, una distinguida dama de modales exquisitos. No sé por qué, me dio por responder la verdad cuando me preguntaron a qué me dedicaba últimamente. Mi hermano realizó un exordio vano mencionando mis muchas excursiones por esos mundos deprimidos a los que trataba de llevar un poco de espontánea alegría. Y se le borró el color de la cara cuando solté a qué me dedicaba. Por mucho que pueda parecer inesperado, la novia de mi hermano se interesó en el tipo de régimen dentro de la Seguridad Social al que se acogía mi labor. Cuando le contesté que yo era un trabajador por cuenta propia, que pagaba mis impuestos como autónomo, me soltó un rollo muy bien armado acerca de las ventajas de los seguros privados, de un plan de pensiones muy atractivo que me permitiría afianzar mi futuro, porque las pensiones que merecen los trabajadores autónomos son las más bajas, las más miserables que paga el Estado. Mi hermano no daba crédito, no a las preguntas de su novia, sino a mi dedicación. Sus preguntas exigían respuestas cortas, informativas. No ensayó ninguna que me permitiera explicarles por qué me dedicaba a ello, por fortuna, ya que no tenía preparado ningún discurso convincente. ¿Cuántos de esos inmigrantes has contratado? ¿Cuánto puedes cobrar por una caza? Cosas así. Por la cara que ponía, resultaba imposible discernir si estaba fascinado o deprimido, si le asqueaba lo que yo hacía o le encantaba. Para rebajar el acoso al que me sometieron, decidí anunciar que había querido por fin contarlo, después de cinco años de dedicación exclusiva, por la sencilla razón de que había optado por dejarlo. Procuraba así un indulto innecesario, pues ni siquiera se les había ocurrido condenarme. Compartí con ellos mi sorpresa y les confesé que si hubiera sabido que nadie iba a escandalizarse no hubiera mantenido en secreto mis ocupaciones. La novia de mi hermano me dijo que un trabajo tan aventurero había de reportarme hazañas muy atractivas. Pero no me pidió que le narrara ninguna. Había tal falta de interés por los pormenores de mi experiencia que casi me traumatizó el hecho de que vulgarizaran tan a las claras mis épicas andanzas. Pero la novia de mi hermano, y éste por extensión, por ese contagio tan milagroso que se produce entre las parejas, era de esas personas que opinan que nada debe ser lo asaz interesante como para mantenerla callada durante más de un minuto. En eso se parecía a La Doctora, pero al menos La Doctora había visto cosas suficientes como para no asustarse de nada que le contaran. El próximo paso de la conversación fue indagar en el tema de la inmigración, y ahí la novia de mi hermano soltó amarras, se internó en el océano fabuloso de lo políticamente incorrecto, y aplaudió la política represora del Gobierno. Era de las que transforman una pequeña experiencia personal en una norma general, en un dogma. Como esa escritora cubana que atentó contra la dignidad de todos los moros porque un moro le robó en Venecia su bolso de Vuitton, ella detestaba a todos los negros porque de un tirón uno le arrancó una mochila. Las experiencias engañan, le dije: si te dejas llevar por ellas, entonces acabas siendo partidario del primer Hitler que se te ponga a tiro. Mi hermano no estaba de acuerdo, dijo que las experiencias son el evaluador más sensato del que disponemos y que si no nos dejamos llevar por lo que ellas dictan, entonces nos extraviamos en la nada, en el nihilismo, en la desolación. La charla cobró altura intelectual por momentos, pero me sentía hechizado por el cambio profundo que se había operado en mi hermano. Su nuevo empleo, su novia distinguida, le habían arrebatado todo aquel insolente cinismo que tenía siempre preparado en la recámara para no dejar pasar una sola oportunidad de dispararlo. Me fui de allí con el ánimo anoréxico y la sensación de haber participado en una función teatral, de esas que consisten en una cena entre parientes que descubren, aun antes de que se sirva el primer plato, que están entre enemigos mortales, y cuando llegan a los postres ya saben que tendrán que emplear el cuchillo para algo más que para trocear el pudin.

Supongo que eso me ayudó a seguir dedicándome a lo que me dedicaba, si bien puede que me haga trampas a mí mismo y que esa decisión nunca hubiera estado en crisis y a lo más que alcancé en aquellos días mustios fue a tratar de ponerme en claro hasta dónde pensaba llegar en el Club Olimpo. No tenía muchas alternativas más, aparte de la del año sabático o la de arriesgar mis ahorros y lo que me correspondía por la venta del piso de mis padres en algún negocio. Viré mi propósito de pasar unos días en la playa y me decanté por regresar a Barcelona a seguir de cerca los progresos de los príncipes nubios, si bien eso me estaba expresamente vedado, ya me las arreglaría para hacer averiguaciones. No dejaba de pensar en ellos. En las pocas horas en las que lograba conciliar el sueño siempre acababan presentándoseme, convertidos ya en espléndidas máquinas expendedoras de deseo.

Viajé a Barcelona en tren porque quería que el paisaje cambiara lento en vez de meterme en un túnel blanco que cruzara el cielo y me depositara allí sin tiempo para acomodar el desequilibrio que me mermaba. Pero el viaje, más que lento, fue de plomo: la inaudita conversación de los viajeros que me tocaron de vecinos me hizo añorar la eficacia del avión. Por fortuna la mujer sentada en el asiento de al lado, que me martirizó detallándome las fúnebres relaciones que mantenía con las esposas de sus hijos, todos superiores a sus cónyuges en formación académica y capacidad intelectual, era de esas que si escribiesen sus memorias tendrían que vivir al menos tantos años como los ya vividos para que les diera tiempo a redactarlas, se apeó en Zaragoza. Me columpié, cuando la voz de mi vecina me dejaba volver a mis asuntos, en una indagación sobre mi propia persona cuya intención excesiva era causarme perplejidad. Lo conseguí sin duda. Me bailaba en la cabeza, molesta, zapateando, la frase con la que mi padre quiso despedirse del mundo: mejor mal acompañado que solo. Y sin embargo, salvo mi período cándido como entrenador de fútbol alevín junto a Paola, nunca había sido capaz de mantener una relación sentimental que mereciera ese nombre. Si trataba de hacer un repaso a mis amigos, terminaba pronto porque no encontraba a nadie a quien pudiera colgarle esa banda de honor. La sensación de haber perdido también a mi hermano, de haberlo descubierto en un mundo tan lejano, sin frases hirientes, domesticado y serio, inglés en el sentido de no permitirse el lujo de escandalizarse por nada, una flema colosal que le permitía llevar un lamparón de mahonesa en la camisa como si fuese el escudo de su Universidad o una herida de la que se enorgullecía, me colocaba en un páramo desagradable en el que la frase postrera de mi padre, más que un aviso, era un mandamiento que exigía ser cumplido. Mi reflejo en la cristalera del tren —las letras amarillas anunciando su condición de ventana de emergencia, lo que era una espléndida metáfora que me ofrecía el azar— me sugería preguntas fatales del tipo: ¿qué habrás hecho para llegar hasta aquí? Pero enseguida le rebajaba el dramatismo a la cosa y me ilusionaba otra vez: bastaba para ello con cerrar los ojos e imaginarme en una habitación de hotel, sentado, fumando un cigarrillo, mientras en la ancha cama desplegaban sus saberes recientemente adquiridos los príncipes nubios. Nunca había sentido una preocupación notable por mi futuro, ni me había acosado inseguridad acerca de mi suerte, y sin embargo ahora, las alas negras de una desesperación nueva se desplegaban sobre mí, manchándome con su amplia sombra y regando de dudas mi alrededor. Había perdido confianza en mí mismo y temía que sólo por mera inercia siguiera dedicándome a lo que me dedicaba, incapaz de solventar la merma de mi ilusión por buscarme la vida de otra manera, ensayar un camino distinto que convirtiera todos los años pasados como cazador en un cuaderno de episodios relatables en el que abastecer conversaciones nocturnas en las que los narrara como si otro los hubiera protagonizado en mi lugar, como si yo me hubiera limitado a ser testigo de ellos.

Así de perturbado por la inseguridad me presenté ante La Doctora. La busqué en el bar del Club, que no es uno de esos locales de alterne donde hay chicas desnudas haciendo malabarismos en una barra de acero, sino un recinto muy tranquilo donde lo más animado que se escucha algunas noches es un disco de Leonard Cohen.

—Eres un miserable hijodeputa. No prescindo de ti porque me haces falta, pero lo nuestro se acabó —me dijo. Una bienvenida fogosa, sin duda. No me costó percibir que había descubierto que su colección de intonsos había sido salvajemente atacada.

—Yo también me alegro de verte tan en buena forma.

—¿Qué te he hecho yo para que me pagues así?

Iba a contestarle con alguna impertinencia traída por los pelos pero no me dejó.

—Yo comprendo que uno aplaste contra la pared a un mosquito que lo está jorobando, pero me resultaría muy difícil entender a alguien que abandona la cama y cruza toda una casa y sale de ella y va a matar a un mosquito que está en las escaleras.

El misterioso ejemplo me dejó boquiabierto.

—Pero dejémoslo. Soy una profesional y confío en que tú también lo seas, así que siéntate, tengo excelentes noticias para ti.

Por supuesto no le creí. Me senté y, dirigiendo mi mirada a una de las escotadas camareras, levanté el dedo índice. Ella ya sabía lo que le estaba pidiendo.

—Van a abrir sede en Atenas.

No quise ilusionarme. Hice bien. Me trajeron la bebida.

—Y voy a postular ante la Dirección la candidatura

de Luzmila. Es necesario sacarla de las calles. Se deprime demasiado y será una excelente gestora.

—Supongo que ésas son las excelentes noticias con las que querías festejar mi vuelta.

Su sonrisa me saturó, y bebí el amargo brebaje transparente para enfriarme el cielo de la boca.

—Eso significa que de momento no voy a contar con ella para lo que más me interesa ahora mismo, tendrá la pobre que viajar a París a que la valoren. Había pensado en destinarla a lo de Mali, pero voy a hacerte el favor de mandarte a ti.

—Hombre, mandarme a un país comido por la miseria y con turbamultas de hambrientos por todas partes en vez de castigarme proponiéndome para Atenas, no sabes cómo te lo agradezco. Cuando tenga una hija le pondré tu nombre, si es que en el juzgado me dejan llamar a alguien Belcebú.

No conseguí herirla.

—Así que arregla tus cosas porque debes estar allí antes de una semana.

—Olvidas que aún estoy de vacaciones.

—No me toques las pelotas.

—¿Qué tal los príncipes nubios?

Se admiró de mi curiosidad, incumplía una de las reglas básicas del cazador del Club.

—Sabes que no debes hacer esa pregunta, que eso ya no es asunto tuyo y que no puedes esperar a que la conteste.

—No te he preguntado como cazador del Club Olimpo, sino como cliente.

Ahí sí que le toqué algún órgano vital. Necesitó acabar su copa. Levantó un dedo en dirección a la barra y la camarera corrió a atenderla.

—Puedes repetirlo.

—No creo que haga falta.

—No están preparados todavía.

—Bueno, sólo quería ponerme en lista de espera, y dado que no creo que en esa lista figure ningún nombre todavía, creo que seré el primero.

—Te costará muy caro.

—¿No hay rebajas para los trabajadores de la empresa?

—Ni para mí misma.

—Da igual. ¿De cuánto estamos hablando?

—No he fijado el precio aún. ¿Quién te interesa? Supongo que el nubio. Las chicas no te ponen últimamente.

—Que tú no me excites, no significa que no me exciten otras mujeres. No te tomes como ejemplo de nada. Eso siempre conduce a errores fatídicos. Es injusto actuar así, ¿no te parece? Que un tío no se excite en la cama contigo, no significa que ese tío no pueda excitarse. Porque si lo tomas como norma general y deduces que el tío no puede excitarse con ninguna tía, entonces tendrías que pensar que tú no excitarías a ningún tío, y seguro que no piensas eso. Así que no saques conclusiones de lo que es sólo un vulgar despecho.

—Al día siguiente de tu gatillazo corrí a probar suerte con otra pistola, y ésa sí disparó, así que deduje que no era un problema mío. Pero tú mismo, parece que no quieres agradecer a esta empresa que hayas descubierto algo tan importante acerca de ti mismo.

Me sentía acelerado, sabía que estábamos yendo hacia un lugar al que no quería llegar, pero una vez en curso la discusión, ¿quién la paraba?

—No sé a qué te refieres.

—Vamos, hombre, parece mentira. No es tan grave que seas maricón.

—¿Sólo porque no conseguí excitarme contigo llegas a una conclusión así? Pues no llegarías muy lejos como detective.

—Puedes admitirlo o no, pero está más claro que el agua, por eso te pregunto si quieres que te reserve cita con el nubio. Porque te gustan los tíos.

—Oh, eso es muy drástico. A estas alturas de la Historia, hablas como una monja, das pena.

—Contesta, es simple, ¿te gustan los tíos?

—Depende. El Presidente del Gobierno no me pone nada. Y ningún obispo me pone. Podría facilitarte una lista de mil tíos que no me ponen nada. Y otra lista de mil tías que sí me ponen. Y al revés, lo mismo. Por ejemplo, en la lista de tías que no me ponen, estarías tú. Pero no estaría Irene. De todos mis problemas el único que no merece el nombre de problema es ése: un rastreo de la identidad sexual a estas alturas, vaya, me sorprendes. No sabía que estuvieras tan dolida por mi pérdida de interés en tus curvas. Por ponerte un último, lamentable ejemplo: si tuviera que elegir entre pasar un rato con el nubio o pasarlo contigo, lo pasaría con el nubio. Y si tuviera que elegir entre pasarlo con la nubia o pasarlo contigo, elegiría pasarlo con la nubia.

—Ya. Pero ¿y si tuvieras que elegir pasarlo con el nubio o pasarlo con la nubia?

—Ya he elegido, es lo que te estoy diciendo. Elegiría pasarlo con los dos. O mejor dicho, que lo pasen ellos, yo me conformo con presenciarlo.

Era difícil doblegar a La Doctora en discusiones de aquella ralea, yo lo sabía, pero había conseguido lanzar algunos golpes efectivos. Ya veía cómo se le iba amoratando un ojo, si bien yo también había necesitado más de una cuenta de protección.

—Entonces, qué, ¿cita con el nubio?

—Prefiero a la pareja, aunque mis ahorros se quebranten. Lo malo de trabajar en este negocio es que te acaba asqueando el sexo, ¿no? Es todo tan de mentira, tan sucio. Pero paso de sermonearte como si fuera un cura o un opinador de televisión matutina. Ni yo mismo me creería el argumento rancio.

—Tú verás. A mí desde luego no me asquea. Estaría dispuesta a darte otra oportunidad ahora que ya no he de temer por mis libros intonsos.

Aquello me sorprendió pero no piqué el anzuelo.

—Por eso quiero contratar a esa pareja antes de que sean máquinas.

—¿Por qué?

—Nunca he visto a dos criaturas follando porque se aman. Nunca. No lo he conseguido.

—Ésos no se aman.

—Se amarán cuando follen ante mí, lo sé, no me preguntes por qué lo sé, pero lo sé. En cualquier caso ya me las arreglaré yo para ilusionarme pensando en que se aman. Y dentro de unos meses, ya no será lo mismo. Ya serán tus máquinas perfectas, capacitadas para enloquecer de placer a tus perfectos clientes. Por eso los quiero imperfectos, porque soy tu más imperfecto cliente.

Como si tuviera empañados los ojos por la emoción, La Doctora hizo el paripé de secarse una lagrimita llevándose una servilleta a la mejilla.

—Me vas a hacer llorar.

—Terminemos. ¿Cuándo podré contratarlos?

—El día antes de que te vayas a Mali.

—De acuerdo. El lunes entonces. Dime antes el precio.

—Descuida, no se me olvidará.

Ya me iba, le di un último sorbo a mi bebida, saqué el limón y lo mordí, siempre lo hago. Pero antes de marcharme hice otra pregunta más, quise saber qué había pasado con Emilio, no recuerdo si lo pregunté así, con esa formulación rara, o dije tal vez qué le ha pasado a Emilio, en cualquier caso quería subrayar la relación de causa-efecto que seguro había entre lo que a Emilio le hubiera sucedido y La Doctora, por lo que lo que debí preguntar pero no me atreví, era: ¿qué has hecho con Emilio?

—¿Preguntas ahora como cliente o como cazador?

No contesté. Ella dejó pasar unos segundos. De manera meticulosa sacó el limón de su vaso, fue a morderlo pero antes me miró y me lo ofreció. Lo acepté. Ella, lenta, muy lenta, sacó un cigarrillo de una pitillera dorada que nunca antes había visto, y encendió su Zippo con una sola mano, pellizcando en la parte de arriba para descubrir la ruedecita que activara el fuego. Y después de soltar el mucho humo de la primera, honda calada, sin mirarme, dijo:

—Se indigestó comiendo langosta o algo así, tal vez eran cigalas, o gambas, no sé, una intoxicación que le causó la muerte súbita.

Quizá con el adjetivo que siguió a la palabra muerte quería despintar el horror de la noticia, pero fue en vano: una muerte por indigestión difícilmente podía haber sido súbita, antes bien, por lo poco que yo sabía, los estragos que causaban, el intento natural del cuerpo por aferrarse a la vida y combatir la intoxicación por sus propios medios, retardaban el momento final y éste

venía precedido por dolor inmenso, festival de vómitos
—esos intentos del cuerpo de no aceptar su derrota— y
angustia creciente. Pero La Doctora no quería precipitar
un dato que ignoraba que yo tenía, un dato que transformaba esa muerte accidental que pretendía venderme
en un raro suicidio: porque Emilio era alérgico al ma-
risco. Lo descubrí poco después de que nos conociéra-
mos, la primera noche que lo invité a cenar. Rechazó
una ensaladilla porque había una gamba y se puso nervioso cuando yo pedí sopa de mariscos, como si el mero
hecho de que un comensal que estuviese cercano a él to-
mase mariscos bastara para contagiarle, como si el mero
olor o la contemplación de un plato en cuya elabora-
ción se hubiesen utilizado mariscos ya pudiera levantar
un sarpullido en su piel o cerrarle el estómago y necesitase de inmediato asistencia médica. Le pregunté y me
lo dijo: era alérgico, si probaba una sola gamba tenía
que acudir a urgencias, y le salían ronchas por todo el
cuerpo y la cara se le deformaba monstruosamente. Así
que ésa fue la manera que eligió para despedirse del
mundo: darse un atracón de langostas, como si quisiera
morir por encima de sus posibilidades.

LOS PASOS DE BOO sonaban en el suelo de mi salón como si dentro de sus zapatones —negros, con un broche dorado en el empeine— viajaran dos sapos. Se veía que las suelas nuevas, sin estrenar, no tenían más remedio que croar a cada paso. Irene sin embargo se alzaba sobre unos tacones robustos y el ruido que le arrancaban a mi suelo se parecía al trote de un caballo. Los miro ahora en las fotos que les hice en aquella sesión: gasté dos películas, pero sólo conservé una, la segunda se quedó en las entrañas de mi Leica, y mi Leica desapareció, ya sabrán cómo. Avisé en el Club que no desvelaran de antemano a los príncipes nubios la identidad de su primer cliente. Cuando me vieron aparecer tras la puerta, Boo miró a Irene no sé si perplejo o simplemente confundido, e Irene me miró a mí como sopesando la pertinencia de soltar un sarcasmo o limitarse a reír. Traía un incoherente gorro de lana tapándole el cráneo: cuando se lo quitó, me sorprendió que la hubieran rapado para que la pareja nubia aumentara su verosimilitud.

La conversación fue dubitativa y prefirió dar bandazos sin que nos atreviésemos a detenernos en alguna estación precisa: era un cesto hecho con estambres de muy diverso material, desde frases hechas a comentarios improvisados que, más que pretender reducir una experiencia, se limitaban a no dejar que el silencio anegase de extrañeza la habitación. Hasta que llegó el momento de la verdad, pronunciada por Boo con un simple, «bueno, pero ¿por qué?». Yo carecía de una respuesta solvente, y antes que perderme alargando una contestación que se perdiera en meandros, dije sólo un porque sí que sonó como un valioso jarrón que se cae y se convierte en una colección de añicos ante la mirada de pánico de sus dueños y la mirada de tierra trágame del causante del estropicio.

La fiesta iba a costarme ochocientos euros, un precio de favor con el que quiso compadecerse de mí La Doctora, que había dado orden a sus pupilos de que no permitiesen que yo participara de sus relaciones. Pero ahora que los tenía delante se me había anestesiado la excitación, y más me apetecía charlar con ellos que apremiarlos para que empezaran a despojarse de sus atuendos. Rechazaban mi afán por saber qué tal les había ido, si estaban contentos, si no se habían arrepentido, y en un momento en el que, intranquila por cómo se estaban sucediendo las cosas y acaso con ganas de probarse que servía para aquello y que no podría desperdiciar la ocasión de estrenarse en el número para el que la habían preparado, Irene se acercó a Boo, buscó su boca y lo empujó hacia el futón. El nubio se dejó hacer, y yo me fui a ocupar mi sitio. En unos segundos estuvieron desnudos sobre el edredón azul: a Boo le habían depilado las piernas y el pubis, Irene me pareció más delgada, lo que me llevó a preguntarme si le habían practicado ya el aborto —lo cual era improbable, pues no habría tenido tiempo para recuperarse y para actuar. Empecé a excitarme viéndolos tan inseguros y veraces, haciendo movimientos en falso, mirándose de vez en cuando para consultarse si debían seguir por ahí o cambiar de postura, dos criaturas de verdad, cohibidas por la presencia de un extraño. Mal negocio haré si se enamoran pero es un riesgo que hay que correr, me había dicho La Doctora, en referencia al peligro de que sus dos nuevas estrellas lo echaran todo a perder cometiendo el error de dejar que se despertaran en su interior sentimientos que estaban expresamente prohibidos. Tuve la certidumbre de que se enamorarían si es que no estaban enamorados ya, si es que no se habían enamorado en los días de ensayo que tuvieron que padecer. Una venganza mejor que la de cargarme su colección de intonsos, pensé. Que los príncipes nubios se enamorasen no tenía por qué poner en riesgo el negocio de La Doctora, pues a fin de cuentas bastaría con que supieran ocultarse o reprimir sus sentimientos para que la Dirección del Club no los apartase al uno del otro. Pero resultaba difícil creer que, si de verdad se enamorasen, iban a poder resistir mucho tiempo realizando aquel trabajo, no ya juntos ante un cliente que ha pagado sólo por mirarlos, sino ante otros que pagasen el triple que yo por estar en medio de los dos, o a clientes que los contrataran solos, sin su pareja. Hace falta una racionalidad a prueba de bombas para que no te afecte que tu pareja tenga un precio que la pondrá al alcance de un desconocido. Interrumpí sus besos y primeros escarceos con esa pregunta:

—¿Estáis enamorados?

Boo me miró, pero Irene le cogió de la barbilla para volver a ocupar su boca con un beso. Luego se puso encima de él para cabalgarlo. La posición no era buena para mí, pues sólo podía ver las piernas largas y fuertes del nubio, y la espalda rotunda y las nalgas firmes de su compañera. Así que me levanté y fui a colocarme en un sitio que me permitiera disfrutar más de la escena. No hacían nada por exagerar el ruido de dos cuerpos cuando se aman: nada de gemidos excesivos o jadeos furiosos. De vez en cuando algún suspiro alargado que lanzaba Irene: ésa era toda la música que producían. Los movimientos de la chica eran lentos. Los brazos del nubio estaban extendidos hacia ella, las manos apoyadas en sus hombros. Ella giraba la cabeza de vez en cuando y mordía alguno de sus dedos. Me apetecía seguir hablando mientras lo hacían. Me acerqué más. Estaba a un paso del lateral izquierdo del futón. Encendí la lámpara de la mesita que llenó la habitación de luz anaranjada. Boo tenía ahora los ojos cerrados, y ella lo miraba tratando de que la respiración no se le agitase. Iba imprimiendo velocidad a sus movimientos de manera delicada. Me decidí a hacerlo por fin, y me senté en el futón. Y en ese momento, sin que yo hubiera avanzado una mano para acariciar un palmo de piel de alguno de los dos, disfrutando de la contemplación del ombligo de Irene, que me pareció un ojo oscuro, Boo se quitó de encima a su compañera de manera violenta y me cogió del cuello. No pude decir nada. Recuerdo que me extrañó que el tamaño de su polla no fuera excepcional, y que su bálano fuera de un color molesto, rosa palo. Ya estábamos fuera del futón ambos, Irene se había quedado tendida mirando lo que ocurría no sé si sin entender o admirando más mi osadía que la reacción de su compañero. Los ojos de Boo arrojaban hielo negro que hacía germinar en el fondo de mi cerebro un pánico angustioso. Mi nuca presionaba contra la pared y mis manos se aferraban a la muñeca de la mano con la que Boo me cortaba el aliento. Sentí que empezaba a faltarme la respiración, que por mucho que pretendiera rogarle que me dejase no iba a conseguir pronunciar una sola sílaba. Noté que mis pies no tocaban el suelo. Como si controlase perfectamente el tiempo idóneo para provocarle el desmayo a alguien, Boo aflojó su mano sobre mi cuello justo cuando creí que iba a perder el sentido. Caí al suelo doblado sobre mí mismo, buscando con la boca aire que llevar al fondo de mis pulmones, los ojos abiertos al lado de los pies del nubio: en el empeine había unas cuantas manchas blancas más, y en mi cerebro apareció la palabra vitíligo porque el cerebro es una máquina registradora que admite los detalles nimios en las situaciones más dramáticas. Irene entonces intentó calmar al nubio, pero no se movió de la cama. Boo se agachó, con las dos manos me cogió del pelo y me arrastró al salón sin apiadarse de mis alaridos. Allí me puso en pie. Yo seguía tratando de tomar aire y ahora sentía incendiado todo el cuero cabelludo. Y ya sólo recuerdo que Boo me sonrió y que vi cómo hacía un movimiento rápido, alzando su antebrazo —su arma preferida— hasta que estalló contra mi nariz. Vino a continuación una provincia de tinieblas acogedoras y allá a lo lejos una voz desconocida que me preguntaba mi nombre. Abrí los ojos y el techo se encontraba a mil kilómetros de mí: lo hacía más alto un rostro de mujer que se interponía entre el techo y mis despojos preguntando mi nombre una y otra vez. Para qué quiere saberlo, alcancé a responderle, antes de sumergirme otra vez en las tinieblas. Cuando emergí definitivamente de aquella provincia en la que vi un árbol del que crecían niños, y una piscina llena de brazos amputados que no me causaban espanto ni grima sino una ignota alegría, me rodeó la oscuridad. No me hizo falta ningún guía benéfico que me explicara lo sucedido: me bastó con mirarme al espejo para sospechar que la paliza que me había propinado Boo podía haberme costado la vida. Al día siguiente me visitó La Doctora, con mechas naranjas en el pelo y un rastro de carmín rojo en uno de sus dientes. Me contó que, después de que no diera señales de vida tras que ella me llamara una y otra vez para preguntarme cómo me había ido con los príncipes nubios y por qué razón éstos no se habían reintegrado a sus puestos —la muy párvula temía que yo me hubiera escapado con los dos—, convenció a mi portera para que le diese la llave, y al decirle la portera que había oído bronca pero que había preferido no asustarse, dejarlo correr, cosas que a veces pasan en casa del señorito —eso le dijo, o eso me dijo La Doctora que le dijo la portera, cosas que pasan en casa del señorito—, La Doctora se temió lo peor, entró en mi apartamento con la seguridad de que iba a topar con mi cadáver, y se encontró algo parecido a mi cadáver en el cuarto de baño, con la cabeza metida en el váter, y un charco de sangre que manaba de entre mis nalgas: el nubio había decidido concluir su fiesta violándome, un desgarro que necesitó diez puntos. A todo esto yo apenas agregué: sólo recuerdo que no la tenía muy grande, y La Doctora se llevó las manos a la cabeza y yo vi que llevaba las uñas lacadas de añil. Me dolían huesos que ignoraba que tenía. La nariz era una especie de melocotón del que salía sangre constante que iba empapando vendas sin cesar: un grifo que no había manera de cerrar. Tenía que respirar por la boca, con lo que comer resultaba una operación indigna pues tenía que masticar apresuradamente para volver a tomar aire antes de quedarme sin él y tener que hacerlo con restos de comida danzándome aún en el interior de la boca. La Doctora me dio noticias de los príncipes nubios:

—Se han escapado. Los dos. Los muy malditos no

saben dónde se han metido. Pero ya he sacado a los sabuesos y no tardarán en cogerlos. Van a tragar África durante mucho tiempo.

No me hizo falta preguntarle para saber que lo había arreglado todo para que la pasma los capturara y los repatriara, que era el máximo castigo que se le podía imponer a cualquier inmigrante africano.

—Sobre todo al nubio cabrón que te ha hecho esto y a mí me ha hecho perder una fortuna. Sudán. —Y rompía en una carcajada—. Ya me gustará verlo en Sudán. En cuanto llegue allí le van a enseñar un par de cosas de las que no se ha querido enterar. Y la otra, la muy zorra, escaparse con semejante pieza. ¿Dónde irán? ¿Qué querrán? Una se desvive por darles lo mejor, por ofrecerles una oportunidad para que salgan de la mierda en la que viven, pero ellos lo que quieren es eso, volver a la mierda. Pues se van a enterar. Y al fin y al cabo hemos tenido suerte, porque tú eres del Club y bueno, el estropicio que te han hecho es considerable, pero imagínate que hubiera sido otro cliente, entonces sí que se hubiera armado, hubiera sido una tragedia, me hubieran obligado a dimitir, una catástrofe por culpa de esos dos, no estaban preparados, en realidad tú tienes buena parte de culpa de lo ocurrido con tus prisas, no estaban preparados para nada, necesitaban más tiempo, fue un error mandártelos, pero tenías tantas ganas de verlos en acción. ¿Qué hiciste? Seguro que no respetaste nuestro acuerdo, seguro que en cuanto los viste en acción pensaste, no va a pasar nada porque yo intervenga también y te trataste de acostar o de tocar a la chica o tocarlo a él, peor todavía, dime la verdad, les obligaste a follar contigo y eso fue lo que disparó la paliza, ¿verdad?, no temas decirme la verdad. Pero no hay justificación alguna para esto, no la hay, aunque te sobrepasaras y quisieras más de lo que te correspondía, no hay justificación para esto. Y en cualquier caso, ya que lo has hecho, pues vale, tratemos de arreglarlo, pero ¿te vas a escapar encima para empeorar las cosas? Seguro que pensó que te había matado. Y si lo pensó es porque quiso matarte o tal vez no quiso y se dio cuenta de que se le fue la mano. Ahora, que te dejará allí, en el cuarto de baño, con la cabeza metida en el váter, seguro que el cabrón tiró de la cadena, tenías el pelo mojado, la escena era lo peor que he visto, y eso que yo he visto cosas muy feas, muy terribles, pero una sangría como ésa, de verdad que no. Yo no sé dónde andarán, pero te aseguro que tienen los días contados, que los atraparán, y avioncito para África, se van a hartar de África, a mí nadie me la juega.

Permanecí en el hospital diecisiete lentos, herrumbrosos días con sus lancinantes, interminables noches. Mi nariz, según me explicaron con una minuciosidad que podían haberse ahorrado, había quedado convertida en una confusa orgía de cartílagos: recomponerla había costado varias horas de cirugía. Habían fotografiado todo el proceso de recomposición para admirar a los estudiantes de cirugía facial y demostrarles que no hay nada imposible cuando sobra la destreza. El desgarro en mi ano me impedía caminar, ya lo podrán suponer, bajar unas escaleras se convirtió en una actividad tan prohibitiva como escalar el Kilimanjaro. Para sentarme precisaba de cinco o seis almohadones en los que amortiguar el punzante dolor de la herida. Pero la herida que más me dolía, convertida ya en una pústula del tamaño de una moneda de cincuenta céntimos, era un mordisco que tampoco recordaba haber recibido en el pómulo derecho. Imaginé a Irene acercándose a lo que tal vez ya consideraban como mi cadáver, y para agradecerme los servicios prestados a su causa, a la necesidad de huida que les estaba brindando mi cuerpo presente, no pudo contenerse y se arrimó a mi cara para estampar allí la huella de sus dientes. Oí varias veces, en la voz de un médico, en la de las enfermeras que me atendían, en la de dos policías que vinieron a que yo testificara, en la de las pocas visitas que se dignaron comparecer en mi habitación de postrado, la palabra saña. Y sin embargo me parecía inconcebible relacionar esa palabra con los príncipes nubios. ¿Por qué se había ensañado Boo después de haberme puesto fuera de combate? Le hubiera bastado con su primera agresión para tener la certeza de que la sesión se había acabado, de que, al yo incumplir nuestro pacto, ellos quedaban en libertad y me quedaba sin el espectáculo por haber querido participar en él. Tal vez perdió los nervios o entendió que nunca, nunca, iba a poder dedicarse a aquello y que mejor era buscar una salida expeditiva, imponerse una razón que le liberase de dar explicaciones a La Doctora, y hacer algo que lo obligase a huir. O tal vez me tocó pagar platos rotos que se venían apilando en el sótano donde Boo se contaba a sí mismo su propia historia, una historia que no comenzaba con su desembarco en España sino mucho más atrás, cuando unos cazadores blancos se llevaron al hombre más hermoso de su aldea y lo hicieron cruzar el mar para exponerlo en un zoológico.

La Doctora me informaba puntual de los adelantos de sus sabuesos. Pero todas sus informaciones eran corregidas por otras que las contradecían. Si un día los tenían localizados en un pueblo del Ampurdán, al día siguiente se habían escapado del pueblo de la costa donde se habían parapetado. Yo no hacía ningún esfuerzo por hacerle entender a La Doctora que me librase de los avances de la persecución. Y me los imaginaba caminando de noche por una carretera interminable, y durmiendo de día en cualquier cuneta. Tenía claro que intentarían volver a Málaga, donde Boo podría ofrecer alguna disculpa convincente a su mánager y al mafioso de las cicatrices, y sería perdonado y de nuevo admitido en el equipo de gladiadores, porque una pieza como ésa no es fácil de rechazar.

Por fin salí del Hospital, aún convaleciente, un largo dolor todo mi cuerpo, como si hubiera sido apisonado por una rueda de cemento. Cuando retiraron los vendajes que me cubrían la nariz, que después de diecisiete días casi había recuperado su tamaño natural, me pareció que me habían trasplantado el apéndice atrofiado de un boxeador. Incluso mi voz perdió muchos enteros —y casi todos sus decibelios—, y ensayaba ante el espejo para recuperar el tono seductor y nocturno, y lo que emergía de mi garganta era una voz de operadora telefónica en un mal día. Lo primero que hice al llegar a la casa fue mirar si la Leica estaba donde siempre, y comprobé que el único objeto que faltaba en mi casa era mi cámara: fue lo único que se llevaron. Podían haber cogido otras muchas cosas de valor, pero no me hubieran procurado el mismo impacto simbólico que sustrayéndome la cámara que ya nunca volvería a ver, que quizá vendieron a cualquier automovilista que se parara para llevarlos un trecho del camino, un camionero que se compadeciera de ellos y no temiera a dos negros bien vestidos que hacían autoestop.

Llevaba dos días trasladándome del sofá del salón a la cama del dormitorio, incapaz de serenarme con nada, de borrar de mi mente a los nubios, de tragarme algún soporífero programa de televisión en el que mis penas disminuyeran gracias al ridículo que hiciesen los sandios invitados a un debate cualquiera, de avanzar tres páginas en alguno de los libros encuadernados por mi madre con sus vestidos favoritos, cuando La Doctora me telefoneó para darme la noticia. Los habían capturado. Habían sido entregados a la policía que, sin practicar más diligencias que las precisas —o ni siquiera ésas—, habían arreglado el asunto de la repatriación. En unas horas se hartarán de África y aprenderán la lección, concluyó La Doctora. Le pregunté si los había visto, si había podido hablar con ellos.

—¿Estás loco o son los efectos de las drogas que has tenido que tomar para aliviarte del edificio que te cayó encima? Ni en pintura quiero verlos. Estoy más tranquila ahora, te diré que he pasado unos días muy agitada, con mucho susto en el cuerpo, pensando que a ese loco criminal podía ocurrírsele venir a ajustarme las cuentas a mí también, imagínate, al día siguiente de enterarme de lo que te hizo llamé a un cerrajero para que me colocara diez cerraduras, y no he contratado a un guardaespaldas porque no soy hipocondríaca, pero debería haberlo hecho, alguien tan desesperado puede hacer cualquier locura, qué te voy a contar a ti, aunque sigo diciendo que tú tienes buena parte de culpa, cómo se te ocurrió meter la mano donde nadie la esperaba, no debiste ni siquiera gastarte ese dinero en los nubios; por cierto, el Comité de Dirección —o sea yo, porque ya sabes que ahí los demás hacen lo que yo mando y nadie protesta— ha decidido reintegrarte el importe pagado por los servicios del espectáculo que no acabaste disfrutando. Si hubieras solicitado un espectáculo masoquista no te lo hubiéramos devuelto, al revés, te hubiéramos pedido ochocientos euros más. Es broma, no te sulfures. Pero tú, cuéntame cómo estás, ya sabes que tenemos pendiente lo de Mali, has visto el telediario, la hambruna avanza de una manera encomiable por allá, hay verdaderos trofeos apetitosos esperándonos, vamos, ponte bueno y viaja para olvidar toda esta pesadilla, pobrecito mío, has estado a punto de diñarla por culpa de ese bruto idiota, no sabes cómo me reprocho toda esta historia, pero es que me enamoré de él en cuanto lo vi en aquella foto, dije, tiene que ser mío, o sea, nuestro, esto es una mina, pero ya ves por dónde ha salido el tiro, por la culata, sigo diciendo que es porque no tuvimos tiempo de educarle, que la primera prueba salió mal y el chico, muy inmaduro, es un chiquillo al fin y al cabo, pues metió la pata, pero ya pasó, ya no hablaremos más de esto, ya estarán camino de África, que se jodan.

Tan inveterada era su incapacidad para la piedad, que se negó a que viajaran juntos pudiendo haber permitido que fuesen repatriados ambos a un mismo lugar —pues la policía no tenía por qué disponer de información acerca de la procedencia de los dos nubios y podía decretar que tenían ambos el mismo origen: muchas veces se encontraban con el problema de que el detenido ni siquiera aclaraba a qué país debía ser enviado, y la mayor parte de las veces los aviones atestados de repatriados aterrizaban en países en los que los africanos no habían estado nunca, daba igual que el que vino de Costa de Marfil fuera repatriado a Mauritania, en definitiva ambos países eran África, provincias de un mismo sótano—. La Doctora especificó que Boo debía ser entregado a las autoridades sudanesas, lo que equivalía a sentenciarlo a las inimaginables pesadumbres de las cárceles islámicas, e Irene a las de Mauritania. No parecía pesarle que así no sólo los condenaba a volver a los lugares de los que huyeron, sino también los separaba para no darles la satisfacción de residir juntos en el infierno al que los dirigía.

AHORA DEJARÉ PASAR UN AÑO, un año igual a todos los años, con su concurso de Miss Universo y su campeón de Liga, con su tedioso debate de la nación y sus atentados separatistas, con sus catástrofes naturales y sus Oscar goes to, con sus estadísticas de violencia doméstica y sus miles de muertos en la carretera y sus eruditos domingos de terrazas atestadas y sus obtusos lunes sin respetar los pasos de cebra. No fue bueno ni malo para mí. Cacé piezas aquí y allá, más hembras que hombres —supongo que no me quedaron ganas de arriesgarme con éstos y que las secuelas de la paliza de Boo debieron notarse en mi desinterés por salvar vidas masculinas, con lo que mis datos estadísticos se resintieron sin que nadie me llamase la atención, tal vez entendían mis razones para no emular la eficacia imparcial demostrada en el pasado—. Me compré otra cámara, una Rolleiflex, me apetecía dar el salto al medio formato, y mi álbum panteón aumentó hasta las ochenta y siete piezas retratadas. Tendría que comprar otro álbum pronto porque mis salvados empezaban a no caber, tan abultado quedaba ya el primer tomo de mi gran obra. Dejé de fantasear con el futuro y empecé a fantasear con el pasado, a hacer correcciones, ensayar notas a pie de página, apuntar comentarios en los márgenes de lo vivido, atenuando con tinturas de ficción hechos reales que agriaban mis archivos. Viajé poco y cené dos veces con mi hermano, que en cada una de las cenas se presentó con una acompañante distinta (y las aprobé a las dos, y me cercioré de cuál había sido la estrategia de mi hermano para sobrevivir: vampirizar a su pareja, de forma que si su primera acompañante era una muchacha liberal, mujer de teatro y de lenguaje exaltado, mi hermano de repente hablaba como si se hubiera leído todo Chejov con sano provecho, y afirmaba que era natural que su chica sintiera deseos por otros y que no le importaba que tuviera aventuras con tal de que se las contase; y si su segunda acompañante, sin embargo, una mujer mayor que él, parecía recién sacada de un convento de clausura para ingresar como numeraria en el Opus Dei, mi hermano no tenía empacho en defender a la Iglesia y justificar las mayores majaderías de la derecha católica, y asegurar que la permisividad en materia de sexo y libertades era uno de los cánceres letales que acabarían matando a Occidente. Mi hermano, pues, se había decantado por admitir la última frase de mi padre como mandamiento al que ser fiel, y prefería estar mal acompañado a quedarse solo; tal vez me convenía aprender de él, pero siempre que me lo proponía, siempre que me estragaba mirar atrás y contemplar el desierto en que quedaba transformado mi pasado, como si Atila y su indómita caballería hubiera galopado por él, me decía: aún es pronto, aún puedo aguantar solo). Por otra parte me aficioné de nuevo al fútbol alevín, benjamín e infantil: siempre que podía me acercaba a un campo cualquiera donde se estuviese disputando un partido de niños y yo era el único entre los espectadores que no conocía a nadie, los demás habían ido a ver a un hijo, a un nieto, a un sobrino, yo los había ido a ver a todos, y a veces llegué a tragarme tediosos entrenamientos y por momentos me veía yo allí en medio del campo, dando órdenes, riñendo a los más rezagados, animando a los más torpes. Y disfrutaba de veras, por malos que fuesen, por pocas jugadas dignas que produjesen, por imbéciles que me parecieran sus entrenadores, dando consignas que se querían profesionales y eran deshonestas —hay que defender, defender, gritaban cuando iban ganando; pierde tiempo, le aconsejaban al encargado de sacar un fuera de banda—, y me asía a los recuerdos mejores de mi gloriosa época de entrenador de niños, y recordaba lo que a veces, en los vestuarios, les decía a todos, pues todos llegaban a entrenar con sus camisetas de equipos de primera división y el nombre de su jugador predilecto en la espalda, y todos se soñaban ese jugador predilecto, se comportaban en el campo como ese jugador predilecto —y si el jugador predilecto de uno era un protestón que se vanagloriaba de no dejarle pasar una al árbitro y gritarle cuatro verdades para ganarse una tarjeta amarilla, su pequeño imitador lo hacía también, y celebraba el gol como su jugador predilecto—, les decía en los vestuarios a todos que habíamos ido allí sólo a divertirnos, no a otra cosa, no a ganar ningún campeonato, sólo a pasarlo bien, y ellos me miraban decepcionados y se escrutaban los unos a los otros —menudo entrenador, pensarían—, y les recriminaba que copiaran el molde de profesionales poco ejemplares, los que perdían tiempo, los que decían que lo importante en fútbol es el resultado, y ellos se volvían a mirar y por momentos debían tener la certeza de que se habían equivocado de vestuario o el que se había equivocado era yo, seguro que muchos se alegraron cuando se enteraron de que yo dejaba el equipo, seguro. Pasé muchas horas viendo fútbol de niños, acariciando la idea de volver a entrenar para recomponerme en la única época de mi vida en la que recordaba algo de mansedumbre alrededor. Pero enseguida echaba al pozo de los futuros inalcanzables la idea, la revocaba de un manotazo cansado, como si fuera un insecto que me estaba molestando, y hasta me reñía por haberme permitido el lujo de formularla, concederle algún tiempo, analizarla como si necesitara sopesar pros y contras.

Luzmila se trasladó a Nueva York, donde pasaría a formar parte del equipo de asistentes del director de aquella sede, un puesto de responsabilidad que además la liberaba de andar por el mundo cazando piezas, y La Doctora recompuso su colección de intonsos y averiguó, no me pregunten cómo, que el viejo cubano que era su competidor murió de un infarto y sus hijos habían vendido la biblioteca heredada a un librero de una plaza de la Habana Vieja. Cada vez parecía más cansada de sí misma o de todos los demás, más defraudada porque ya la Organización no parecía esperar de ella que alcanzase un peldaño más alto, que pudiera ser efectiva en un puesto de más importancia. Tal vez con la ida de Luzmila a Nueva York pensó en que tendría los días contados y que su antigua pupila se había marchado a la sede más poderosa porque allí la prepararían para que no muy tarde se volviese a Barcelona a sustituirla.

Hice dos descubrimientos importantes ese año. Uno, la capacidad de potenciar el ensimismamiento de las pipas de girasol. Me hice fanático de las pipas de girasol: cada noche abría un paquete, me echaba un puñado en la palma de la mano, y empezaba a volar. Las comía de una manera mecánica, perdida la mente en nubes estrafalarias, en historias de las que luego no quedaba ni la espuma, en curiosos episodios del pasado en los que rascaba y rascaba hasta desfigurarlos. Podía estar una hora comiendo pipas sin que el mundo me influyera, sin que ningún pesar me privara de aquel placer. Mientras comía pipas no podía dedicarme a otra cosa: si estaba la televisión encendida sólo me daba cuenta de que no había seguido nada de lo emitido cuando emergía del nirvana en que había residido mientras comía las pipas. Me convertía en un autómata aparente que sin embargo, allá dentro, estaba inventándose a sí mismo en un pliegue de la realidad que mejoraba a ésta, o la corregía. Las pipas de girasol se transformaron poco a poco en un espléndido sucedáneo de aquellas entrevistas que concedía cada noche antes de dormirme, sólo que en vez de conceder entrevistas y hacerme pasar por astronauta o estrella de cine, interpretaba esos papeles, los asumía, o bien plantaba decenas de árboles en el desierto de mi pasado que cobraba el vigor y la belleza de un vergel. Mi segundo descubrimiento fue Nietzsche, o más que Nietzsche su principal personaje: el superhombre. Me ganó la certidumbre de que el superhombre al que diagramó el filósofo no podía ser en nuestros días el enfadado con el mundo que se deposita a sí mismo en las entrañas de una montaña y afila su rabia sobre el lomo de las mañanas arrojando greguerías para fomentar su seguridad en sí mismo, sino alguien como yo, al que los dolores y miserias de los otros no conseguían afectar, que había sabido ponerse a recaudo de las sombras y mezquindades que le rodeaban y las utilizaba en su provecho sin que luego la conciencia le exigiera un peaje. Y eso me llevaba a recapacitar en la abundancia de superhombres de nuestro tiempo, porque en realidad ese que se levantaba a las siete de la mañana y aguantaba una hora de atasco diario para llegar a un puesto de trabajo mal remunerado en el que se calentaría la cabeza sin que lo que hiciera, lo que decidiera, lo que le mandaran o mandara a otros, lo que tuviera que obedecer le importase un comino, y luego de echar a la nada y al olvido la jornada en la que no había ocurrido nada que llevarse a la memoria, soportaba otra hora de atasco para llegar a una casa llena de extraños, mujer o marido, hijos, en la que lo único que les importaba a todos era que se pusiera en la televisión algo que les entretuviera, ése era también el superhombre, no tenía más remedio que serlo, lo habían obligado a serlo para sobrevivir, como tantos otros, como la mayoría de sus vecinos, de sus compañeros de trabajo, de sus conocidos, de sus enemigos. Y era el hecho de no saber que lo era, lo que lo confirmaba. Me contenté con ese descubrimiento íntimo y mínimo hasta el punto de que la clave de entrada en mi buzón de correo electrónico pasó a ser Zaratustra —hasta entonces había sido Narrador Omnisciente. A menudo había echado de menos, en efecto, al narrador omnisciente que me susurrase las andanzas de los príncipes nubios, a quienes me costó exiliar por fin, quitármelos de la cabeza —les hubiera tenido que pagar una fortuna si existieran los derechos de imagen por utilización sensual—, vedarles la entrada a mis sueños, impedirles que participaran en mis excursiones a la placidez absoluta procurada por las pipas de girasol. Un narrador omnisciente que me revelase el paradero de Boo y de Irene, no sé si para dar por zanjada esa historia o para curarme los cardenales que de vez en cuando aún los embates de la culpa dejaban en mi ánimo. Eso, por supuesto, antes de convenir conmigo mismo que no me quedaba otro remedio que aceptar mi condición de superhombre. Dice Stephen King en algún lugar que todo relato debe contar una transformación, una metamorfosis. Y examinando mis pasos, contándomelos a mí mismo —y contar significa enumerar, es decir, poner en orden—, me cercioraba de la transformación que había terminado operándose en mi interior, ya que las fragilidades pasadas, auspiciadas por una conciencia que temía no poder soportar el peso de una realidad aplastante en la que los otros eran todavía seres humanos y no fantasmas o simples hologramas de una función teatral magnífica en la que uno tenía que hacer todo lo posible por ser público y disfrutar a sabiendas de que lo que ocurría en el escenario era mera ficción, no volverían a colocarme ante el abismo de la ansiedad ni me perjudicarían con los garfios de interrogantes que carecían de respuesta. Dirán que es una victoria pequeña haber alcanzado la conclusión de que me había convertido en un superhombre, pero lo cierto es que a mí me sirvió y eso basta: prueba de ello es que desaparecieron como por ensalmo los picores nocturnos y reapareció vigoroso mi deseo, que satisface cuantas veces pude —siempre con las piezas femeninas que cazaba, y alguna que otra vez, lo reconozco, con La Doctora, a quien no mermaba su recompuesta colección de intonsos, nunca más con un varón, aunque cómo impedir pensar en alguno cuando estaba con La Doctora, cómo librarse de la certeza de que al cerrar los ojos ella estaba utilizando la imagen sin derechos de algún varón del que en aquel momento no podía disponer y me utilizaba a mí para despacharse a gusto gracias al trampolín de la libérrima fantasía, cómo no aprovechar esa certeza para hacer lo mismo y pensar que a quien penetraba en realidad no era a La Doctora sino a alguna pieza cazada a la que me había prohibido para mantenerme en mis trece de nunca más con chicos.

Stephen King aconseja a los principiantes que guarden lo mejor que tengan para el final. Y le he obedecido. He dejado para el final el episodio que registro como mi última concesión al que fui. Una noche, estando yo en la isla canaria de Fuerteventura, a la que había viajado por acercarse la temporada alta de los naufragios de inmigrantes, me despertó el teléfono. Antes de contestar, por supuesto, me dije: Moisés Froissard Calderón, 29 años, La Florida 15, tercero B, superhombre y comedor de pipas de girasol. Era mi contacto en la Guardia Civil —un contacto que me había proporcionado mi hombre en la costa gaditana. Habían capturado a tres docenas de náufragos en una patera penosa a punto de hundirse en las aguas del océano obligando a sus ocupantes a zambullirse —la mayoría no sabía nadar y se hubiera ahogado. Hubo suerte: ni un solo muerto. El guardia civil, a sabiendas de que yo había cosechado tres o cuatro fracasos seguidos, quiso darme ánimos diciéndome:

—Uno de ellos es impresionante y te lo vas a llevar seguro.

Me personé apresurado en la Comandancia. En la sala donde había apartado la pieza que iba a interesarme, me abrasó el olor a desinfectante que achicaba la habitación, sin ventilación alguna, sólo la puerta que dejé abierta, y allí estaba, Boo, acurrucado, el rostro metido entre los brazos, tiritando, demacrado, vulnerable como nunca lo había visto. Mi contacto nos dejó solos después de darme una palmadita en la espalda, felicitándome por la caza que me había servido. Nos miramos un rato. Advertí que él hacía esfuerzos por contener el llanto, no sé si por culpa de un dolor o por efecto del desinfectante, que se te metía en los ojos y te obligaba a defenderte con lágrimas, pero aun así me mantuvo la mirada, haciendo todo lo posible por calmar el castañeteo de sus dientes, tensando la mandíbula, abandonando la manta que le habían dado para que se protegiera del frío que se le había colado en las entrañas.

Le ofrecí una sonrisa que no fue correspondida. Después de repetirme la pregunta varias veces, cambiando de una a otra su fórmula, unas veces anteponiéndole un exordio, otras prescindiendo de todo prólogo, hasta acabar reduciéndola al máximo, a una sola palabra, para evitar que me fallara la voz, me decidí por fin a hacerla en voz alta:

—¿Irene?

El nubio no respondió. Siguió concentrando todos sus esfuerzos en mantener apretados sus dientes, en tensar todo su cuerpo para que el temblor que lo sacudía fuera menos evidente. Ahora estaba en mis manos: quedarme con él era una idiotez, porque en el Club no había sitio para el nubio —o tal vez sí, en Nueva York, o en París, o en Berlín, no desde luego en Barcelona mientras La Doctora siguiera dirigiendo la sede, imposible pensar en que su piedad cediese movida por las sustanciosas ganancias que la adquisición del nubio, y una conveniente educación, podría reportarle—, pero podía llevármelo y sacarlo de allí para que no volvieran a repatriarlo —tal vez ni siquiera lo repatriasen, tal vez lo encerrasen en alguno de los castillos repartidos por la geografía canaria donde se mantiene a los que llegan a la espera de decidir qué hacer con ellos o de que se escapen, aunque esto último me lo decía para liberarme de la responsabilidad de quedarme con él, de alguna forma me estaba diciendo a mí mismo que no porque no me quedara con él —y la sorpresa de mi contacto sería mayúscula cuando le dijese que no me interesaba— iban a repatriarlo.

—Vuelvo ahora —le dije ante la ausencia de respuesta por su parte, y la creciente sensación de que el nubio, al verme, había pensado que yo era un fantasma que regresaba del más allá para exigirle una explicación.

Busqué a mi contacto, le pedí que me mostrara a los demás y se enojó, porque los demás, según me dijo, no valían la pena, deberías confiar en mí, hombre, ya he aprendido a apreciar cuándo alguien te va a interesar y cuándo no, sé distinguir el género que buscas. Aun así me llevó a la estancia donde habían alojado a los otros náufragos. Di un rápido repaso, no encontré nada que me sirviera, y tampoco vi a Irene.

—¿Esto es todo?

—Esto es todo, sí. A no ser que ahora te interesen también las embarazadas.

Entonces supe que Irene navegaba a bordo de aquella patera, y también se había salvado. A ella no la repatriarían, las embarazadas eran inmediatamente socorridas por nuestros equipos de salvamento y protegidas por nuestra jurisdicción. Hice cuentas y me cercioré de que, por muy embarazada que estuviese —quiero decir, por muchos meses que llevase embarazada—, ese embarazo no podía ser el mismo que aquel al que estuvieron a punto de dar fin cuando ingresó en el Club como modelo. Este hijo sería de Boo. Las circunstancias me ofrecían una venganza exquisita: hacer que repatriasen a Boo, mientras su princesa y su futuro hijo se quedaban aquí, esperando que en su próximo viaje la patera no le fallase. ¿Qué pasó con el primer hijo? ¿Llegó a abortar o lo tuvo? ¿De cuánto tiempo estaría embarazada? Mi curiosidad no tuvo la fuerza suficiente como para obligar a mi hombre uniformado a que me presentara a las embarazadas que habían capturado. Ese déficit en mi curiosidad era una de las más pertinentes señales de mi paulatina transformación en superhombre. Cuanto menos quieras saber, más capacidad te reconoces para inventar. Volví adonde estaba Boo, que se había puesto en pie, con la mirada concentrada en el hueco que había dejado yo al marcharme. Sólo le dije:

—Felicidades. Creo que vas a ser papá. Es estupendo.

En sus ojos había algo indefinidamente hermoso y puro; una luz negra que ahora no conseguía sembrar el miedo en mi interior. Le dije:

—Te deseo mucha suerte.

Y desaparecí. Me reencontré de nuevo con mi contacto y le dije:

—Por supuesto me lo quedo. Menuda pieza. El mes que viene te lo compensaré con un extra y una caja de puros. La mejor pieza que he cazado nunca. Suéltalo. No me lo llevo yo porque el chico sabe español y dónde buscarme. Todo arreglado.

—Pero —se extrañó él— es peligroso, con éstos nunca se sabe, se te puede escapar y luego no me vengas con el cuento de que no lo cazaste.

—No te preocupes. No hay peligro. Suéltalo. Te basta con abrirle la puerta del cuarto. Ahora no hay nadie ahí fuera. No hay peligro. Él sabe lo que tiene que hacer, ya le he indicado, no hay problema.

—Como tú digas. Tú pagas, tú mandas —me dijo. Y se fue a liberar al príncipe nubio mientras yo volvía a mi coche, abría mi teléfono, marcaba el número personal de La Doctora, a sabiendas de que tendría apagado su aparato, y dejaba un mensaje escueto:

«Ha llegado mi hora. Lo dejo. No salvaré más vidas.»

Y me acordé de una frase de Zaratustra: «He aprendido a volar, ya no necesito que nadie me empuje hacia ningún sitio.» Por supuesto sabía que era mentira, pero ese tipo de mentiras consuelan a poco que uno esté dispuesto a consolarse. Busqué en la guantera, y cogí la cinta que grabé aquella noche en el piso de mis padres. Había llegado la hora de ceder a la tentación y oírla. En la cara A no había registrado más que el rumor insolente del silencio: una banda sonora monótona en la que no había nada susceptible de ser considerado respiración de un espectro, sílaba perdida de una frase imposible, o mensaje arrojado al océano del aire en pos de una cinta en la que hacerse efectivo. Pero mediada la cara B creí distinguir una voz de bruma que bramó, imponiéndose al ruido de fondo, una palabra de tres sílabas, algo separadas cada una de la siguiente, alargando la vocal única, que era la a. Parecía una palabra árabe. Amaya, o algo así, tal vez mi padre quisiera reivindicar desde su purgatorio a la bailaora flamenca, aunque malgastar la oportunidad de hacer saber a los vivos algo acerca de su estado, pronunciando el apellido de una artista me parecía impropio de mi viejo. Tal vez dijera papaya, tal vez echara de menos eso, los zumos de papaya que yo nunca le había visto tomar. O batalla, y con esa palabra estuviera definiendo lo que era la muerte, contra la idea de que es un erial o una región de sosiego en la que se anulan por fin las perplejidades de la vida. O «la playa», con la que el muerto expresaba su añoranza del mar o quería comparar el lugar en el que se encontraba con otro que pudiera servir a sus oyentes de ilustración precisa. También podía tratarse del único fragmento audible de una intervención más larga: por ejemplo «vana ya». A partir de eso había que reconstruir el resto, quizá un apotegma, una declaración, una sentencia. Pero descarté todas esas posibilidades cuando, al rebobinar la cinta para oír de nuevo la voz de bruma, me di cuenta de lo que decía: canalla. Ahora identificaba de manera diáfana la palabra, me parecía mentira haber tardado tanto, haber tropezado antes con todas las posibilidades que he enumerado aquí. No me estremecí, es más, se me pintó una sonrisa pronta y amplia. Canalla, claro. Primero fijé la vista en el cielo, al que parecía que alguien le había pasado con frenesí una goma de borrar sucia, y luego me miré en el espejo retrovisor y aprobando el insulto, pronuncié: Moisés Froissard Calderón, La Florida 15, tercero B, canalla. Casi daban ganas de hacerse una tarjeta de visita con esas señas.

Otros títulos del autor:

La noche del Skylab

Yo soy, yo eres, yo es